KB065031

사랑과 사람, 그리고 이야기

사랑과 사람, 그리고 이야기

김준형 지음

보고사
BOGOSA

차례

나는 누구인가

무운: 나는 나다

매화: 사랑이 어떻게 변하니

무운
나는 나다

어느 날 무운이 경무를 찾아왔다. 경무도 반가워하며 맞이했다. 두 사람은 그동안 쌓인 회포를 풀고 함께 잠자리에 들었다. 밤이 되자, 경무가 무운을 가까이하려 했다. 그러자 무운은 죽기로 작정한 듯이 애써 거부했다. 경무가 물었다.

"왜 그러느냐?"

무운이 대답하였다.

"사또를 위해 수절하는 것입니다."

"나를 위해 수절한다고 하면서, 무엇 때문에 나를 거부한단 말이냐?"

"이미 남자를 가까이하지 않겠다고 마음속으로 굳게 다짐했으니, 비록 사또라 해도 가까이할 수 없습니다. 한 번 가까이하면, 그것이야말로 훼절하는 것과 다를 바 없지요."

그러면서 끝내 거절하였다. 무운은 경무와 일 년 남짓한 기간을 함께 지냈지만, 끝내 가까이하지 않았다. 경무가 돌아갈 때가 되었다. 무운은 함께 가자는 경무의 요청도 거절하고 자기 집으로 돌아갔다.

기생으로 산다는 것

기생은 조선시대 최하위층에 속한 천민이었다. 사람들은 그들을 상점의 요강이라 불렀다. 아무라도 드나들며 볼일을 보는 공중화장실처럼 기생은 단지 성욕을 분출하는 도구라는 의미다. 고려 때의 문인 정습명鄭襲明은 〈늙은 기생에게 주는 시(贈妓)〉를 썼는데, 작시 이유를 이렇게 밝혔다.

어느 지방의 수령이 임기가 만료되어 떠나면서 사랑하던 기생에게 말하였다. "내가 가면 또 다른 남자의 사랑을 받겠지." 그러고는 촛불로 그녀의 얼굴을 지져서 흉하게 만들었다. 이에 내가 시를 짓는다.

임기를 마친 수령은 '내가 떠나면 기생이 다른 남성을 사랑할 것'을 염려했다. 기생이란 만남과 이별을 무한 반복하는 존재건만, 수령은 그게 싫었다. 기생의 얼굴에 촛불을 댄다. 생살이 타는 고통을 감내해야 했을 기생, 화상으로 일그러진 흉한 몰골을 마주할 때마다 과거의 아름다움을 떠올렸을 기생. 그녀는 이름도 기록되지 못한 채 소멸했다.

기생의 삶이 이랬다. 조선조 평양 기생 향애香靄가 "유유히 흐르는 대동강 물을 한 움큼 떠서 멀리 뿌리듯이, 기생이라는 이름도 그렇게 도려낼 수 있다면…" 하고 바랐듯이, '기생'은 자기의 삶에서 지우고 싶은 선명한 낙인이었다. 기생에 대한 인식은 근대에도 다르지 않았다. 열두 살 때부터 지내온 기생의 삶에서 벗어나기 위해 자살을 시도했다 살아난 월향月香. 그녀는 기생들이 만든 잡지 『장한』에서 이렇게 웅변했다. "기생도 사람입니다. 기생의 가슴에도 뜨거운 정이 있습니다. (중략) 평생을 학대와 유린 중에 시들어 버려야 하겠습니까? 노래 팔고, 웃음 팔고, 고기 파는 기생이라고 너무 괄시하지 마십시오." 비록 노래와 웃음과 몸을 팔고 있지만, 그럼에도 나도 당신들과 똑같이 쿵쾅거리는 심장을 가진 사람이라고 울부짖었다.

기생들의 아픔을 생각할 때면 제일 먼저 떠오르는 여인이 있다. 평안북도 강계 기생 무운. 기생을 사람으로 인정하지 않는 절망적인 세상의 시선에 맞서 '나는 나다'를 외쳤던 여인. 그렇게 항변하던 그녀를 조심스레 불러 본다.

이야기 따라 읽기

수절, 그리고 항변

평안북도에 온 성 진사. 그는 우연히 들른 강계에서 기생 무운을 만나 사랑을 나눈다. 사랑의 깊이는 시간에 비례하지 않는 법. 한순간에 두 사람은 지독한 사랑의 늪으로 빠져들었다. 하지만 어느 날 덜컥 사랑이 찾아왔듯이, 이별도 어느 날 갑자기 맞이한다. 유람차 왔던 성 진사는 다시 서울로 돌아가야 했다. 하지만 무운은 성 진사를 담담히 보낼 수 없다. "당신 아닌 다른 사람은 결코 마음에 담지 않겠다"라며, 자기의 양쪽 허벅지에 쑥뜸을 놓는다. 쑥뜸이 놓인 자리엔 심한 화상 자국이 생겼다. 흉터는, 칠레의 시인 파블로 네루다의 시구처럼 "내 사랑이 당신을 지켜주기 바란다"는 바람을 몸에 새겨놓은, 일종의 사랑의 주술이었으리라. 우리의 아름다움이, 우리의 희망이 내 몸에 새겨진 표지가 지워질 때까지 영원하기를 기원하는 그들만의 의식이었다.

자기에게 다가오는 사람들에게, 무운은 흉터를 내보인다. 악성 전염병이라 하는 무운의 은근한 으름장에 접근한 사람들 모두가 떨어져 나갔다. 징그러운 흉터는 다른 사람들의 접근을 차단하는 방어벽으로 작동했다.

그러던 어느 날, 이경무李敬懋[1728~1799]가 강계 지방의 새 수령으로 부임해 왔다. 1763년 음력 6월이었다. 이때 그의 나이는 35세. 당시 기준에서 보면 어느 정도의 원숙미를 풍길 때였다. 부임하고 얼마 지나지 않아, 그가 무운에게 수청을 요구한다. 무운은 흉터를 내보이며 질병이 있다고 둘러댄다. 지금까지 늘 해오던 방법이었다. 요청하는 사람과 거절하는 사람, 두 사람 사이에 어색한 기류가 흐른다. 하지만 질병이 있다는데 방법이 없다. 이후, 두 사람은 같은 시공간에서 서로 다른 생활을 한다. 이경무는 공무를 집행하고, 무운은 곁에서 잔심부름을 할 뿐이다. 밤이 되면

둘은 각자 다른 공간으로 향했다.

그렇게 지낸 지도 어느덧 네댓 달이 되었다. 6월에 부임하고 네댓 달이 지났으니, 날씨도 제법 추워졌다. 그러던 어느 날, 무운이 이경무에게 말한다.

"오늘 밤에는 첩이 잠자리 시중을 들겠습니다."

불쑥 꺼낸 말에 이경무가 놀라 묻는다. "네겐 나쁜 병이 있다고 하지 않았던가?" 무운은 솔직하게 답한다. 성 진사에게 수절하고자 일부러 화상 흉터를 만들었다고. 그렇지만 당신이 부임한 후 네댓 달 동안을 곁에서 지켜보았더니, 당신이야말로 '진정한 대장부'임을 알았다고. 진정한 대장부를 보고 나니 나는 결코 무심할 수 없었노라고.

네댓 달 동안 무운이 곁에서 지켜본 이경무는 이전에 보았던 사람들과 사뭇 달랐던 모양이다. 그에게는 몸에 새긴 사랑의 흔적마저 지울 만한 강력한 '무엇'이 있었다. 이야기에서는 그것을 '진정한 대장부'라 했다. 그녀가 언급한 대장부는 맹자의 사상이 집약된 '대장부'가 아니다. 단지 사랑의 언표일 뿐이다. 사랑을 하면 사랑하는 대상에게서 특별함을 찾기 마련이다. 특별함이란 내가 꿈꾸던 욕망의 한 모습이기도 하다. 그러나 보통은 내가 꿈꾸던 욕망이 무엇인지는 정확하거나 구체적이지 않다. 바람에 날리는 머리카락을 쓸어 올리는 모습, 펜을 쥔 긴 손가락, 우수에

젖은 눈빛 등 지극히 지엽적이고 추상적이다. 무운이 말한 대장부란 말도 그렇다. 매일 보던 사람이 어느 순간 특별한 의미로 다가와 갑자기 가슴 설레게 하는 애정 시그널이 '대장부'라는 말로 녹아들었을 뿐이다. 바람처럼, 사랑은 그렇게 느닷없이 무운에게 불어왔다.

두 사람은 깊은 사랑에 빠진다. 그러나 사랑의 열정도 잠깐. 어느덧 수령 임기를 채운 이경무가 돌아갈 때가 되었다. 무운도 따라나선다. 이경무가 그런 그녀를 제지한다.

"내겐 이미 두 명의 첩이 있으니, 너까지 오면 너무 번거롭다."

거부 의사가 분명하다. 단호하고 냉정한 거부 의사에 무운의 심정은 어땠을까? 춘향처럼 한바탕 난리라도 부리면 좋으련만, 무운은 춘향과 달리 기생이 이별에 임해 어떤 태도를 보여야 하는지를 알았다. 기생에게 씌워진 무거운 멍에를 덜고 싶었던 것일까, 아니면 자기 위안이었을까? 무운은 아무렇지 않은 듯이 대꾸한다.

"그렇다면 당신을 위해 수절하겠습니다!"

이별은 아프다. 부묵자副墨子가 쓴 『파수록』에 실린 영변의 늙은 기생 옥매가 들려준 얘기처럼, 사랑하는 사람과 헤어지는 일은

40세 이전에 백발로 만들 만큼 고통스럽다. 그런 아픔을 참아가며 힘들게 꺼낸 말이 '수절'이다. 수절이란 말은 어쩌면 당혹스러운 상황에서 이별의 고통을 애써 감추기 위한 방어기제였으리라. 일종의 '검은 안경'이었다.

그러나 상황은 무운의 뜻대로 전개되지 않았다. '나는 순진한 아이면서 성숙한 어른이라는, 가련하고도 감탄할 만한 표지'로 내세운 수절이 오히려 무운을 위태롭게 만들었다. 이경무는 무운이 말한 심리적 기제를 전혀 인지하지 못했다.

"네가 말한 수절이란 게, 성 진사에게 수절한다고 했던 말과 같은 것이냐?"

특별한 관계를 진부한 관계로 전환시키는 것은 말 한마디에 있다. 이경무의 조롱 섞인 한마디 말에 두 사람이 쌓아온 사랑은 일순간에 아무것도 아닌 허상으로 변했다. 무운은 처참하게 망가진다. 그녀는 단지 이경무의 성적 욕구의 대상이자, 그의 욕구를 충족시키는 도구 이상도 이하도 아닌 존재로 추락한다. 무운에겐 선택의 여지가 없다. 처음엔 얼굴을 붉히며 화를 낸다. 그러나 분노도 잠시뿐. 버림받은 존재임을 인지하는 순간, 분노의 화살은 그가 아닌 자신에게 향한다. 새삼 현실로 다가온, 상점의 요강 같은 자기의 운명을 탓하는 것 외에 달리 할 일이 없다. 어떻게 하나?

그런데 무운의 행동이 뜻밖이다. 품속에서 칼을 꺼내더니, 그 칼로 자기의 왼쪽 네 번째 손가락을 거침없이 잘라낸다. 순식간의 일이다. 롤랑 바르트가 말했던가? 대상에게 분노할 힘이 없을 때에는 자신의 못난 운명에 스스로 벌을 주는 고행을 택한다고. 무운은 스스로 자기 육체를 훼손한다. 훼손은 내가 했지만, 그것은 결코 내가 한 짓이 아니다. 당신이 내게 가한 폭력일 뿐이다. 말로 표현할 수 없는 속내가 때로는 행동으로 먼저 표출되기도 한다. 무운은 그렇게 항변했다.

항변, 그리고 수절

10년이 흘렀다. 이경무는 떠났고, 무운은 남았다. 세월의 더께는 무운으로 하여금 세상을 보는 마음의 눈을 갖게 했다. "가장 소중한 것은 눈으로는 보이지 않는 거야." 장미꽃이 소중한 이유가 장미를 위해 소비한 어린왕자의 시간에 있듯이, 내가 아름다울 수 있는 것도 너무 아파 들춰보기조차 힘겨웠던 시간을 견뎌온 삶의 무게 때문이었다. 박경리 선생의 말마따나, 꽃 같은 시간이든 통곡의 시간이든 간에 지나간 시간은 긴긴 여름날 무더위 속에 한바탕 쏟아진 소나기였을 뿐이다. 그렇게 10년의 시간이 훌쩍 지나가 버렸다.

훈련대장을 거친 이경무는 성진城津 지방에 파견되었다. 함경 북도 성진에 새로 진鎭을 설치하는데, 군사 지식이 풍부한 관리가 필요했기 때문이다. 야담에 담긴 이 대목은 이경무가 함경남도 장진부사長津府使로 좌천된 역사적 사실을 허구로 윤색한 것이다. 좌천보다 중요한 군사 업무를 위해 특별히 부임되어 왔다는 사실이 이야기의 흥미를 제고하기 때문이다. 게다가 강계에서 장진까지는 그리 먼 거리가 아니다. 강계에서 성진까지 300리 길에 비할바가 아니다. 이경무의 근무지를 장진이 아닌 성진으로 바꾼 것도 이야기의 극적 효과를 높이기 위한 인위적인 개작이다.

어찌 되었든, 이경무는 북방의 수령으로 다시 부임해 왔다. 이소식을 듣고 무운이 길을 나선다. 10년 만의 일이다. 300리 길은보통 사나흘 정도를 걸어야 하니, 독한 마음을 갖지 않고서는 선뜻 나서기 어려운 행보다. 자신에게 모진 말을 했던 사람. 무운은그 사람을 만나러 긴 여행길에 들었다.

재회. 참 오랜만에 두 사람이 마주 본다. 한바탕 소나기 같았던미숙했던 지난날이 떠올라 슬며시 미소를 짓는다. 회포를 풀다보니 어느덧 밤이 깊어졌다. 두 사람이 함께 잠자리에 든다. 이경무가 무운을 가까이하기 위해 다가간다. 그러자 무운은 죽기로작정한 듯이 완강하게 그를 밀쳐낸다. 뜻밖의 행동이다. 이경무가의아해하며 묻자, 무운이 답한다.

"사또를 위해 수절하는 것입니다."

억센 행동과 달리 대답하는 목소리가 퍽 차분하다. 나를 위해 수절한다면서 나를 거부한다? 무슨 의미인가? 무운이 설명한다.

"이미 남자를 가까이하지 않겠다고 마음속으로 굳게 다짐했으니, 비록 사또라 해도 가까이할 수 없지요. 한 번 가까이하면, 그것이야말로 훼절하는 것과 다를 바 없지요."

말뜻이 모호함에도, 〈무운 이야기〉의 요체는 이 말속에 전부 담겼다. 무운이 사랑한 것은 결코 '누구'라는 대상이 아니었다. 사랑한 것은 '사랑' 그 자체였다. 이경무를 사랑했던 나 자신, 어리고 유약했지만 순수했던 젊은 날의 나. 그녀가 사랑한 것은 바로 그것이었다.

기억은 무의적으로 조작된다. 내 자의식을 완전히 무너뜨린 말 한마디, 그리고 그 말과 연계된 상황이 주는 불편한 긴장감이 나를 옥죈다. 죽을 것 같다. 살기 위해 나는 의도적으로 내 기억을 왜곡한다. 조작된 기억은 시간이 더해지면서 실재한 사실로 바뀐다. 같은 시공간에서 두 사람이 함께 행한 일들을 서로 다르게 기억하는 것도 이런 심리 조작 과정이 개입된 결과다. 마치 홍상수 감독의 영화 〈오! 수정〉에서 사람들마다 서로 다른 기억의 상관관계를 만들어 갔듯이….

무운도 그랬다. 10년 동안 무운은 무의식이 만든 기억을 통한 새로운 세계를 만들었다. 의도하지 않았지만, 세월의 더께가 그녀로 하여금 자기만의 세상을 창조케 했던 것이다. 영국의 소설가

레슬리 하틀리의 소설 『중개인』 첫머리에 나온 문구처럼 "과거는 낯선 나라다. 그곳에서 사람들은 다르게 살아간다." 그렇게 실재한 과거와 내가 만든 과거는 완전히 달라졌다. 틈입된 조작 기억들과 상실된 기억들. 사랑에 대한 의식의 흐름은 실재한 내 기억을 왜곡시켰다.

내 기억 속에 상실된 무엇. 그것이 무엇인가? 아마도 사랑의 대상이리라. 새로 만들어진 의식의 공간에는 사랑했던 기억만 남고, 정작 사랑의 대상은 지워진 것이다. 이경무를 사랑했던 나는 기억의 한쪽에서 살아 꿈틀대건만, 사랑의 대상인 그는 마치 오래된 영정사진처럼 흐릿하기만 하다. 사랑을 완성시키는 것은 떠난 사람의 몫이 아니라, 남은 사람의 몫이라고 했던가. 이경무의 물음에 대한 무운의 모순된 답변도 이런 심리가 반영된 결과였다. 당신을 위해 수절한다는 말은, 결국 당신을 사랑했던 나를 지키기 위한 방어벽이었다. 당신조차 침범할 수 없는 '순수한' 내 사랑의 벽. 그것은 무운이 지켜야 할 마지막 자존심이었다. 그것마저 무너지는 순간, 무운은 정말 상점의 요강임을 자인하는 꼴이 되기 때문이다. 두 사람이 함께 지내는 동안, 무운은 단 한 차례도 몸을 허락하지 않는다.

무운과 이경무가 함께 지낸 지 1년이 지났다. 이경무의 임기도 끝났다. 10년 전 그날처럼 두 사람은 다시 이별과 마주한다. 그때와 달리, 이경무는 무운에게 함께 고향으로 가자고 권한다. 그러나 이번에는 무운이 거절한다. 그녀는 자발적으로 강계로 돌아갔다.

〈무운 이야기〉에는 마지막에 삽화 하나가 덧붙는다. 이후 이경무의 아내가 죽었을 때 무운은 서울로 가서 장례에 참여한 뒤에 다시 강계로 돌아왔고, 이경무가 죽었을 때도 그리하였다고. 첩으로서의 역할에 충실했다는 사실을 부연해 놓았다. 중세에서 요구하는 윤리 관념에 따라, 이경무와의 인연의 끈을 놓지 않고 그 관계를 끝까지 유지했다는 의미다. 아무리 자의식이 강한 무운이라 해도, 결코 사회가 만든 틀에서 완전히 벗어날 수 없었음을 확인케 한다. 그런데 〈무운 이야기〉에서는 이 삽화 뒤에 의미심장한 한마디를 덧붙여 놓았다.

"그 후 무운은 스스로를 운대사雲大師라 부르며 지내다가, 마침내 늙어서 죽었다."

이야기, 다시 생각하며 읽기

실존, 그리고 운대사

『죽음의 수용소에서』를 쓴 빅터 프랭클은 자신이 직접 보고 겪은 아우슈비츠 수용소에서의 경험에 기초하여 로고테라피라는 심리 치료 기법을 도입하였다. 이 치료법은 니체가 말한 "살아갈 이유를 알고 있는 사람은 어떠한 상황에서도 견뎌낼 수 있다"는 주장을 근간으로 했다고 한다. 자기 내부에 꿈틀거리는 삶의 의지, 혹은 실존에 대한 의지가 개인을 성장시킬 수 있다는 논리다. 이런 점에서 보면 기억 왜곡도 삶의 의지를 표출하는 한 방법일 터다. 특히 우리의 삶에서 빈번하게 일어나는 기억 왜곡이 자기의 삶을 정당화하려는 데서 발생하는 행위라는 점을 고려하면, 충분히 이해할 만하다. 자기의 행동이 이기적이라고 생각할 때 의도적으로 공정을 내세우는 원리와 같은 맥락일 터다. '수절'이라는 하나의 프레임을 만든 무운의 심리도 여기에 기초해 있었음 직하다.

애초 무운은 성 진사에게 수절을 약속했다. 처음으로 그에게서 사랑이란 걸 느꼈고, 그 사람과의 사랑도 영원하리라 믿었기 때문이다. 내 몸에 새긴 흉터가 지워지지 않는 한 그에 대한 내 사랑도 영원하리라는 믿음. 내 몸에 새긴 흉터가 부적이 되어 '내 사랑이 너를 지켜주었으면 좋겠다'는 주술. 그 모두를 담은 기념비였다. 하지만 무운은 어렸다. 뒤에서 입증하겠지만, 흉터를 만들 때의 그녀는 고작 15세 안팎이었다. 아직은 삶에 대한 '성찰'을 말하기엔 너무 어렸다. 그저 희망찬 미래만 보이는 순수한 소녀였다. 당시 무운에게 사랑은, 이해인 수녀의 시구처럼 "나의 생애가 한 번뿐이듯, 내 사랑도 한 번뿐"이기에 "당신 아닌 그 누구도 치유할 수 없는 불치의 병"이었다. 흉터는 그 마음을 증명하는 표지였다.

사랑했던 성 진사는 떠났다. 그가 떠난 후 고을 수령으로 이경무가 부임했다. 애써 거부해도 사랑은 변할 수밖에 없다. 변한다는 것은 궁극적으로 내 정체성을 찾기 위해 끊임없이 투쟁하는 과정이기 때문이다. 그 사람을 위해서가 아니라, 나 때문에 변하는 것이다. 변한 사랑 앞에 무운이 새긴 흉터는 말 그대로 이제는 '흉한' 상처가 되어버렸다. 더 이상 흉터는 사랑의 기념비가 아니었다. 상처를 덮고 새로운 사랑을 나눈다. 다시 새로운 미래도 꿈꾼다. 성 진사에게 했듯이, 새로운 사랑의 대상자인 이경무와도 영원한 사랑을 약속한다. 무운은 여전히 '시간이 지나면 지금 꿈꾸고 있는 미래가 현실로 다가올 것'을 믿는 15세 안팎의 순수한 청년이었다.

하지만 상대는 35세. 아내가 있고, 첩도 둘씩이나 거느린, 이미 삶의 한복판에서 희로애락을 충분히 맛본 사람이었다. 같이 가겠노라 따라나선 무운을 거부한 것도 사랑보다 현실을 고려한 처사였다. 생각지 못한 단호한 거절에 무운이 말한다. "그럼, 수절하며 당신을 기다리겠다." 이 말은 진심이었다. 미래는 늘 현실이 될 것임을 믿던 나이였기에. 그러나 그녀의 발목을 잡은 것은 흉한 상처였다. 이전에 성 진사를 위해 만든 상처는 수절마저 흉한 잔재, 말 그대로 '흉터'가 되어 있었기 때문이다. 내가 사랑하는 사람이 내 면전에서 이를 거론하며 조롱한다. 도스토옙스키가 『죄와 벌』에서 "사소한 것, 사소한 것이 중요하다. 바로 그런 사소한 것들이 항상 모든 일을 망쳐버린다"라고 했듯이, 말 한마디가 두 사람의 사랑을 파탄으로 몰고 갔다.

분노한다. 하지만 이경무의 조롱이 완전히 틀린 말이 아니다.

틀리지 않았기에 더 화가 난다. 아주 짧은 시간이건만, 분노의 대상이 그에게서 내게로 향한다. 자기합리화가 필요하다. 마음속에서 요동치는 분노와 부끄러움을 조화롭게 만들 방법을 찾아야 한다. 그런데 아무리 생각해도 방법이 없다. 막바지에 몰리면 자기 폭력으로 이어지는 법. 하지만 지금의 상황은 가슴을 친다거나 벽을 치는 수준에서 진정될 것 같지 않다. 마침내 무운은 품에서 칼을 꺼내, 그걸로 자기의 네 번째 손가락을 자른다. 순식간의 일이다. 엄청난 혼란과 동요가 지난 뒤, 비로소 '처참한' 평화가 찾아왔다. 이경무는 자신의 발언을 취소한다. 취소를 넘어, 무운을 데리고 가겠다고 달랜다. 아무것도 되돌릴 수 없는 지경에 이른 뒤였다.

이후 무운의 삶은 자기합리화를 위한 나날이었다. 그녀는 성진사와 이경무 모두에게 진심이었다. 하지만 두 번의 사랑의 결과로 남은 것은 흉한 화상 자국과 잘린 네 번째 손가락뿐이었다. 순수한 사랑의 징표였건만, 그걸 바라볼 때마다 마음이 편치 않다. 외부에 드러난 신체 훼상 표지야 감추면 그만이다. 하지만 내면에 새겨진 '흉터' 표상은 아무리 몸부림쳐도 지워지지 않는다. 무운은 그렇게 10여 년 동안 지워지지 않는 아픈 상처를 합리화해야 했다.

마침내 자기합리화를 증명할 기회가 주어진다. 사나흘을 걸어 이경무가 있는 평안도 성진 지방으로 간다. 이경무와 재회한 무운. 조금은 성숙해졌건만, 그럼에도 모든 게 미숙했던 자신의 청춘이 떠올라 부끄럽다.

늦은 밤, 그녀는 자기에게 다가오는 이경무를 거부한다. "수절은 꼭 누구에게로 향해야 하는 게 아닙니다. 궁극적으로는 나 자신에게 향해야 합니다. 그러니 사랑의 대상은 허깨비일 뿐이지요. 본질은 내가 누군가를 사랑했던 순수한 열정, 그 자체랍니다." 사랑은 반드시 '그 사람'이란 상대를 지목해야 하는 것이 아니다. '나'에게로 향해야 한다. 두 사람이 함께 지내는 1년 동안 무운은 그것을 증명해 보인다. 나는 나다! 당신의 눈에 보이는 것보다 중요한 것은 내가 보는 나 자신이다. 내가 아름다워야 세상도 아름답고, 내가 나를 이해해야 그 사람도 이해할 수 있지 않은가? 양귀자 소설의 한 문구처럼 "가짜로 살지 않았으므로 나는 아름답다!" 무운이 이경무에게 들려주는 이야기 톤은 조용했지만, 울림이 크다.

이경무의 만류에도 무운은 다시 강계로 돌아왔다. 그러나 그녀는 지금까지 괴롭혀 왔던 압박에서 자유로워지지 못했다. 자신이 내뱉었던 '수절'이라는 굴레가 여전히 강력하게 작동했다. 거기에서 벗어나기 위해서는, 역설적이게도 중세 사회규범 안으로 돌아와야 했다. 제도가 요구하는 수절이 어렵지 않음을 몸소 보여줘야 했기 때문이다. 이제는 내가 그를 사랑하는가, 그렇지 않은가는 의미가 없다. 그저 중세 질서가 만들어낸 '신성한' 틀에 맞춰 내가 할 도리를 하면 그만이다. 그것이 고단했던 내 청춘에게 보내는 보상이자 위로였다. 이경무의 아내가 죽었을 때, 무운은 서울로 가서 장례를 치른다. 이경무가 죽었을 때도 마찬가지다. '첩' 으로서 역할에 충실했음을 밝히는 표지다. 그것이 형식적 순종이든 진심에서 우러난 순종이든 간에. 무운의 '수절'은 그렇게 완성되었다.

이경무 부부가 세상을 떠났다. 무운도 자유로워졌다. 자신을 옭아매었던 모든 사슬에서 벗어나 다시 세상에 섰다. 어제와 다를 바 없는 세상이건만, 오늘 다시 마주한 세상은 오히려 허망하다. 구름이 모이고 흩어지듯이 허무하다. 무운은 자기에게 새로운 이름을 붙인다. '운대사雲大師'. 『숫타니파타』에서 말했듯이, 무운은 이제 비로소 "소리에 놀라지 않는 사자처럼, 그물에 걸리지 않는 바람처럼, 진흙에 물들지 않는 연꽃처럼, 무소의 뿔처럼 혼자서" 간다.

이야기와 다른 역사적 실재

일찍이 성대중成大中〔1732~1809〕이 평안도 강계부 경계에 있는 고사보高沙堡에 갔다. 그는 그곳에서 무운을 만나 시 한 수를 써서 건넨다. 〈고사보에 갔다가 강계 지방의 늙은 기생 무운을 만나 시를 써 주면서〔高沙堡遇江界老妓巫雲書贈〕〉라는 제목의 시다.

손자와 오자의 병법서 모두 읽고 느릿느릿 술잔을 들자니〔讀罷孫吳謾引卮〕
씩씩한 마음 부질없이 사라지고 공적비만 서 있구나.〔壯心虛負勒燕碑〕

백두산을 우연히 지나다 강계 지경에 이르러서〔白頭偶過臨江戍〕
노파가 된 무운의 출사표를 한가롭게 듣노라.〔閑聽雲婆詠出師〕

이 시는 성대중이 1793년부터 1795년까지 평안북도 위원군수
渭源郡守로 재직할 때에 지은 것으로 보인다. 위원은 강계에 붙어있
는 지방이다. 성대중은 군수 자격으로 고사보 순찰에 나섰다가
무운을 만난 것이리라. 그때 그는 노파가 된 무운이 부르는 〈출사
표〉를 들었다고 했다. 시 제목에도 무운을 '늙은 기생〔老妓〕'이라고
적었다. 이를 신뢰하면, 아마도 무운은 당시에도 기생으로 부역하
고 있었을 개연성이 높다.

기생은 법률로 50세까지 부역한다고 정해져 있다. 이를 종합
해서 추론하면 성대중이 만났을 당시의 무운은 40대 중후반 정도
였을 개연성이 높다. 당시에는 40대도 늙은이라고 했으니, 무운
에게 붙은 '늙은' 기생이라는 수식도 이상할 게 없다. 성대중이
위원군수로 부임할 때의 나이는 62세였다. 그런지라, 시를 보면
대략 62~64세 노인이 40대 중후반대의 기생과 마주 앉아, 기생
이 부르는 노래를 듣는 풍경이 그려진다. 완숙미를 뽐내는 기생
이 부르는 제갈량의 〈출사표〉. 그 소리는 제법 호탕했으리라.

성대중은 이경무보다 4년 후배다. 그러니 성대중의 이미지를
이경무로 대체해도 위에 제시한 풍경은 다를 게 없다. 60대 노인
과 40대 기생이 마주하고 앉은 그림은 변함없다. 여기서 무운과
이경무의 나이 차가 대략 20살 남짓이라는 것도 확인할 수 있다.

이경무는 삼화부사로 있다가 강계부사로 내려왔다. 삼화는 지금의 평안남도 남포시를 말한다. 그러니 평안남도에서 평안북도로 영전했던 것이다. 『강계읍지』에는 이경무가 강계부사로 부임한 날짜를 1763년[계미] 6월 26일이라고 밝혀 놓았다. 그때 이경무의 나이는 35세였다. 두 사람의 나이 차가 20살 남짓임을 고려하면, 당시 무운의 나이는 대략 15세 안팎이다. 〈무운 이야기〉에 밝히지 않은 두 사람의 첫 만남 당시의 나이가 이랬다. 35세 장년과 15세 안팎의 앳된 소녀의 모습으로 두 사람은 처음 만났던 것이다.

두 사람은 만남의 시간도 그리 길지 않았다. 이경무는 부임한 이듬해인 1764년[갑신] 5월 18일에 파직되었기 때문이다. 강계부사로 있을 당시, 그가 다스리는 고을의 군인이 화약을 다듬다가 실수로 불을 낸다. 그 바람에 감독하던 관리가 불에 타서 죽는 사고가 발생하였다. 평안도 관찰사는 이에 대한 장계를 올렸고, 그에 따라 이경무는 파직되었다. 그러니 그가 강계 지방 수령으로 있었던 시간은 11개월이 채 되지 않는다. 무운과 이경무가 함께했던 시간도 그뿐이다. 이야기에서는 무운이 네댓 달을 지켜만 봤다고 했다. 그러니 실제로 두 사람이 서로 사랑하며 지낸 시간은, 1763년 11~12월부터 1764년 5월까지, 고작 6개월 정도였다. 두 사람은 겨울에서 봄까지 두 계절을 사랑했을 뿐이다.

이경무는 파직되어 떠나는 상황이었으니 무운을 데리고 갈 수 없었다. 데려가고 싶어도 불가능했다. 그런 상황인데, 무운은 같이 가겠다고 따라나선다. 그녀는 당시 15세 안팎. 사람의 마음을 섬세하게 읽으면서 현실을 있는 그대로 받아들이기에는 너무 어린 나이였다. 뇌과학에서도 20세를 넘겨야 비로소 자제력이 완성된다고 했듯이, 15세 안팎의 무운은 아직 상대의 마음을 읽는 훈련이 되어 있지 않았다. 그런 무운에게 이경무는 참으로 모질게 말한다. 말 한마디가 사람을 혼란과 암흑의 세계로 이끈다는 것을 그는 몰랐던 것일까? 무운은 고작 열다섯 살이었다. 그들의 짧은 만남은 그렇게 긴 이별로 이어졌다.

이야기에서는 이경무가 훈련대장을 거쳐 평안도 성진 지방에 파견되었다고 했다. 성진에 새로 진을 설치하는데, 군사 지식이 풍부한 관리가 필요했기 때문이다. 이 내용은 이야기의 극적 효과를 높이기 위해 의도적으로 변개한 것이다. 왜 그런가?

이경무가 훈련대장이 된 때는 1787년이기 때문이다. 반면 성진에 진을 설치한 때는 1746년이다. 둘 중의 하나는 오류일 수밖에 없다. 둘 중에 잘못된 것은 후자다. 아마도 성진은 '장진長津'을 잘못 썼을 개연성이 높다. 1787년에 훈련대장이 된 이경무는 근무 태만으로 인해, 이듬해인 1788년에 평안도 장진부사로 좌천되었기 때문이다. 또한 〈무운 이야기〉에서는 두 사람이 이별하고 10년이 지나 재회했다고 했다. 이 역시 역사적 실재에 기반하면, 두 사람이 재회한 때는 1788년의 일로 봐야 할 것이다. 〈무운 이야기〉에서는 오락적 흥미를 높이기 위해 역사적 사실을 다양한 내용으로 각색했음을 짐작케 한다.

1788년 8월 2일. 장진부사로 부임하던 때, 이경무의 나이는 59

세였다. 무운도 39세 전후였다. 청년이었던 남성은 노년이 되고, 소녀였던 여인은 원숙미를 풍기는 중년이 되어 재회한 것이다.

재회했지만, 두 사람이 함께한 시간은 길지 않았다. 〈무운 이야기〉에서 밝힌 것처럼 1년 남짓이 아니다. 아무리 길어야 10개월도 채 되지 않는다. 이 역시 역사적 사실에 근거해 확인할 수 있다.

장진부사로 부임한 이듬해인 1789년 윤 5월 11일. 이경무는 평안도 병마절도사로 제수된다. 하지만 그가 병을 핑계 삼아 부임하지 않자, 조정에서는 그에게 방귀전리放歸田里를 명한다. 방귀전리란 벼슬을 삭탈해서 고향으로 내쫓는 형벌이다. 명을 받들고 이경무는 고향으로 돌아갔다. 이런 사실에 기초하면 이경무가 장진 지방에 머문 시기는 10개월 남짓임을 알 수 있다. 두 사람이 함께 지낸 시간을 최대치로 잡아도 10개월이다. 실제는 이보다 훨씬 적었을 것임이 분명하다. 두 사람은 짧은 만남을 뒤로하고, 다시 긴 이별의 시간을 갖는다.

6개월의 만남과 24년의 이별. 그리고 10개월의 재회와 이경무가 죽을 때까지 11년 동안의 이별. 그들이 서로 만나 함께한 시간은 넉넉하게 잡아도 1년 6개월 정도다. 그에 반해 서로 떨어져 보낸 시간은 35년이었다. 다산 정약용의 말을 패러디하면, 두 사람의 "만남은 짧고, 이별은 길었다!"

무운에게 35년은 어떤 의미였을까? 35년 내내 그녀는 살기 위해 자기합리화를 해야만 했다. 모든 게 위태롭고 부끄럽기만 했던 청춘의 방황이 한평생 '내가 누구이고, 어떻게 살아야 하는가'에 대한 끝없는 질문으로 이어질 줄은 그녀 자신도 생각하지 못했을 터다. 빅터 프랭클이 인용한 니체의 말처럼 "나를 그대의 가슴에 새겨주소서. 그러면 사랑은 죽음과 같이 강해지리라"는 말을 깨닫기엔 모든 게 미숙했던 젊음의 방황이 가져온 결과다. 괴테의 『젊은 베르테르의 슬픔』에서 "확실한 것을 알지 못할 때 우리는 곧바로 혼란과 암흑에 있다고 짐작하는 법"이라고 했듯이, 그녀의 삶은 내내 혼란과 암흑이었다. 기억에 갇혀 산다는 것은 슬픈 일이다.

한마디만 덧붙이자. 제주도 사람들은 '신이란 하늘에서 뚝 떨어진 존재가 아니라, 사람들 중에 가장 외롭고 고통스러운 짐을 진 자가 비로소 신이 된다'는 믿음을 갖고 살아왔다. 신이란 별다르게 불쑥 생겨나는 것이 아니다. 서럽고 서러운 사람이 곧 신이라는 의미다. 그래서일까? 섬사람들은 신당神堂인 할망당에 가서 하얀 천이나 종이를 한참 동안 가슴에 품은 뒤에 신 앞에 내어놓는다. 외롭고 고통스러운 짐을 진 당신이 신으로 앉았으니, 내 가슴에 알알이 박힌 서러움을 하얀 천과 종이에 담았으니 당신이 그것을 비춰 보시라고. 말과 글로 제대로 표현할 수 없는 무지한 내가 할 수 있는 일은 하얀 천과 종이를 한참 동안 가슴에 안는 것밖에 없다. 그 나머지는 나처럼 아팠던 신이 처리해 줘야 할 몫이다. 그 마음으로 이른 새벽녘에 할망당으로 향하는 섬사람의 구부정한 걸음이 구름처럼 흐릿하다. '운대사'라고 자처한 무운을 생각할 때마다 겹쳐지는 풍경이다. ▶작품 읽기 237쪽

매화
사랑이 어떻게 변하니

병신[1776]년에 옥사가 발생하였다. 전임 곡산부사도 범죄 사실에 연루되어 옥에 갇히자, 그의 부인이 울며 매화에게 말하였다.

"지아비가 지금 이 지경에 이르렀으니, 나는 이미 마음속으로 결정한 것이 있다. 너는 젊은 기생이라, 굳이 여기에 있을 필요가 있겠느냐? 네 고향집으로 돌아가는 게 좋겠다."

매화도 울며 말하였다.

"천한 첩이 영감님의 은혜와 사랑을 받은 지도 이미 오랩니다. 번창하고 화려했을 때에는 함께 영화를 누렸지요. 그런데 지금 이런 때를 당했다고, 어떻게 차마 그를 등지고 집으로 돌아간단 말입니까? 죽음만이 있을 뿐입니다."

며칠 뒤, 죄인은 형장을 맞고 죽었다. 그의 아내도 목을 매고 죽었다. 매화는 손수 부인의 시신을 염습하고 입관까지 해두었다. 이후에 죄인의 시신을 내어주자, 매화는 다시 초상을 치렀다. 그리고 부부의 관을 조상의 무덤 아래에 함께 묻어주었다. 그러고 난 뒤에 매화는 무덤 근처에서 스스로 목숨을 끊어 지아비의 뒤를 따라갔다.

사랑이 어떻게 변하니?

"라면 먹을래요?"

2001년에 개봉한 영화 〈봄날은 간다〉에서 은수[이영애 분]가 상우[유지태 분]에게 건넨 말이다. 제법 오래전 영화인데, 여전히 많은 사람이 기억한다. 대사에 뭔가 공감되는 의미가 함축되었기에 지금까지도 사람들의 입에 회자되고 있을 터다. 도대체 그게 뭘까?

영화에서 은수의 직업은 소리를 전달하는 프로듀서다. 반면 상우는 소리를 채록하는 엔지니어다. 한쪽은 소리를 내보내고, 다른 한쪽은 소리를 담아낸다. 둘은 정반대의 작업을 한다. 그들의 사랑법도 다르지 않다. 매번 새로운 소리를 내보내듯, 은수는 새로운 사랑을 좇는다. 상우는 그렇지 않다. 담긴 소리를 수없이 꺼내 들으며 다듬고 또 다듬는다. 두 사람의 사랑 방식은 마치 인스턴트라면 대 전통음식과도 퍽 닮았다. 영화에 빈번히 등장하는 라면을 고집하는 은수와 그래도 밥에 집착하는 상우의 대결이야말로 그들의 사랑 방식을 단적으로 담아낸 장면이다. 이렇게 보면 '라면 먹고 갈래요?'라는 말은 사랑도 인스턴트처럼 언제든지 변할 수 있다는 의미처럼 들린다. 그래서일까? 그런 은수에게 상우가 조용히 되묻는다. "사랑이 어떻게 변하니?"

상우의 할머니가 떠났다. 연분홍 치마 흩날리던 봄날은 그렇게 흘러간다. 봄날이 지나가면서 상우도 은수를 보낸다. 이제는 청보리밭에서 새로운 소리를 녹음하며 살짝 미소 짓는 여유도 생겼다.

김치가 발효되며 제맛을 만들어 가듯이, 지금 우리의 아픔도 가장 아름다운 사랑을 완성해 가는 발효 과정일 뿐이다. 그래서 사랑은 변해도, 변하는 게 아니다.

이야기 따라 읽기

정체성 찾기

황해도 관찰사가 곡산에 이르렀다. 오늘날 기준으로 보면 관찰사는 도지사에 비견된다. 국왕의 특명을 받은 관찰사는 관내 고을을 두루 순력하면서 수령들의 치적을 평가하는데, 그가 곡산에 이른 것도 이런 이유에서다. 그곳에서 기생 매화를 본 관찰사는 사랑에 빠졌고, 마침내 그녀를 해주 감영으로 데려갔다. 나이가 제법 많던 관찰사는 어린 기생 매화에게 더할 수 없을 만큼 큰 애정을 쏟았다.

한편 매화가 떠나고 얼마 지나지 않아 곡산부에는 젊은 선비가 새로운 수령으로 부임해 왔다. 수령이 부임하면 임금을 상징하는 '궐闕'이란 글자가 새겨진 나무 패牌 앞에 나아가 보고하는 의식을 행한다. 새로 부임한 곡산부 수령도 마땅히 이런 의식을 행해야 했다. 부임 의식은 관찰사가 있는 해주 감영에서 이루어졌기에,

그는 곡산에서 해주로 갔다.

인간의 삶은 우연이 만들어낸 사건의 총합이라고 했던가. 수령은 거기에서 매화를 얼핏 본다. 아주 잠깐, 그것도 슬쩍 보았을 뿐인데도 그는 큰 혼돈에 빠진다. 마치 영화 〈키드[The Kid]〉에서 찰리 채플린이 쓰레기 더미에서 강보에 싸인 아이를 처음 보았을 때의 상황과도 퍽 닮았다. 채플린이 버려진 아이를 보자마자 하늘을 올려다보았듯이, 인연은 무방비 상태에서 그렇게 뚝 떨어진다. 채플린이 온몸으로 거부해도 아이를 떼어낼 수 없었듯이, 수령도 예고 없이 찾아온 사랑을 떨쳐낼 수 없었다.

부임 의식은 짧았다. 의식을 끝낸 수령은 서둘러 곡산으로 돌아왔다. 공적인 일 때문에 모든 것을 뒤로하고 돌아왔지만, 매화를 향한 그리움은 도무지 진정되지 않는다. 다시 만날 방법을 찾아야만 했다. 매화의 어미가 사는 집으로 향한다. 매화 어미는 기생으로 부역한 후 은퇴한 퇴기인지라, 살림살이가 넉넉하지 않았다. 그런 그녀에게 수령은 술과 음식, 고기와 비단 등 다양한 물품을 시시로 제공한다. 선물 공세는 몇 달 동안 이어졌다. 오랫동안 기생생활을 했던 매화 어미가 이런 행위가 순수하지 않다는 점을 모르지는 않았을 터. 수령의 속내가 무엇인지를 묻는다. 한참을 주저하던 수령이 마침내 입을 뗀다.

"다시 한번만 그녀의 얼굴을 볼 수 있게 해준다면, 나는 죽어도 한이 없을 것 같네."

그리움도 깊으면 병이 된다. 수령은 '폭포처럼 쏟아져 오는 그리움에 목메어 죽을 것만 같은 열병'을 앓고 있었다. 한평생을 만남과 이별로 살아왔기에 열병의 고통을 누구보다 더 잘 알았기 때문일까, 어미가 매화에게 편지를 쓴다. '내가 죽을병에 걸렸으니, 마지막으로 한 번만 보자'는 가짜 편지다. 어느새 매화 어미도 끝 모를 사랑의 질주에 공모자가 되었다.

편지를 받고 놀란 매화. 그녀는 한 달 동안 휴가를 얻어 곡산으로 돌아왔다. 어미로부터 전후 사정을 들은 매화는 관아로 들어간다. 그렇게 수령과 매화가 관아에서 마주했다.

수령은 서른 살 남짓. 풍채도 호탕하다. 늙고 추한 관찰사와 대비된다. 두 사람은 신선과 속물처럼 극명하게 대조된다. 수령을 본 매화의 가슴이 쿵쾅거린다. 수령이 매화를 보자마자 사랑에 빠졌듯이, 매화도 수령을 보고 단박에 사랑에 빠져들었다. 더 생각할 것도 없다. 그날부터 두 사람은 관아에서 함께 지낸다.

아무나 들러서 볼일을 보는 공중화장실처럼 성욕의 배설 도구와 같은 존재, 기생. 매화도 그런 운명을 당연하게 받아들였다. 늙고 추한 관찰사를 모시는 것이 내 운명이고, 그런 운명에서 일탈한다는 것은 생각조차 해본 적이 없다. 사랑도 내가 선택하는 게 아니라, 나를 선택한 사람에게 순종하는 것이라 여기며 살아온 삶. 수령과 만난 매화는 난생처음으로 '내' 삶과 '내' 운명을 생각한다.

한 달의 휴가. 시간은 금세 흘러갔다. 내일이면 두 사람도 헤어진다. 이번에 이별하면 다시는 볼 수 없으리라. 매화가 흐느낀다. 흐느끼는 매화를 보면서도 수령은 할 수 있는 게 없다. 미련스럽게 같이 아파하는 것 말고는. 한참 동안 이어진 울음 끝에 흐르는 침묵의 시간. 그 적막을 깨고 매화가 말한다.

"저는 이미 사또를 모시겠다고 결정했습니다. 이번 걸음에는 해주 감영에서 벗어날 계책도 함께 가지고 갑니다. 그리 오래 걸리지는 않을 것입니다. 얼른 돌아와서 사또를 모시렵니다."

수령과 함께 지내는 한 달 동안, 매화는 쾌락만을 추구한 게 아니었다. 그녀에게 한 달은 태어나면서부터 부여된 기생이란 운명에 순응하며 살아온 자신의 삶에 대한 성찰과 회의의 시간이었다. 처음으로 허위와 껍데기뿐인 자신과 마주한다. 지금까지 나는 밀폐된 병에 담긴 허상이었다. 내 욕망도 절망도 그 안에서만 허용되었다. 병을 열고 나오는 것은 상상조차 한 적 없다. 그걸 운명이라 여기고 살아온 매화가 조용히 묻는다. 밀폐된 병을 열면 어떨까?

한번 던져진 물음은, 심하게 팽창된 탄산음료의 병마개를 따듯이, 병 안에 갇혔던 매화의 욕망도 한꺼번에 분출된다. '나는 누구인가'를 묻는 순간, 지금까지 보아왔던 세상도 달리 보이는 법이다. '거울에 비친 내 악수를 받을 줄 모르는 나와 퍽 닮은 왼손잡이'를 부정하고, 진짜 내 얼굴과 마주한다. 관찰사가 내게 베풀어

주는 사랑도 고맙지만, 그래도 그것은 참사랑이 아니다. 내가 직접 선택하는 사랑이 참사랑이 아니던가. 그렇게 다짐한 매화가 말한다. 진짜 나를 인식하고 돌아올 때까지, 그때까지 조금만 기다려 주시기를…. 기다림은 그리 오래지 않을 것입니다.

나를 알아준 사람을 위해

해주 감영으로 돌아온 매화. 그녀는 예전과 조금도 다름없이 행동한다. 평시처럼 관찰사와 한방에 머물며 그의 시중을 든다. 다정함도 여전하다. 그렇게 지낸 지 10여 일이 되던 어느 날, 매화가 갑자기 밥을 먹지 못하더니 잠도 자질 못한다. 깊어지는 신음 소리에 관찰사는 온갖 약물을 써보지만 효험이 없다.

다시 10여 일이 지났다. 이제는 발작 증세까지 보이기 시작했다. 머리를 헝클고, 손발을 구르며, 깔깔대고 웃어댄다. 그러다가 갑자기 펑펑 울어댄다. 어느 때는 관아 집무실에 나아가 관찰사의 이름을 함부로 부르기도 했다. 사람들이 말리려고 다가서면 발길질하며 물어뜯기도 했다. 이른바 미친병에 걸린 것이다. 더이상 치유할 수 없는 지경에 이른 이상, 관찰사도 어떻게 할 방법이 없다. 매화를 곁에 두고 보살피는 대신, 그녀를 고향인 곡산으로 돌려보낸다.

매화는 정말로 곡산을 떠난 지 '그리 오래지 않아' 고향으로 돌아왔다. 돌아온 그녀는 아무 일도 없었다는 듯이 곡산 관아에 들어간다. 재회한 두 사람의 애정은 나날이 돈독해져 갔다. 두 사람의 사연은 관내를 넘어 해주 감영에까지 들려왔다. 소문은 관찰사의 귀에도 들어갔다. 하지만 미친병에 걸렸다는 이유로 부역을 면제해준 기생을 다시 부를 순 없었다. 그저 마음속으로만 분노할 뿐이다.

일찍이 무라카미 하루키는 아무리 갈망해도 가질 수 없는 것인데도 그것을 손쉽게 얻는 사람을 볼 때 솟구치는 감정을 '질투'라고 규정한 바 있다. 관찰사의 심리가 정말 그러했다. 그의 질투는 분노로 이어졌다. 그것은 앤드루 솔로몬이 쓴 『한낮의 우울』에서 말했듯이, 소유할 수 없게 된 불가능한 대상과의 일치를 추구하려는 열정이 더욱 커지면서, 자신을 더욱 더 가혹한 고통의 가마 안으로 이끄는 모습이었다. 그의 심리는 상대를 죽이거나 나를 죽임으로써 그 사람과 연결될 수 있다는 독단으로까지 이어진다. 전형적인 우울증 증세다.

곡산 수령은 두려웠다. 매화의 병이 연출된 쇼였다는 사실이 적나라하게 드러나면, 두 사람은 상상할 수 없는 나락으로 추락할 게 분명했다. 실상이 드러나기 전에 먼저 관찰사를 제거해야 한다. 마침내 수령은 오늘날의 검찰 수뇌부라 할 만한 사헌부 대간을 부추겨 관찰사를 파직에 이르도록 조장한다. 관찰사는 파직된다. 두 사람은 이제 비로소 관찰사의 해코지로 인한 공포에서 자유로워졌다.

어느덧 시간이 지나 곡산 수령의 임기가 끝났다. 수령은 매화를 데리고 서울로 갔다. 그러나 사랑에도 책임은 따르는 법. 관찰사를 속이고, 없는 죄를 엮어 파면케 한 것에 대한 업보였을까? 수령은 그에 대한 대가를 치른다. 정조가 즉위한 1776년. 사도세자의 죽음과 관련한 병신옥사가 발생했고, 수령도 이 사건에 연루되어 옥에 갇힌 것이다. 한 집안의 몰락이 분명해졌다. 집안사람 모두가 황망해 하던 차에 수령의 아내가 매화를 부른다.

> "나는 마음속에 이미 결정한 게 있다. 하지만 너는 기생이니, 여기 있지 말고 얼른 고향으로 돌아가거라."

남편이 역적으로 처형되면 본처인 자신은 남편을 따라 죽는 게 마땅하지만, 첩이야 굳이 그럴 필요가 없다는 조언이다. 고향으로 돌아가라! 본처의 말은 마치 예전에 해주에서 관찰사가 그녀를 내치면서 꺼낸 말과 퍽 닮았다. 그러나 그때와 달리 매화는 돌아가지 않는다.

> "천한 첩이 영감님의 은혜와 사랑을 받은 지도 이미 오랩니다. 번창하고 화려했을 때에는 함께 영화를 누렸지요. 그런데 지금 이런 때를 당했다고, 어떻게 차마 그를 등지고 집으로 돌아간단 말입니까? 죽음만이 있을 뿐입니다."

자기를 사랑해 준 사람과 영욕을 함께하겠다고 다짐한다. 번화

했을 때에는 같이 영화를 누리다가, 이런 시련에 처했다고 배신할 수는 없다. 그래서 함께 죽겠다고 한다. 자기에게 새로운 삶의 의미를 일깨워준 사람. 그 사람을 위해서라면 죽는 것도 어렵지 않다.

"선비는 자기를 알아주는 사람을 위해 목숨을 바치고, 여인은 자기를 좋아하는 사람을 위해 화장을 한다"라고 했다. 지금 시각 으로 보면 문제의 소지가 있겠지만, 이 말의 본질은 계급이나 젠 더 논쟁을 떠나 '나'를 있는 그대로 인정하고 사랑해주는 사람과 의 '관계'에 있다. 사방으로 꽉 막힌 닫힌 공간에서 문을 열고 밖 으로 탈출할 수 있게 이끌어준 사람. 그 사람으로 인해 상상조차 할 수 없던 세상과 마주함으로써, 비로소 나를 직시할 수 있게 해준 사람. 매화는 비로소 '진짜 나'의 존재를 알고 느끼게끔 일깨 워 준 수령을 위해 죽겠다고 다짐한다. 진짜 나를 만나게 해준 사람을 위해.

며칠 후 수령은 형장을 맞고 죽었다. 수령의 본처도 남편을 따 라 목을 맸다. 홀로 남은 매화. 그녀는 손수 수령과 본처의 시신을 수습한 후 장례를 치렀다. 모든 것을 끝냈다. 이제 비로소 매화는 자기가 만든 수령과 본처의 무덤 근처로 가서 스스로 목숨을 끊는 다. 나를 알아준 그 사람을 위해.

이야기, 다시 생각하며 읽기

진짜 나를 찾아서

당시 사람들은 매화를 '재가열녀再嫁烈女'라고 불렀다. '재가'와
'열녀'는 상호 모순된다. 그럼에도 그렇게 부른 것은 모순된 두
행위가 모두 성립된다는 역설이 가능하기 때문이다. 〈매화 이야
기〉 뒤에 붙은 짧은 논평도 같은 맥락이다.

> 그녀의 절개가 참으로 열렬하도다. 처음에는 관찰사에게 꾀를 씀으
> 로써 자신의 책임에서 벗어났고, 나중에는 곡산부사에게 절개를 세움
> 으로써 의롭게 죽었다. 그 역시 여자 중에서 예양豫讓이라 할 만하지
> 않은가?

두 가지 면에서 매화를 칭찬한다. 하나는 꾀를 써서 기생이 해
야 할 부역을 면제받았다는 점. 다른 하나는 곡산 수령에게 절개
를 지켰다는 점이 그러하다.

전자는 미친병에 걸린 것처럼 해서 기생의 역을 면제받은 행위
에 대한 칭송이다. 이를 이해하려면 몇 가지 가정이 필요하다.
만약에 휴가를 얻은 매화가 곡산에 주저앉아 해주 감영으로 복귀
하지 않는다면 어땠을까? 당연히 책임 소재가 수령에게 돌아갈

테고, 그로 인해 수령이 감내해야 할 피해와 수모가 적잖을 터다. 그런 사정을 알기에 매화는 일단 해주 감영으로 복귀했던 것이다. 복귀하고 나서는? 또한 국가가 정한 법률 안에서 적절하게 대처하여, 관찰사가 스스로 자기를 방출하도록 유도함으로써 곡산 수령에게는 조금도 해가 가지 않도록 했다. 논평은 이러한 세심한 마음씀씀이에 주목한 것이다. 사랑하는 사람이 조금이라도 피해를 받지 않도록 슬기롭게 처신한 매화에 대한 칭송이다. 후자는 문면에 드러난 논평 그대로 자기를 알아준 수령에게 절개를 지켜 의연하게 죽음을 맞은 매화를 칭찬한 것이다.

한 사람에게서 도망쳐 '재가'한 매화, 그리고 한 사람을 위해 '절개'를 지킨 매화. 모순된 두 단어는 이렇게 절묘하게 어우러진다. 논평 마지막에는 모순된 행위를 한 매화를 '여자 예양'이라 단언함으로써 모순된 단어의 융합을 확정지었다.

예양은 사마천司馬遷이 쓴 『사기史記』에 등장하는 자객이다. 그는 일찍이 범씨范氏와 중항씨中行氏를 각각 섬겼지만, 두 사람 모두 예양을 예로써 대우하지 않았다. 결국 예양은 그들을 떠나 지백智伯을 찾아가 의탁하였는데, 그는 두 사람과 달리 예양을 극진히 예우했다. 이후 지백은 조양자趙襄子와의 전쟁에서 죽는다. 조양자는 지백의 두개골로 술잔을 만들기도 했다. 이런 사연을 들은 예양은 지백의 원수를 갚겠다며 스스로 몸에 옻칠을 해서 문둥이가 된다. 거기에 숯까지 삼켜 말도 못 하게 된다. 하지만 변신도 아무 의미 없이, 그는 조양자에게 붙잡힌다. 그를 본 조양자가 묻는다.

'지백 이전에 모셨던 범씨나 중항씨를 위해서는 복수하겠다는 생각조차 하지 않다가, 왜 지백에 한해서는 스스로 이런 몰골을 만들어가면서까지 복수해야 하는가'를.

예양이 답변한다. "선비는 자기를 알아주는 사람을 위해 목숨을 바치고, 여인은 자기를 좋아하는 사람을 위해 화장을 한다.〔士爲知己者死, 女爲說己者容〕" 전에 내가 누구를 모셨는가는 의미가 없다. 지금의 나를 '있는 그대로' 알아준 사람을 위해 죽는 것이 당연하다는 논리다. 내 주변 배경이나 선입견 없이, 지금의 내 모습 그대로 이해해 주고, 지금의 내 모습 그대로 사랑해 주는 사람. 예양은 그런 사람을 위해 죽겠다고 외쳤고, 실제 그는 조양자의 회유에도 의연하게 죽음을 택했다. 매화를 예양에 빗댄 이유도 여기에 있다. 그녀의 행위가 예양의 그것과 별반 다르지 않다고 본 까닭이다. 나를 알아준 사람을 위해 죽음을 택했다는 점에서는 같은 범주에 속한다고 본 것이다. 실제 예양과 매화는 행적이 달라도, 나를 있는 그대로 알아봐 준 사람을 위해 목숨도 버린다는 점은 동일하다.

매화를 사랑한 것은 관찰사도 마찬가지였다. 하지만 둘의 관계는 중세의 신분 질서에서 빚어진 관습을 넘어서지 못했다. 관찰사는 '기생' 매화를 사랑했지, '인간' 매화는 인정하지 않았다. 매화가 해주 감영에서 보인 미친병 행세는 관찰사의 마음을 테스트하는 마지막 관문이었다. 매화를 향한 관찰사의 사랑이 기생 매화가 아닌 인간 매화 자체였다면, 그는 결코 매화를 내쳐선 안 됐다.

'미친' 매화를 끝까지 안고 보듬어야 했다. 그러나 관찰사는 그렇게 하지 않았다. 며칠 동안의 약물 치유 단계를 넘어서자, 그녀를 고향으로 돌려보낸다. '고향으로 가서 편히 쉬면서 병을 고친 후, 얼른 다시 돌아와 기생으로서의 부역을 행하라!' 아무리 쇼를 했다고 해도, 진짜로 내쳐진 매화는 어땠을까? 관찰사의 노리개, 그 이상도 이하도 아니었음을 처절하게 느꼈으리라. 마치 범씨나 중항씨에게 내침을 받았던 예양처럼.

비로소 매화는 자기를 돌아본다. 나는 누구인가? 자신에 대해 질문을 던지는 순간, 내가 보는 세상은 완전히 달라진다. 내 육체는 사회의 부속품일 수 없다. 그 자체로 온전하며 자율적인 존재다. 그런데 제도로 묶여버린 기생의 삶을 당연시하며 살아온 시간 동안에 도대체 내겐 무슨 일이 있었던가? 천민으로 규정된 내 삶에 대해 사람들은 본능적으로 타락하고 추악한 존재라며 혐오하지 않았던가. 본능적 혐오는 도덕적 혐오로 이어지는 법. 상점의 요강이라 하는 기생은 사회가 지켜줘야 할 존재가 아니라, 오히려 침 뱉으며 피해야 할 신체 분비물과 같은 취급을 받아오지 않았던가. 이런 도덕적 딜레마에서 벗어나야 한다. 암묵적으로든 명시적으로든 더 이상은 주어진 운명에 순응하는 상점의 요강으로 살수 없다.

자기를 옭아매는 잔혹한 현실에서 벗어나지 못하게 막는 굴레, 그것이 운명이다. 알베르 카뮈가 『페스트』에서 "그래도 그 여자는 떠나지 않고 머물러 있었다. 고통을 고통인 줄도 모른 채 오랫

동안 괴로워하는 일이 사람에겐 흔히 있는 법이니 말이다"라고
말했듯이. 모진 운명에서 벗어나려는 몸부림이 없는 한, 내가 겪
어왔던 비인간적 순환 고리는 끊어지지 않는다. 고통에서 벗어나
는 유일한 길은 자각뿐이다. 내가 누구인지 묻기, 혹은 나에게로
돌아가기. 거기서부터 숨겨진 진짜 내 세상이 드러난다. 깨어날
때, 나의 아름다움도 가치를 발하기에….

수령에게 돌아간다. 수령은 기생이 아닌 있는 그대로의 매화를
사랑했다. 매화도 주어진 운명을 맹목적으로 수용하는 방식의 사
랑이 아닌, 그녀가 선택한 진짜 사랑을 한다. 진짜 사랑에 눈을
뜨니, 그녀가 늘 보아왔던 세상도 달라졌다. 사랑을, 신화에서는
본래 한 몸이었던 남녀가 둘로 '분리'된 후로부터 자기의 반쪽을
찾아 '합일'을 이뤄가는 과정이라고 한다. 그렇다면 사랑하는 대
상이 생겼다는 것은 합일을 꿈꾸며 분리된 조각을 조금씩 맞춰가
는 출발점이라 말할 수 있다. 에리히 프롬이 『사랑의 기술』에서
밝혔듯이, "나는 당신을 통해 모든 사람을 사랑하고, 당신을 통해
세계를 사랑하고, 당신을 통해 나 자신도 사랑한다." 상대와 함께
발맞춰 걸어가며 내 정체성을 찾아가는 행위. 사랑은 그렇게 정의
된다.

어떠한 자극이 없다면 스스로 자기의 정체를 확인하기란 쉽지
않다. 스스로 아는 것은 신의 영역이다. 마치 모세에게 신이 "나는
스스로 있는 자"라고 말한 것처럼. 신과 달리, 인간은 '관계'를
통해 나와 만난다. 매화가 수령과 관계를 맺음으로써 자신의 존재

를 확인할 수 있었듯이. 물론 관계의 대상이 꼭 인간일 필요는 없다. 애완동물일 수도, 길가의 들꽃일 수도, 게임 속 캐릭터일 수도 있다. 중요한 것은 자각에 있다. 관계를 통해 나를 자각할 수 있다면, 내가 보는 세상도 기존에 존재하던 그것과 달라지는 법이다. 〈매화 이야기〉가 전하는 메시지도 여기에 있지 않을까. 그가 있기에 나도 있음을.

매화 이야기는 어디에서 왔는가?

매화가 실존 인물인지 아닌지는 분명하지 않다. 인터넷을 검색해보면 관찰사가 어윤겸魚允謙이고, 수령은 홍시유洪時裕라는 설이 사실처럼 떠돌아다닌다. 하지만 어윤겸과 홍시유는 실존 인물이 아니다. 1920년대를 전후하여 우리나라에서는 전래의 야담을 현대적으로 개작하는 사례가 많았는데, 어윤겸과 홍시유란 이름도 당시 야담 작가가 〈매화 이야기〉를 개작하면서 명명한 가상의 이름일 가능성이 높다. 이렇게 만들어진 이야기가 사람들 입에 오르내리면서 그것이 사실처럼 고착화된 것이 아닌가 한다. 실제 김생일金生日이란 가명의 작가는 〈매화 이야기〉를 개작하여 1937년 8월호 『월간야담』에 〈재가열부再嫁烈婦〉라는 제목으로 발표했는데, 거기에는 관찰사가 이 아무개, 수령이 김 아무개로 바뀌었다. 작품 속 등장인물에 새로운 이름, 혹은 가상의 이름을 부여하는 게 드문 일이 아님을 확인케 한다. 어윤겸과 홍시유도 이런 식으로 만들어지고 고착화된 사례일 터다.

심지어 당시 신문기사에도 실재한 사건을 있는 그대로 전달하지 않고, 전래하는 이야기와 결합시킨 사례도 적지 않았다. 예컨대 1907년 9월 20일 자 『대한매일신보』에 실린 〈의로운 기생 매화(梅花義妓)〉도 이렇게 만들어진 기사일 개연성이 높다.

> 전 영사領事 권병수權丙壽의 아들 중표重杓 씨가 함흥부 세무 주사로 있게 되었는데, 그곳 동문 교촌에 거주하는 기생 매화의 집에서 잠시 하숙하였다. 매화는 17세로 문필과 가무가 기생들 중에 으뜸이었다. 두 사람은 시로써만 어울렸고, 다른 것은 관여하지 않았다. 중표가 객관에서 병으로 죽었다. 그러자 매화는 예법에 맞게 장사를 지내고, 아침저녁을 제전祭奠을 올리며 애도하는 마음을 다하였다. 사람들은 모두 매화의 꽃다운 이름을 모두 추앙하였다.

1895년을 전후하여 발간된 대부분의 근대 초기 신문은 신문사에서 내세운 주의나 주장을 선전하는 데에 집중했다. 때문에 그 안에 오락적 요소를 개입시킬 여지는 거의 없었다. 하지만 1900년을 전후해서부터는 상황이 바뀐다. 오락적 흥미를 위한 신문기사들도 적잖이 실린다. 특히 '사생활 훔쳐보기'라고 볼 만한 기사들은 그 정도가 더 심했다. 당시만 해도 사생활에 관한 인식이 뚜렷하지 않았던 터라, 신문에서 타인의 일상을 훔쳐보고 까발리는 일도 흔했다. 까발리는 수준을 넘어서서 일상을 조작하기도 했다. 조작은 창작으로 이어지기도 했다. 심지어 흥미로운 기사는 당일로 그치지 않고, 다음 호로 연재하는 일도 있었다.

이런 배경을 고려할 때, 『대한매일신보』에 실린 〈의로운 기생 매화〉은 권중표의 죽음에 〈매화 이야기〉를 절묘하게 결합시킨 기사일 가능성이 크다. 불특정 다수의 독자를 위한 오락적 흥미를 제고하기 위한 창작인 셈이다. 객관적이라고 생각했던 신문기사조차 실재한 일과 허구가 교묘하게 뒤섞이는 양상을 확인할 수 있다. 이런 상황을 염두에 두면, 〈매화 이야기〉에 특정한 이름이 게재되었다 해서 그것을 바로 사실로 받아들이는 일은 성급한 오류로 이어질 수 있음을 기억해야 할 것이다.

그렇다면 〈매화 이야기〉는 어디에서 왔는가? 단언할 수 없지만, 아마도 조선 초기부터 향유되어 온 유사한 이야기들이 후대의 사회문화적 기대지평에 맞춰 변개된 것이 아닌가 싶다. 예컨대 조선 전기 문신 이륙李陸이 편찬한 『청파극담』에 실린 이야기 한 편을 보자.

늙은 유 아무개는 임천 군수로 있으면서 그 고을의 기생을 사랑한다. 때마침 젊은 성 아무개가 수군절도사로 부임해 온다. 그는 임천 기생의 명성을 들었던 터라, 그곳으로 가서 기생을 빼앗는다. 기생은 군수와 이별하며 그를 위해 절개를 지키겠다고 약속한다. 그러고는 머리를 풀어헤치고 더러운 얼굴 그대로 성 수사 앞에 나아간다. 그럼에도 성 수사는 그녀를 사랑한다. 이후 군수는 기생을 되찾기 위해

'기생 어미가 죽었다'는 편지를 보내 휴가를 청한다. 하지만 기생은 '어미가 죽지 않았다'고 단언한 뒤, 성 수사에게 말한다.

"제가 임천 군수를 모셨지만, 그것은 본심이 아니었습니다. 군수와 는 처음 만났을 때부터 끔찍했답니다. 지금 당신으로 인해 군수에게 매 맞는 고통을 면하였으니, 당신은 제 은인입니다."

이 작품이 직접적으로 〈매화 이야기〉에 영향을 주었다고 단언 할 수는 없다. 그럼에도 이야기가 말하는 지향이 퍽 닮았다. 특히 기생이 젊은 수군절도사를 만난 뒤에 단단히 씌워진 모진 운명의 굴레에서 벗어나 자신에 대해 자각하는 주지는 동일하다. 이런 주지를 가진 줄거리story가 사람들 사이에 회자되면서, 독자의 욕 망과 사회문화적 기대지평이 작동하면서 새로운 이야기로 변개 되었을 가능성은 충분히 고려할 만하다. 새롭게 변개되면서 기생 의 자의식이 강조되고, 자신을 사랑해 준 사람을 위해 목숨을 버 리는 후일담 등이 첨가되었을 가능성은 커 보인다. 이야기의 형성 과 전개를 추적하는 작업은 이래서 재미있다.

▶작품 읽기 240쪽

부모라는 이름으로

양사언의 어머니: 어머니, 그 아프고도 아름다운 이름

과부가 된 딸: 아버지, 그 흐리고 아련한 이름

양사언의 어머니
어머니, 그 아프고도 아름다운 이름

"첩에게는 아들이 하나 있는데, 사람 됨됨이가 어리석지 않습니다. 그러나 예전부터 내려오는 우리나라 풍속에 따르면, 서자로 태어나면 비록 성인成人이 된들 어디에 쓰일 수 있겠습니까? 여러 도련님[公子]들께서 베풀며 사랑해 주시는지라, 지금은 적서嫡庶의 구별을 느끼지 못하지요. 그러나 제가 죽으면 도련님들은 서모의 복服을 입으셔야 합니다. 적자와 서자의 구분도 분명히 드러나게 되지요. 그렇게 되면 이 아이는 어떻게 사람 도리를 하며 살아갈 수 있겠습니까? 첩은 오늘 자결하려 합니다. 만약 대상大喪 중에 섞여 임시로 제 장례까지 치르게 되면 적서의 구분도 드러나지 않겠지요. 바라건대 여러 도련님들께서는 장차 죽으려 하는 사람을 불쌍히 여기시어, 저승에 가서도 한을 품지 않게 해주십시오."

어머니라는 이름

1739년 어느 날이었다. 예순다섯 살 노인 우세준禹世準이 이의현李宜顯을 찾아왔다. 오래전에 죽은 어머니의 묘지명을 부탁하기 위한 방문이었다. 스무 살에 어머니를 잃은 후 45년이 지난 지금, 자신도 삶의 마지막 불꽃을 간신히 사르면서도, 그는 영의정까지 지낸 저명한 인물로부터 자기 어머니의 공덕을 기리는 글을 받아두고 싶었다. 그것은 그의 어머니를 세상에 영원히 새겨두는 의식이었다. 우세준의 마음에 감동한 이의현은 그가 들려준 이야기에 기초하여 묘지명을 써준다. 그 글이 〈공인전주류씨묘지명恭人全州柳氏墓誌銘〉이다. 묘지명에 실린 내용은 이왕에 보던 다른 어머니의 숱한 묘지명과 큰 차이가 없다. 그런데 맨 마지막에 들려준 어머니 임종 직전의 일화는 긴 여운을 남긴다.

숙종 갑술년[1694]에 어머니께서 병환으로 몸져누웠더니, 5월 29일 저녁에는 급히 밥을 지어 자식들을 먹이셨습니다. 그리고 그날 밤에 어머니는 불초를 버리셨습니다.

병으로 사경을 헤매던 어머니. 그러던 어느 날에 어머니는 벌떡 일어나더니 급하게 저녁밥을 지었다. 어쩌면 다소 이른 저녁이었을 듯한데, 어머니는 애써 지은 밥을 자식들에게 먹인다. 그리고 그날 밤, 숨을 거두었다. 죽음을 예견한 어머니는 생애 마지막으로 자기가 직접 지은 밥을 자식들에게 먹였던 것이다. 그렇게 어머니와 이별한 아들은 45년이란 시간이 지났지만, 그날 어머니의 마지막 모습은 끝내 지우지 못했다. 당연하다고 여기던 '일상'의 상실은 좀처럼 지워지지 않는 긴 통증으로 남는 법이다.

특정한 개인의 일화가 현재를 사는 우리에게도 깊은 공감을 주는 이유는 분명하다. 자식과 어머니 사이의 정서적 유대가 그때나 지금이나 다르지 않기 때문이다. 물론 『어머니의 탄생』을 쓴 세라 블래퍼 허디를 위시한 진화생물학자들의 주장을 들어보면, 어머니와 자식 간의 애착 역시 사회적 편의에 의해 진화된 결과일 뿐이다. 심지어 진화론적으로 보면 팜므파탈이 최고의 어머니란 논리도 부정할 수 없는 진리로 작동한다. 이런 신뢰할 만한 주장이 강한 영향력을 발휘함에도, 우리는 여전히 우리 뇌리에 각인된 어머니 이미지를 쉽게 바꾸지 못한다. 65세 노인 우세준의 머릿속에 죽음을 앞둔 어머니가 마지막으로 저녁밥 짓는 모습이 아로새겨진 것처럼.

야담에도 적잖은 어머니가 등장한다. 그중에서도 〈양사언의 모친 이야기〉는 어머니와 자식, 특히 어머니와 아들의 애착 문제를 제기한 가장 문제적인 작품이라 할 수 있다. 우리나라 최고의 명필이라 불리는 양사언楊士彦의 어머니 이야기는 상당한 충격으로 다가온다.

〈양사언의 모친 이야기〉는 크게 2개의 유형type이 존재한다. 두 유형의 앞부분은 모두 비슷하게 전개되지만, 뒷부분은 둘이 상당히 다르다. 한 유형은 양사언 모친이 직접 임금의 마음을 사로잡음으로써 자식을 출세시키는 해피엔딩 구조를 취했다면, 다른 한 유형은 양사언 모친이 자식을 위해 자결하는 새드엔딩 구조를 취했다. 둘 중 후자가 먼저 생성되었고, 내용도 훨씬 충격적이다. 우리가 만나는 작품도 후자다.

이야기 따라 읽기

만남과 혼인

전라도 영암군수 양희수[양사언의 부친]가 휴가를 받고 서울에 갔다가 다시 영암으로 돌아오는 길이었다. 영암군까지 남은 거리는 하룻길 정도. 일행은 이른 새벽에 출발했지만, 더운 날씨 때문인지 객점에 이르기도 전에 사람과 말 모두가 지쳐버렸다. 어쩔 수 없이 여염집에서라도 점심을 먹을 요량으로 여기저기를 수소문했지만, 농사철이라 그런지 마을에는 인기척도 없다. 그러던 중 어느 한 집에 들어갔는데, 거기에는 열한두 살로 보이는 여자아이가 혼자 집을 지키고 있었다. 아이가 지친 일행을 보고 말한다. "잠시 저희 집에 들어오시지요. 제가 밥을 지어 올릴 테니."

사람들의 우려와 달리, 아이가 차려온 상은 퍽 정결하고 소담하다. 임기응변으로 손님을 접대하는 솜씨가 기특한지라, 양희수가 아이를 가까이 부른다. 그러고는 여행 상자에서 청색 부채와 홍색 부채를 꺼내 아이에게 내어준다. 내어주며 한마디 말도 곁들였다.

"이것은 내가 네게 보내는 예물이다. 신중하게 받아라."

예물은 '특별한' 의미를 담은 신물信物을 말한다. 양희수는 부채를 주는 데서 그치지 않고, 그것이 너와 나를 이어주는 남다른 의미가 있다는 복선을 깔아 놓았다. 작품에서는 그가 의도한 특별한 의미가 무엇인지를 확실하게 밝히지 않았다. 온전히 독자의 판단에 맡겨 놓았다. 〈양사언의 모친 이야기〉는 이 말을 어떻게 해석하였는가에 따라 여러 버전이 만들어지기도 했다.

실제 '양사언 모친이 자결하는 유형'과 '양사언 모친이 자식을 출세시키는 유형' 역시 양희수가 한 말의 의미를 다르게 받아들인 결과로 변형된 버전이다. 전자의 작가는 양희수의 말을 진담으로 본 반면, 후자의 작가는 농담으로 봤다. 진담으로 보면, 앞으로 전개되는 이야기는 양희수의 처신에 따라 아이가 어떻게 대응하는가에 초점이 맞춰질 수밖에 없다. 그와 달리 농담으로 보면, 아이는 양희수와 무관하게 자기 스스로 욕망을 성취해 나아가는 적극적인 면이 강조된다. 전자가 양희수가 죽자 그에 대응하여 자결하는 새드엔딩을 취한 반면, 후자는 양희수와 무관하게 아들을 모두 출세시키는 해피엔딩 구조로 이어진 것도 궁극적으로는 양희수가 선물을 주면서 던진 한마디를 작가가 어떻게 해석했는가에 따른 결과였다.

선물은 인류가 생존하기 위해 서로 물건을 교환하는 데서 생성된 부산물로 보는 견해가 일반적이다. 교환은 타인과 관계 맺기의 시작이다. 선물을 주는 행위는 '너와 친밀한 관계를 맺고 싶다'는 바람의 표현이고, 그 선물을 받는 것은 발신자와의 관계 맺기에 응하겠다는 의미로 해석되기 때문이다. 관계 맺기를 거부하려면 선물을 다시 돌려주면 그만이다. 돌려주는 시간의 속도는 거부의 강도와 비례한다. 돌려주는 속도가 빠르면 빠를수록 관계 맺기에 대한 거부도 강해진다. 연애할 때에는 선물을 주고받는 일이 많지만, 결혼하면 그 횟수가 줄어드는 것도 어쩌면 이미 관계 맺기가 끝났다는 심리가 작동한 결과일지 모른다.

아무튼 여자아이는 선물이 관계 맺기의 일환임을 알았다. 양희수가 부채를 주며 던진 한마디 말에, 그녀는 얼른 방으로 들어가 붉은 보자기를 가지고 나온다. 그리고 가지고 온 보자기를 양희수 앞에 펼쳐 놓고, 부채를 그 위에 놓아주십사 부탁한다. 납채納采로 주는 예물을 맨손으로 감히 주고받을 수 없다는 의미다. 아이는 양희수가 건넨 부채를, 신랑이 신부에게 보내는 결혼 예물로 인지했던 것이다. 아이의 유별난 행동의 의미를 양희수가 몰랐을 리 만무하지만, 그럼에도 그는 그녀의 행동을 그저 기특한 일로만 여길 뿐이다.

관아로 돌아온 지 삼사 년이 지난 어느 날이었다. 문지기가 양희수에게 보고한다. '어느 마을에 거주하는 장교가 사또를 뵙겠다'는 정보다. 장교는 지방 관아에서 근무하는 낮은 벼슬아치인데, 그가 바친 명함을 아무리 들여다봐도 전혀 모르는 이름이다. 직접 보고 얘기를 듣기 위해 장교를 부른다. 양희수 앞에 나타난 장교는 뜻밖에도 여자아이의 아버지였다. 그는 양희수 앞에 엎드려 딸의 사정 얘기를 들려준다. 얘기의 요지는 이렇다.

딸이 열다섯 살이 되자, 주변에서 아이의 혼사 이야기가 오갔다. 그런데 아이는 '삼사 년 전에 영암군수에게 예물을 받았으니, 다른 사람과는 혼인할 수 없다'며 한사코 고집한다. 부모가 나서서 아무리 어르고 달래 봐도 소용이 없기에, 결국 아비가 직접 영암군수를 찾아왔다.

관아로 복귀한 양희수는 아이의 일을 까맣게 잊고 지냈다. 그와 달리 아이는 부채를 받은 그 순간부터 자기의 운명을 옭아매고 살아왔던 것이다. 보통의 아이들은 자연스러운 것이라면 모두 받아들인다고 했다. 그것이 내게 어떤 잔혹한 무기가 되어 돌아올지 모르면서도, 자연스러우면 그냥 따른다. 아이는 혼인도 그렇게 자연스럽게 받아들였고, 그것을 자신의 운명이라 여기며 살아왔던 것이다. 사연을 들은 양희수는 그저 한바탕 껄껄 웃고 아이를 받아들이겠다고 한다. 아이의 오랜 고통과 갈등의 시간에 대해서는 어떤 위로도 없이. 아이는 그렇게 양희수의 소실이 되었다.

어느덧 양희수는 임기를 채우고 본가로 돌아갔다. 소실도 함께 간다. 마침 양희수는 본부인과 사별하여 홀아비로 지내고 있었다. 그러니 본부인 사이에서 낳은 적자들의 양육과 집안일은 모두 소실의 몫이 되었다. 소실은 어렸음에도 적자들을 양육함에 부족함이 없었고, 집안일을 하는 데에도 도리에서 조금도 벗어나지 않았다. 천한 집안 출신이지만, 마치 사대부 집안 처자처럼 행동했다. 이런 태도를 보며 집안 친척들과 주변 사람들도 입이 마르게 칭찬한다. 아무리 냉철한 판단력을 가지고 행동한다 해도 자신을 향한 이런 분위기가 나쁘지는 않았을 터, 소실도 얼마간의 행복을 느꼈으리라. 그러나 행복은 언제나 여기까지다.

죽음

소실도 아들을 낳았다. 그가 우리나라에서 명필로 손꼽는 봉래 양사언이다. 어쩌면 우리에겐 명필보다 "태산이 높다 하되 태산 아래 뫼이로다"로 시작하는 시조 작가 양사언이 더 익숙할지도 모르겠다. 아무튼 〈태산이 높다 하되〉의 작가이자, 시와 글씨에 능했던 양사언의 탄생 배경이 이랬다.

조선시대에 '첩'의 자식으로 태어난 양사언. 그의 운명이 순탄치 않을 것임은 충분히 예상된다. 양사언의 출신에 관한 논쟁은 당대에서부터 있었다. 적자인가 서자인가에 대한 논란도 마찬가지다. 이 문제는 조금 뒤에 다시 다루겠지만 여러 기록들을 종합해서 보면, 양사언 모친의 집안은 제법 한미했고, 양사언 역시 서얼 출신일 가능성이 크다. 허무맹랑해 보이는 이야기들도 면밀하게 따져보면 역사적 실재를 완전히 왜곡하진 않는다. 그 당시에 살았던 사람들의 욕망과 기대지평을 이야기 안에 틈입시킴으로써 '그럴 듯한' 또 다른 하나의 현실 세계를 극적으로 새롭게 구성해냈을 뿐이다. 마치 내가 꿈꾸는 미래를 머릿속에 아름답게 그려 넣듯이.

소실은 '어머니'가 되었다. 그녀가 낳은 자식은 뛰어난 풍채와 빼어난 외모를 뽐낸다. 그야말로 '선풍도골仙風道骨'이다. 신선의 풍채와 도인의 골격을 갖춘 아름다운 아들 양사언. 어머니는 그런 아들을 보며 어떤 생각을 했을까? 자랑스럽다는 생각은 잠깐뿐. 어머니는 자기의 신분 때문에 평생토록 서자의 삶을 살아야 할 아들이 안쓰럽기만 하다. '미안하다, 내가 못나서', '미안하다, 내가 못 배워서', '미안하다, 내가 가난해서'…. 어머니는 모든 게 미안함뿐이다. 사회구조의 문제이건만, 그조차 개인의 문제로 환치한다. 못난 어머니, 못 배운 어머니, 가난한 어머니는 저항도 하지 않는다. 그저 내 운명이, 내 팔자가 그것뿐이라며 받아들인다. 그렇게 생각하니, 선풍도골로 태어난 잘난 아들이 오히려 부담스럽다.

다시 몇 년의 시간이 지나, 양희수가 죽었다. 절차에 따라 장례가 진행된다. 어느덧 나흘이 지났다. 일가친척들이 상복을 입어야 할 시간이다. 예법에 맞는 상복을 정하기 위해 모두가 한자리에 모였다. 양사언의 어머니가 일가친척 앞으로 천천히 나아간다. 그리고 조심히 말한다.

"오늘은 여러 어른들이 모두 모여 계시고, 상제[喪人]들도 모두 자리에 있습니다. 이 자리에서 제가 부탁드릴 일 한 가지가 있습니다. 능히 들어주시겠습니까?"

담담하다. 목소리가 조금은 떨렸음 직도 한데, 그런 작은 흔들림조차 느껴지지 않는다. 자리에 모인 사람들은 모두 흔쾌히 발언의 장을 마련해 준다. 평소에 그녀의 행실을 두고 입이 마르도록 칭찬했던 사람들이었던지라, 그녀의 발언 요청도 거리낌 없이 수용했으리라.

"제게 아들이 하나 있는데, 사람 됨됨이가 어리석지 않습니다. 그러나 예부터 내려오는 우리나라 풍속에 따르면, 서자로 태어나면 비록 성인成人이 된들 어디에 쓰일 수 있겠습니까? 여러 도련님들께서 베풀며 사랑해 주시는지라, 지금은 적자와 서자의 구별을 느끼지 못하지요. 그러나 훗날 제가 죽으면 도련님들은 서모庶母의 상복을 입으셔야 합니다. 적자와 서자의 구분도 분명히 드러나게 되지요. 그렇게 되면 이 아이는 어떻게 사람 도리를 하며 살아갈 수 있겠습니까?"

지금 입는 아버지 상복은 적자와 서자 간에 차이가 드러나지 않는다. 문제는 그 이후다. 또 '못난 어머니'가 문제의 시발점이다. 소실(첩)이 죽으면, 그때는 적자와 서자가 입는 상복이 달라지기 때문이다. 친모의 상을 당한 양사언은 1년 동안 상복을 입어야한다. 하지만 본부인에게서 태어난 적자들은 서모를 위해 3개월동안만 상복을 입으면 그만이다. 자연히 적자와 서자 간의 구별이지어진다. '못난' 어머니의 콤플렉스가 아들에게까지 이어진다. 사회적 낙인이 찍힌 이상, 아무리 '선풍도골' 아들일지라도 더 이상 사람 구실을 할 수 없다. 어떻게 해야 이 모진 업에서 벗어날수 있을까? 어머니에게는 선택할 만한 다른 길이 없었다.

> "첩은 오늘 자결하려 합니다. 만약 대상大喪 중에 섞여 임시로 제장례까지 치르게 되면 적서의 구분도 드러나지 않겠지요. 바라건대여러 도련님들께서는 장차 죽으려 하는 사람을 불쌍히 여기시어, 저승에 가서도 한을 품지 않게 해주십시오."

병유상並有喪. 두 사람의 상을 한꺼번에 치르는 일을 말한다. 양희수 상중에 자기의 장례도 함께 치르는 것. 그러면 적자들이 일부러 노출하지 않는 한, 적서 차이가 분명하게 드러나지 않는다. 양사언 어머니가 생각해낸 것이 바로 병유상이었다. 죽음에 대한 공포, 어미 없이 홀로 살아가야 할 자식에 대한 연민…. 수백수천번도 더 밀려왔을 숱한 번뇌들은 길이 되지 못했다. 방법은 하나. 자식의 앞길에 방해가 되는 자기를 소멸시키는 일 외에 다른 길이 없었다. '저승에 가서도 한이 없도록', 양사언 어머니는 적자들에게 애써 부탁한다.

충격적인 양사언 어머니의 발언에 적자들과 일가친척들은 죽음을 만류하며 함께 좋은 방법을 찾자고 달랜다. 하지만 적서차별제도의 공고함을 이미 알고 있는 양사언 어머니에게 그들의 말이참으로 공허하다. 빙그레 웃으며 그들의 따뜻한 마음에 감사드린후, 품안에서 칼을 꺼내 자결한다. 소실은 그렇게 죽었다.

이후 적자들은 양사언을 친동생처럼 대했다. 그 덕분에 양사언도 높은 벼슬을 두루 역임할 수 있었다. 그리고 양사언 어머니가그토록 바랐던 것처럼 "세상 사람들은 그가 서자 출신이란 것을알지 못했다." 양사언에 대한 긍정적 평가는 모두 그의 어머니자결 뒤에 생긴 것이다.

이야기, 다시 생각하며 읽기

양사언의 정체

양사언은 적자인가 서자인가? 『영조실록』이나 『정조실록』에서 '서얼 중에 재주가 있었던 대표적인 인물들'로 거명되는 이름에 양사언이 빠지지 않는 점을 보면, 그가 서자일 개연성은 퍽 높다. 국가 공적 기록인 실록에서 잘못된 정보가 제공되었을 가능성은 사적 기록보다 적기 때문이다. 그럼에도 그의 출신에 대한 화제를 중심에 둔 이야기가 생성되고 향유되었다는 것은 그만큼 그의 출신에 관한 논란이 분분했기 때문이다. 실제 그의 출신 논쟁은 양사언 당대에도 있었다.

김명시가 쓴『무송소설』에서는 양사언 외할아버지를 강원도 정선군 여량면에 있는 역참에서 일하는 역리[郵吏]라고 했다. 반면 조경趙絅이 쓴 양사언의 〈묘갈명〉에서는 첨사僉使를 지낸 류위柳湋라고 했다. 전자가 중인에 속하는 하급관리인 반면, 후자는 종3품 무관에 해당하는 고급관리에 속한다. 둘 사이의 갭이 크다. 이 문제에 이익李瀷도 끼어들었다. 그는『성호사설』에서 조경이 쓴 글을 우회적으로 비판하며 "세상에서는 양사언의 신분이 미천하다고 전한다"고 했다. 조경이 쓴 〈묘갈명〉에는 양사언의 가계 정보가 잘못되었고, 당시 사람들은 양사언의 신분이 미천했다고 말한다는 소문을 적어 놓았다. 양사언 신분과 관련하여 논란이 있지만, 당시 민간에서는 양사언 외가의 신분이 낮았다는 데로 귀착되고 있었던 정황을 짐작케 한다.

실제 양사언 외가가 한미했음은 여러 정보를 통해서도 확인할 수 있다. 예컨대 문과에 급제한 인물들의 정보를 담은『국조방목』만 봐도 그렇다.『국조방목』에는 양사언이 1546년에 시행된 식년시式年試 문과에서 30위로 급제하였다고 밝혔다. 거기에는 양사언 가계에 대한 정보도 제시했다.

자字: 응빙應聘

호號: 봉래蓬萊

아버지[父]: 희수希洙

할아버지[祖]: 제달悌達

증조[曾祖]: 치治

외할아버지[外]: 송환정宋環貞

장인[妻父]: 박○○, 이시춘李時春

　양사언의 외할아버지 이름을 '송환정'으로 적었다. 이 기록을
신뢰한다면, 〈양사언의 모친 이야기〉에서 만났던 장교가 곧 '송환
정'이라 하겠다. 어머니도 당연히 '송宋'씨가 된다. 그런데 조경이
지은 양사언 〈묘갈명〉에는 그의 외할아버지를 류위柳湋라고 했다.
이익이 지적했듯이, 〈묘갈명〉에는 오류가 많아 거기에 쓰인 내용
을 모두 믿을 수 없다. 그럼에도 〈묘갈명〉이 쓰이던 당시에도 양
사언 외가에 대한 정보가 불분명했던 정황은 짐작할 수 있다. 아
버지 가계 정보는 동일한 반면, 어머니 가계 정보에서만 혼란이
일어나고 있다.

　족보를 봐야겠다. 족보에는 양희수가 세 명의 부인을 두었다고
했다. 지평持平을 지낸 파평 윤혜尹憓의 딸, 용양위부호군龍驤衛副護
軍을 지낸 진천 송환정의 딸, 삼척부사를 지낸 문화 류위의 딸이
그러하다. 이 중 윤 씨는 4남 2녀를 두었고, 송 씨는 자식을 두지
못했고, 류 씨는 3남 1녀를 두었다고 했다. 아마도 류 씨는 조경이

〈묘갈명〉에서 쓴 류위를 말하는 것이리라. 이런 정황을 고려하여, 그의 가계도를 간단하게 도식으로 만들어보자.

족보를 보면 양사언은 삼척부사를 지낸 류위의 외손자다. 조경이 〈묘갈명〉에 쓴 내용이 맞았다. 김명시의 『무송소설』도, 이익의 『성호사설』도, 국가 공적 기록물인 『국조방목』도 모두 틀렸다. 그런데 그렇게 결론지을 만큼 상황이 단조롭지 않다. 왜 그런가? 족보의 기록도 신뢰할 수 없기 때문이다.

족보에는 양사언의 외할아버지 류위가 삼척부사를 역임했다고 했다. 우선 류위가 삼척부사를 지냈다는 기록을 확인해 봐야겠다. 삼척의 옛 이름은 척주陟州이니, 척주의 읍지 『척주지陟州誌』를 보자. 여기에는 고려 때부터 근대 직전까지 삼척부사를 역임한 수령들의 성명과 재임기간이 모두 기록되어 있는데, 여기에는 류위가 삼척부사를 지냈다는 어떤 정보도 찾을 수 없다. 뭔가 잘못되었다. 그런데 족보에는 그보다 더 큰 문제가 있다. 외할아버지라 밝힌 류위의 출생연도가 양사언보다 늦다는 점이다. 족보에서 제공한 내용이 잘못되었다는 결정적 증거다. 이런 오류는 족보를 편찬할 당시에 조경이 쓴 〈묘갈명〉을 완전히 믿은 데서 빚어진 실수일 터다.* 그의 〈묘갈명〉에 오류가 많다는 이익의 주장을 미처 살피지 못한 결과다. 이는 역으로 족보를 편찬하는 문중에서도 양사언의 외가에 대한 정확한 정보를 가지지 못했음을 반증하는 것이기도 하다. 그렇다면 진짜 양사언의 외가는 어땠는가? 다시 처음으로 돌아가 위의 기록들을 종합적으로 살펴봐야겠다.

먼저 『국조방목』에서 외가를 진천 송씨라고 밝힌 점에 주목해야 할 것이다. 『국조방목』은 국가 공식 정보를 담은 문헌으로, 시험 당사자인 양사언이 자기의 가계를 '직접' 적은 정보를 제시했을 가능성이 높다. 다른 어떤 사적 기록보다 신뢰도가 높다. 하지만 족보에서 송 씨는 자식을 두지 못했고, 양사언은 셋째 부

---

* 조경이 쓴 〈묘갈명〉에 오류가 많은 게 모두 그의 잘못이라고 단정하면 안 된다. 조선시대에는 저명한 인물에게 〈묘갈명〉을 부탁하려면, 부탁하는 사람이 입전 대상자의 가계와 행적을 상세하게 적어 주었다. 글을 쓰는 사람은 부탁한 사람이 써준 글을 토대로 해서 묘갈명도 지었다. 조경도 다르지 않았다. 조경은 양사언의 아들인 양만고(楊萬古)가 써준 저본에 기초하여 묘갈명을 지었을 터다. 그러니 조경이 양사언의 외할아버지를 류위라고 밝힌 것도 양만고가 써준 텍스트에 기초했을 가능성이 크다. 이는 외증손자였던 양만고조차 그의 외증조할아버지가 누구인지 정확히 몰랐거나, 아니면 외증조할아버지를 숨기고 싶었던 데서 비롯된 결과일 터다. 조선시대 지식인의 처세로 보면 전자일 가능성이 더 크겠지만.

인의 장남임을 분명히 명기했다. 그런데도 양사언은 자신의 외가를 진천 송씨라고 적었다. 왜 그랬을까? 답은 의외로 간단하다.

이야기에서처럼 양사언의 생모가 신분이 낮은 집안의 소실이었기 때문이다. 그랬기에 양사언은 생모 대신 적모嫡母의 외가를 적은 것이다. 생모를 대신해서 적모를 적어야 할 만큼 어머니의 출신이 한미했기 때문이다. 실제 이런 현상은 양사언의 친동생인 양사준과 양사기에게도 그대로 적용된다. 『국조방목』을 보면, 1546년 문과에 급제한 양사준과 1553년에 문과에 급제한 양사기도 모두 그의 외가를 진천 송씨라고 적고 있다. 양사언 삼형제 모두 생모를 지우고, 그를 대신해 적모를 적어야 할 사연.* 그것은 어머니의 출신에서 비롯된 결과였다. 양사언 당대에서부터 복잡하게 얽히고설킨 논란의 실마리를 푸는 열쇠가 바로 〈양사언의 모친 이야기〉였다.

열녀와 '좋은' 어머니

자식의 미래를 위해 스스로 목숨을 끊는 어머니. 〈양사언의 모친 이야기〉는 우리 문학사에서 이처럼 진한 충격을 주는 장면이

---

* 한편 진천 송씨가 양사언의 친모가 아님은 족보의 기록을 통해서도 확인할 수 있다. 양사언의 아버지 양희수는 류 씨와 함께 묻힌 반면, 첫째 부인인 윤 씨와 둘째 부인인 진천 송씨 무덤은 별개의 무덤으로 거의 방치되어 후손들의 보호를 받지 못했다. 그러다가 2009년에 문중에서 비로소 네 분을 합폄(合窆)하여 모셨다고 한다. 아마도 송 씨가 친모였다면, 양희수의 자식들 중에서 가장 출세한 양사언 삼형제가 친모의 무덤을 400년 이상을 방치하는 일은 없었을 터다.

또 있을까 싶을 정도로 강렬하다. 공고한 사회 제도로 인해 자식의 출세에 걸림돌이 되어버린 나, 그런 나를 소멸시킴으로써 자식의 앞길을 열겠다는 신념은 자기희생적 모성의 단적인 모습이다. 그래서일까? 자기희생적 모성이 마치 어머니의 정의인 양, 어머니의 자결이 오염된 사회풍속을 정화하는 숭고한 의례인 양 비장하게 그려졌다.

그런데 다른 한쪽에서는 색다른 감정도 동시에 생겨난다. 어머니의 '정의'와 '숭고함'이란 것이 안정적인 부계사회 질서를 유지하기 위해 어머니를 상실케 해왔던 '신성한 폭력'을 연상케 하기 때문이다. 마치 남아시아에서 행해졌던 수티suttee 풍습처럼. 그곳에선 남편이 죽으면 아내는 자신을 불태워 스스로 소멸시킨다. 그를 지켜보는 부족민들은 분신이 과부에게 주어진 신성한 의무라며 당연시한다. 신성한 폭력의 단면이다. 양사언 어머니는 어떤가? 자기희생적 모성을 당연시하는 사회적 시선 앞에서 그녀도 자유로웠다고 말할 수는 없으리라.

〈양사언의 모친 이야기〉는 여러 버전이 있다. 그중에서 가장 이른 시기의 작품은 김명시가 편찬한 『무송소설』에 실려 있다. 이 작품은 양사언이 생존했을 당시부터 향유되었을 가능성이 큰데, 여기에서도 양사언 어머니는 자결하는 것으로 끝맺는다. 하지만 자결하는 이유가 다르다.

봉래 양사언의 아버지는 봉래 삼형제의 인물됨이 빼어남에도 우리나라에서는 서자들이 벼슬길에 오를 수 없음을 애석해 하였다. 탄식과 안타까움이 뼈에 사무치고 마음에 새겨졌다. 그가 임종에 이르렀을 때에도 이 때문에 슬퍼하였다. 그러자 적자들이 아뢨다.

"세 아우에게 마음을 쓰지 마시길 바랍니다. 저희가 계모로 섬긴다면 다른 사람들이 뭐라 하겠습니까? 삼년복도 입겠습니다."

적자들은 그날부터 바로 계모의 예로써 섬겼다. 그 후 봉래 아버지가 돌아가셔서 장례를 치르게 되었다. 봉래 어머니는 이내 글을 써서 남긴 후 말하였다.

"내가 나중에 죽는다면 적자들로 하여금 3년 상복을 입히게 할 것이니, 마음이 편치 않구나. 차라리 오늘 자처하는 게 오히려 낫겠다."

그러고는 스스로 목을 매었다고 한다.

〈양사언의 모친 이야기〉와 사뭇 다른 지향을 보인다. 그중에서도 가장 눈에 띄는 차이는 서자의 출사 금지로 인해 양사언 삼형제가 재주를 맘껏 펼칠 수 없음을 안타까워한 주체가 누군가에 있다. 『무송소설』에서는 그 주체가 아버지다. 이에 따라 이어지는 모든 사건들도 아버지의 안타까움에서부터 파생된다. 적자들이 양사언 어머니를 '첩'이 아닌 '계모'로 모시겠다고 다짐한 이유도 아버지의 마음을 달래려는 효심에서 비롯된 결과일 뿐이다. 효심을 저버리지 않기 위해 적자들은 양사언 어머니를 계모로 섬겼을 뿐이다.

적자 입장에서 보면 첩은 아버지의 여인이지, 내 어머니가 아니다. 그럼에도 이를 흔쾌히 수용했던 것은 오직 아버지를 향한 마음 때문이다. 적자의 효심으로 인해 양사언 어머니도 계모가 되었던 것이다. 그러니 일부러 드러내지 않는 한 양사언 삼형제의 출사도 문제될 게 없었다. 그럼에도 어머니는 끝내 자결했다. 아니, 자결할 수밖에 없었다. 왜 그래야 했는가?

적자들은 임종 당시에 아버지에게 다짐한 약속을 파기할 수 없다. 그러니 약속처럼, 적자들은 훗날 서모가 죽으면 3년 상복을 입어야 한다. 3년 동안 상복을 입지만, 그것은 서모에 대한 존경이나 경의에서 우러나온 행동이 아니다. 오직 아버지와 맺은 약속을 지키기 위한 효심에 있다. 이런 상황이 그녀에게 편하지 않았을 터. 끝내 자결할 수밖에 없었던 이유다.

물론 그녀의 내면에는 자결함으로써, 이후에 혹시라도 일어날 수 있는 적서 구분을 완전하게 봉인하겠다는 심리도 작동했으리라. 하지만 작품에 드러난 정황만 보면, 그런 심리를 읽어낼 만한 행간을 찾을 수 없다. 양사언 어머니에게 자식의 미래는 차후의 문제였다. 그보다 적자에게 부담을 지우는 미안함이 모든 정황을 압도한다. 편치 않은 미안함. 그 마음이 끝내 스스로 목을 매는 행위로 이어졌다. 양사언 어머니는 공고한 사회 제도의 틀 안에서 어쩔 수 없이 죽음의 장으로 내몰렸던 것이다. 김명시는 이 이야기 뒤에 짧은 한마디를 덧붙였다.

그 처신과 행사가 몹시 불편한 상황에서 이렇게 하였으니 이른바 군자라 할 만하다.

'몹시 불편한 상황'이 무엇인가? 적자 입장에서 보면, 부친과 맺은 굳은 약속 때문에 국법을 어기더라도 서모를 계모로 섬겨야 하는 상황이 아닌가? 양사언 어머니 입장에서 보면, 자기 때문에 국법에 저촉되는 행위를 하는 적자를 지켜봐야 하는 상황이 아닌가? 어쩌면 국법 위반으로 인해 가문의 위기까지 초래할 수 있는 상황이 아닌가? 향후에 펼쳐질 불편한 일들이 빤히 그려진다.

'현명한 판단'을 해야 한다. 적자와 가문을 위한 현명한 판단. 선택할 수 있는 길은 오직 하나. 자결, 그뿐이었다. 내가 사라지면 모든 게 자연스럽다. 그랬기에 김명시는 '몹시 불편한 상황'을 완전히 제거함으로써 적자와 가문을 무탈하게 해준 양사언 어머니에게 '군자'라는 영예를 표할 수 있었다. 퇴로가 없어 어쩔 수 없이 죽음을 선택할 수밖에 없는 어머니는 그렇게 '군자'가 되었다!

다가갈 수도, 달아날 수도 없는 처지에서 죽음으로 내몰린 여성들은 적지 않다. 그 한 예로 송환기宋煥箕가 쓴 〈열녀공인윤씨전烈婦恭人尹氏傳〉에 입전된 윤 씨도 그랬다.

윤 씨는 남편이 죽고 100일 후에 자살하였다. 혹시나 딸이 자살할까 염려한 친정아버지가 위로차 다녀간 지 닷새 뒤였다. 그런데 차갑게 식어버린 시신 옆에는 특별한 유품이 남겨져 있었다. 일곱 폭의 유서, 자기의 장례 절차를 적은 초종록初終錄, 그리고 죽음 직전에 지은 〈운명을 탄식하며[命道歎]〉란 장편가사가 그것이었다. 일곱 폭의 유서는 아버지, 어머니, 아들, 종숙從叔, 맏동서, 남편의 사촌동생, 그리고 외가에서 온 유모에게 개별적으로 남긴 것이다.

송환기는 이를 두고 "글들이 모두 사람들을 감동케 하여 눈물 흘리게 하니, 비록 옛날에 글 잘하는 사람들이 지은 애사들도 이보다 낫지 못할 것"이라고 했다. 열녀에 대한 찬양이다.

'무려' 일곱 폭의 유서를 쓰면서, 자신의 장례 절차를 적으면서, 그리고 자신의 인생을 회고하는 수백 구의 가사를 쓰는 사이사이에…, 윤 씨는 얼마나 무서웠을까? 송환기의 글에는 미묘하고 복잡했을 윤 씨의 두려움에 대해서는 말하지 않았다. 오로지 '장한 일'을 한 결과에 대해서만 칭송할 뿐이다.

생각해 보자. 아버지나 어머니나 자식에게 글을 남기는 것이야 당연하다 쳐도, 아버지의 사촌형제, 남편의 사촌동생, 심지어 외가에서 온 유모까지 떠올리며 그들에게 남기는 유서를 각각 쓴다? 뭔가 이상하다. 윤 씨는 일부러 그녀가 기억할 수 있는 사람들을 애써 찾아가며 유서를 쓴 것으로 보이기 때문이다. 이게 무엇을 의미하는가? 윤 씨는 결코 죽음 앞에서 의연하지 않았음을 의미하지 않는가. 누구든지, 심지어 유모라도 와서, 내 손을 잡아주길 바랐던 심리가 많은 유서를 남기게 된 동인이었다. 머뭇거림의 징표였다. 그녀는 글을 쓰는 순간순간마다 삶에 대한 희망의 끈을 잡으려고 발버둥 쳤던 것이다. 하지만 성한 동아줄은 끝내 내려오지 않았다. 윤 씨는 구원의 빛을 보지 못한 채 '어쩔 수 없이' 죽음의 장으로 내몰렸던 것이다. 비록 내가 선택한 죽음이지만, 나는 정말 죽고 싶지 않았다.

『무송소설』의 양사언 어머니도 다르지 않다. 그래서일까?『무송소설』 이후의 이야기에서는 양사언의 미래를 걱정하는 주체를 바꾸었다. 죽음을 향한 머뭇거림이 싫었던 까닭이다.『무송소설』에서 보았던 양사언 아버지의 행동을 어머니의 말과 행동으로 바꾸었다. 이로써 〈양사언의 모친 이야기〉의 죽음은 철저하게 어머니의 몫이 되었다. 자결도 어머니 스스로 결정한 결연한 의지의 표현으로 전환되었다. 적자와 가문 구성원의 부담도 완전히 사라졌다.

이야기 주체가 바뀜으로써 말하려는 주제도 분명해졌다. '좋은' 어머니의 형상화가 주제가 되었다. 적자와 가문에 방해되지 않으려고 자결한 양사언 어머니의 '군자다운' 선택에 초점을 맞춘『무송소설』과 달리, 〈양사언의 모친 이야기〉는 자기 자식을 위해 희생하는 '좋은' 어머니의 표본을 만들어 놓은 것이다. 이로써 이야기도 일관성을 갖추게 된다. 양희수와의 만남과 혼인, 집안 경영, 그리고 선택된 죽음까지 양사언 어머니의 모든 행동이 양사언의 출세를 위한 의도된 결과로 귀착되기 때문이다. 주체의 전환이 줄거리story 간의 구성plot을 탄탄하게 엮는 효과를 가져왔던 셈이다.

그렇다면 '좋은' 어머니는 어떤 어머니인가? 세라 블래퍼 허디는 도덕주의[빅토리아] 시대가 요구하는 좋은 어머니는 겸손하고, 순종적이며, 비경쟁적이고, 자기희생적인 여성이라고 했다. 그 기준에 맞추면 양사언 어머니도 다를 게 없다. 그녀 역시 도덕주의 시대의 자기희생적 모성을 그대로 발현한 좋은 어머니 형상과 별반 다르지 않기 때문이다. 좋은 어머니에게는 '신성한' 이름이 더해진다. 더해진 신성함은 추악한 죽음도 아름답게 포장하는 도구로 작동케 했다. 양사언 어머니의 죽음과 마주하면서 우리가 비장함을 느끼는 이유도 여기에서 비롯된 결과리라. 뭔가 잘못되었지만, 그렇다고 대놓고 말할 수 없는.

그래서일까? 이야기에서는 '좋은' 어머니를 어떻게 보라는 직접적인 정보는 배제했다. 심지어 양사언 어머니의 행위에 대한 시비조차 걸지 않는다. 물론 이는 야담의 속성이기도 하다. 야담은 철저하게 실상을 보여줄 뿐, 작품에 대한 해석은 독자에게 넘기기 때문이다. 양사언 어머니의 죽음을 이해하고 평가하는 잣대도 전적으로 독자의 몫이다.

양사언 어머니의 죽음을 다시 꺼내는 일은 불편하다. 그럼에도 이야기는 불편한 사실을 꺼냄으로써 독자에게 어머니와 자식의 애착에 관한 본원적인 질문을 던진다. 그리고 '좋은' 어머니에 대한 국가와 사회의 지배 이념이 애써 감춘 소수자가 지닌 고통의 기억에 대해 특별한 권리를 부여했다는 점은 분명하다. 그래서 아프다.

▶작품 읽기 245쪽

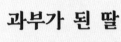

과부가 된 딸
아버지, 그 흐리고 아련한 이름

　한 재상의 딸이 시집간 지 얼마 되지 않아 남편을 잃고 친정 부모 곁에서 지냈다.

　하루는 재상이 사랑채를 나와 안채로 들어가며 우연찮게 아랫방에서 지내고 있는 딸을 보았다. 예쁜 옷으로 한껏 꾸미고 화장도 곱게 한 딸은 거울을 마주해서 자신을 비춰보고 있었다. 잠시 후, 딸은 거울을 내던지더니 얼굴을 감싸 안고 흐느껴 울었다. 그 모습을 엿본 재상은 마음이 몹시 아팠다. 가던 발길을 돌려 사랑채로 돌아와 여러 식경 동안 아무 말도 하지 못한 채 멍하니 앉아만 있었다.

묵은 풀 위에 뿌린 눈물

영의정을 지낸 김수항金壽恒은 장남 김창집金昌集을 위시하여 총 여섯 명의 아들을 두었다. 당시 사람들이 '6창六昌'이라 부르며 흠선할 만큼 여섯 아들 모두가 재질이 뛰어났다. 6명의 천재들 외에, 김수항에게는 딸도 하나가 있었다. 제법 나이 차가 있는 다섯 명의 오빠들 뒤에 얻은 외동딸이었다. 그런 만큼 딸에 대한 김수항의 사랑이 어떠했을지는 짐작하고도 남음이 있다. '하루라도 보지 못하면 마치 3년 동안을 못 본 것 같고, 반걸음만 떨어져 있어도 마치 천리나 되는 아득히 먼 곳에 놓인 것 같은' 귀하디귀한 딸이었다.

집안의 사랑을 독차지했던 딸은 14살[1678]에 이섭李涉과 혼인했다. 혼인하고 햇수로 2년이 지나, 자기를 꼭 닮은 아이도 낳았다. 16살이던 1680년 12월 1일이었다. 그러나 축복도 잠시. 출산 사흘 뒤에 그녀는 후유증으로 세상을 떴다. 갓 태어난 예쁜 아이도 엿새 뒤에 엄마를 따라갔다. 딸은 아직 시집에 들어가지 않았던 터라, 장례는 친정에서 치러졌다. 아버지 김수항은 딸이 혼인할 때 입었던 혼례복과 나중에 시부모를 뵙고 인사드릴 때 입겠다며 준비해두었던 옷가지들을 꺼내 손수 염을 한다. 딸은 아무 미동이 없다. 그저 '앉으면 옆에 있는 듯, 서면 뒤에서 따라오는 것만 같다.' 아버지는 금방이라도 깨어날 것 같은 딸을 하염없이 바라본다. 지금 내가 악몽을 꾸고 있는 게 아닐까?

김수항은 딸을 차마 보낼 수 없었다. 1681년 2월 4일 딸의 장례를 치렀을 때도, 1년이 지나 소상을 치를 때도, 2년이 지나 대상을 치를 때도, 5년이 지나 묘를 이장할 때에도 그는 딸에게 보내는 글을 썼다. 딸의 생일 때에도, 시집에서 딸의 궤연几筵을 친정으로 옮겨올 때에도, 딸의 무덤에 가서도 글을 썼다. 죽은 딸을 향해 끊임없이 썼다. 마치 버지니아 울프가 "기록하면 고통이 사라진다"고 말했듯이, 글을 쓰지 않으면 죽을 것 같아 아버지는 쓰고 또 썼다. 아버지가 할 수 있는 것은 그것밖에 없었다. 내가 너를 잊지 않았다는 마음을 전하는 글쓰기가 전부였다.

딸이 죽고 1년이 되던 1681년 11월 15일. 날이 밝도록 뒤척이다가 눈물로 흥건히 젖은 베개만 보는 게 일상이었던 아버지 김수항이 일어나 앉았다. 그리고 기존 관례를 무시하고 숙종께 휴가를 청하는 글을 올린다. 딸의 무덤에 가보고 싶다는 눈물의 상소였다. 허락을 받은 김수항은 딸의 무덤이라도 보면 위로가 될 것 같다는 마음에 바쁘게 길을 나선다. 그러나 눈에 보이는 것은 황량한 고목뿐이고, 귀에 들리는 것은 슬픈 바람 소리뿐이다. 예쁘고 단아한 딸의 모습과 낭랑하고 부드럽던 딸의 목소리는 들리지 않는다. 아무리 불러도, 아무리 말을 걸어도 응답이 없다. 김수항은 무덤만 하염없이 바라보다가 어루만지고, 또 하염없이 바라보다가 어루만진다.

손으로 만지고 눈으로 보는 것마다 내 슬픔을 더하지 않는 게 없구

나. 어떻게 해야 내 마음을 위로할 수 있을까? 이곳에 와도 위안을 얻지 못했지만, 막상 가려고 하니 차마 떠날 수가 없구나. 일어나려다가 다시 앉고, 열 걸음에 아홉 번을 뒤돌아보며 혹시라도 너를 볼 수 있을까 기대하지만, 끝내 보여주지 않는구나. (중략) 단지 내가 죽어 지하에서 다시 너와 만나기만 기다릴 뿐이다. 모든 게 끝났구나….

김수항은 하염없는 눈물을 묵은 풀 위에 남겨두고 돌아왔다. 그가 흘린 눈물로 인해 무덤의 흙은 더 이상 마르는 일이 없을 것이다. 눈물과 함께 흘러내린 것이 아버지의 마음이었기에.

옛글에는 딸을 먼저 보낸 아버지가 쓴 글이 적지 않다. 그럼에도 김수항처럼 많은 글을 남긴 사례는 많지 않다. 김수항에게 딸은 어떤 의미였을까? 혹은 딸에게 김수항은 어떤 존재였을까? 아버지와 딸. 둘의 관계는 어머니와 아들과는 다른, 또 다른 생각을 하게 한다. 『청구야담』이란 야담집에는 짧은 이야기 한 편이 실려 있다. 〈연상녀재상촉궁변憐孀女宰相囑窮弁〉이란 작품인데, '과부가 된 딸을 불쌍히 여긴 재상이 무변에게 딸을 맡기다'라는 의미다. 짧은 내용이지만, 이야기가 주는 메시지는 무겁다.

이야기 따라 읽기

우는 딸

재상의 딸은 혼인했지만, 얼마 되지 않아 남편이 죽었다. 딸은 부득이 친정으로 돌아왔다. 어느 날, 재상이 안채로 들어가다가 딸의 방을 지나친다. 살짝 열린 문틈으로 딸의 모습이 보인다. 뜻하지 않게 아버지는 딸의 행동을 훔쳐본다.

예쁜 옷으로 한껏 꾸미고 화장도 곱게 한 딸이 거울과 마주해 있다. 거울 앞에서 이런 표정 저런 표정을 지으며 자기를 비춰본다. 이리저리 몸을 비틀며 옷맵시도 살핀다. 영락없는 또래 여자 아이들의 모습이다. 재상은 살며시 미소를 머금고 돌아선다. 그때였다. 딸은 갑자기 거울을 집어던지더니 얼굴을 감싸 안고 흐느껴 운다. 순식간의 일이다.

딸의 모습을 지켜보는 아버지는 아무 말도 못하고 우두커니 서 있다. 아무것도 할 수가 없다. 딸의 눈에 띄지 않게 몸을 숨기는 것 외엔. 몸을 숨겼지만 숨죽여 흐느끼는 울음소리는 그치지 않는다. 몸을 돌려 조용히 사랑채로 돌아온다. 무엇 때문에 안채로 가려고 했는지도 생각나지 않는다. 그 자리에서 얼른 벗어나야 한다는 생각뿐이다. 다시 사랑채로 돌아온 재상은 넋이 빠진 사람처럼 한참 동안을 아무 말 없이 멍하니 앉아 있었다. 딸의 울음소리는 여전히 귓가에서 맴돈다. 실제인지 환청인지 알 수 없지만, 울음소리가 그치지 않는다.

얼마나 지났을까? 한 무변이 재상을 찾아왔다. 평소에도 잘 알고 지내는, 젊고 건강한 청년이다. 그는 재상에게 안부를 묻고 자리에 앉았다. 재상이 그를 본다. 가난해서 아직까지 혼인도 하지 못했다고 했다지…. 재상은 한참 동안 무변을 쳐다본다. 그러다가 주변을 둘러본다. 아무도 없다. 아무도 없다는 것을 확인한 재상은 나지막하게, 그리고 천천히 말을 꺼낸다.

"자네 신세가 이렇게 어렵고 궁핍한데…. 자네, 내 사위가 되면 어떻겠나?"

느릿느릿한 말투지만, 담긴 내용이 당혹스럽다. 무변은 얼른 일어나 옷맵시를 정리한 후 납작 엎드린다. '무슨 말씀이신지요?' 재상은 궤짝의 문을 열어 은이 담긴 봉지를 꺼낸다. 은 봉지를 무변에게 건네며 말한다. 아까와 달리 말씨가 다급해졌다.

"이것을 가지고 가서 튼실한 말과 가마를 준비해 놓고 대기하게. 대기하고 있다가 오늘 밤 파루罷漏를 치자마자 곧장 우리 집 뒷문 밖에 와서 기다리게. 절대로 때를 어기면 안 될 것이야."

무변은 반신반의한다. 하지만 재상의 말이 농담 같지 않다. 무겁고 사뭇 진지하다. 무변은 재상의 말처럼 돈을 가지고 나가 말과 가마를 준비한다. 그리고 통행금지가 해제되는 새벽 4~5시즈음에 재상의 집 뒷문으로 갔다. 어둠 속에서 재상이 걸어 나온다. 재상 뒤에는 여인도 있다. 재상은 급히 여인을 가마에 들어가게 한 후, 두 사람에게 말한다. '함경도로 가서 잘 살아라.' 그러고는 몸을 돌리더니, 뒤도 돌아보지 않고 얼른 집 안으로 들어갔다.

딸이 성 밖으로 나가고도 남았을 만큼의 시간이 지났다. 사랑방에 있던 재상은 천천히 일어나 딸의 방으로 향했다. 방에는 쫓아내듯이 내보낸 딸의 흔적이 고스란히 남아 있다. 딸의 흔적을 보고 있자니, 딸과의 숱한 기억들이 파노라마처럼 스치며 지나간다. 기쁨과 슬픔에, 웃음과 울음이 복잡하게 뒤섞인다. 한참을 그렇게 멍하니 앉아 있다가 정신을 다잡아서 대성통곡을 한다.

"내 딸이 자결하였구나!"

곡소리가 집 안을 울린다. 재상의 통곡 소리에 놀란 사람들이 황급히 딸의 방으로 몰려온다. 그들은 방 앞에서 머리를 풀어 곡을 하며, 장례를 준비하기 위해 방 안으로 들어오려고 한다. 그러자 재상이 막아선다. 딸아이는 번잡한 것을 싫어했으니, 염습도 내가 직접 하겠다고. 그러니 비록 오라비라도 방에 들어와서는 안 된다고. 재상은 사람들을 모두 돌려보냈다.

방 안에 홀로 남은 재상은 이불을 돌돌 말아 시신처럼 만들었다. 이불로 만든 가짜 시신을 관에 담아 못질도 했다. 그렇게 하고 난 뒤에 딸의 시댁에 부고를 전하게 했다. 아마도 부고를 전하면서 자신의 딸이 절개를 지키기 위해 자결했다고 말했을 터다. 딸의 가짜 시신은 그렇게 시댁 선영에 묻혔다.

딸의 장례식이 치러졌다. 사회문화적 규범을 따른 열녀의 장례식이었다.

다시, 우는 딸

딸이 죽었다. 생물학적 죽음이 아니지만, 사회적으로는 소멸되어 없는 존재가 되었다. 아버지는 딸의 생물학적 죽음 대신 사회적 죽음을 선택했다. 사회적으로 소멸될지언정 질긴 '삶은 계속되어야' 했기 때문이다. 일종의 '이미지 장례'라고 부를 만하다.

장례를 치르고 몇 년이 지났다. 그 사이 벼슬살이를 하던 재상의 아들은 함경도 어사가 되었다. 어사로 함경도 지방을 순찰하던 그가 한 고을에 이르렀다. 날이 늦은데다 몸도 피곤한지라, 어사는 하루를 쉬어갈 요량으로 어느 집으로 들어갔다. 두 아들을 앞에 앉히고 책을 읽던 집주인이 갑자기 방문한 손님을 보고 일어선다. 그런데 어사는 주인보다 책을 읽는 아이들에게 먼저 눈길이 간다. 산뜻하면서도 수려한 두 아들의 얼굴이 조금도 낯설지 않다. 참 이상한 일이다.

주인에게 청해 그 집에서 하룻밤을 머문다. 제법 먼 길을 순행하여 피곤한데도 좀처럼 잠이 오지 않는다. 수려한 두 아이의 얼굴이 자꾸 떠오른다. 가만히 보니 두 아이는 자기와도 닮은 구석이 제법 있다. 그러다가 헛웃음을 지으며 '세상엔 신기한 일도 많다'며 애써 무시한다. 그때였다. 한 여인이 안채에서 나와 어사에게 다가왔다. 그러더니 갑자기 어사의 손을 잡고 눈물도 흘린다. 해괴망측한 행동에 어사는 얼른 손을 뺀다. 여인의 얼굴을 본다. 흐느끼는 여인, 그녀는 분명히 '죽은' 여동생이었다. 어사는 그제야 아이들의 모습이 낯설게 느껴지지 않았던 이유를 알았다. 두 아이는 자기의 조카였다. 사실을 확인한 순간, 어사는 아무 말도 할 수가 없었다.

두 사람은 입을 굳게 다문 채 서로의 얼굴만 쳐다볼 뿐이다. 그렇게 한참이 지나고서야 비로소 두 사람은 서로의 안부를 묻고, 집안 이야기도 주고받았다. 서울과 지방, 이승과 저승의 경계를 넘나든 만남이지만, 오누이 간의 대화의 시간은 길지 않았다. 여동생은 다시 안채로 돌아갔고, 어사는 뜬눈으로 밤을 지새웠다.

길고 긴 밤이 지났다. 드디어 여명이 밝아온다. 오빠는 달아나듯이 그 집에서 황급히 빠져나왔다. 감정이 지배하는 밤의 시간이 지나고 다시 이성의 시간과 마주한 오빠는 아무 일도 없었다는 듯이 공무를 집행하였다. 주어진 일을 마치고 서울로 돌아온 어사는 임금께 순방한 결과를 하나하나 보고하였다. 여동생을 만난 사실만 빼고. 그리고 나서 집으로 돌아왔다.

며칠이 지났다. 그동안 '정말' 아무 일도 없었다. 그도 어떤 말도 하지 않았다. 또 며칠이 지났다. 어느 늦은 밤, 아버지와 아들 단 두 사람만이 한 공간에 남겨졌다. 사방을 둘러보니, 주위에는 아무도 없다.

"이번 걸음에 참으로 이상하고 괴이한 일이 있었습니다."

주저하던 아들이 조심스레 입을 뗀다. 그 순간 아버지는 눈을 부릅뜨고 아들을 노려본다. 지금까지 그렇게 무서운 아버지의 얼굴은 본 적이 없다. 아들은 더 이상 아무 말도 할 수가 없었다. 그저 자리에서 일어나 조용히 자기 방으로 돌아갈 수밖에.

이야기, 다시 생각하며 읽기

죽어야만 사는 딸, 딸은 행복했을까?

이미지 장례는 생물학적 죽음을 빙자한 사회적 죽음을 전제로 한다. 둘은 상호 모순적이다. 생물학적으로 살아 있는 내 실체와 사회적으로 부재하는 나. 모순된 둘이 위태롭게 공존한다. 어느 한쪽이 다른 한쪽의 영역을 침범하는 순간, 균형이 깨지며 공존도 끝난다. 단지 공존이 끝나는 데서 그치지 않는다. 내가 사랑하는 가장 가까운 사람들까지 파멸로 이끈다. 개인의 명예 실추를 넘어, 한 집안을 멸족케 하는 발화점이 된다. 그래서 이미지 장례가 치러지면 나는 이전의 나와 완전히 다른 존재로 살아야 하는 것이다.

어느 누구에게도, 설령 그 사람이 부모라도 내 감정을 드러내선 안 된다. 모든 외부 자극에 냉정해져야 한다. 아버지가 그랬듯이. 그러나 딸은 아버지만큼 냉정하지 못했다. 아무도 없는 사적 공간이었다 해도, 딸은 오빠와 대면해서는 안 됐다. 그러나 차가운 머리에서 지시하는 이성과 뜨거운 심장에서 발현되는 감정이 이율배반적으로 갈등하는 순간, 딸은 뛰는 심장을 좇았다. 내가 사회적으로 소멸되었다는 사실을 외면한 채, 생물학적 감정에 이끌린 결과였다.

이미지 장례가 주는 배제와 소외. 여인에게 그것은 죽음보다 더 깊은 고통이었다. 내 심장이 이렇게 쿵쾅거리는데, 어디에도 나는 존재하지 않는다는 모순. 나는 어디에 있는 것인가? 마치 프란츠 카프카 소설 『변신』의 그레고리 잠자처럼 어느 날 갑자기 나는 사라져 버리고, 그 자리엔 커다란 벌레만 남았다. 나는 정말 존재하는가? 숱한 질문이 이어지던 상황에서 불현듯이 등장한 오빠. 오빠의 등장은 장례와 함께 완전히 멈췄다고 믿고 있던 심장을 다시 뛰게 했다. 내가 가진 기억을 공유하는 사람이 존재하는 한 나는 분명히 살아 있는 실체이기 때문이다. 마치 멕시코 전설을 영화화한 〈코코〉에서처럼 나를 기억해 주는 단 한 사람이라도 있는 한 나는 살아 있다. 오랜만에 여인은 벅차오르는 느낌을 느껴본다.

당장 오빠를 만나야 한다. 하지만 나설 수 없다. 보고 싶은 욕구를 참고 또 참는다. 문고리를 잡았다가 다시 놓기를 반복할 뿐이다. 가고 싶은 욕망과 참으라는 이성이 치열하게 다툰다. 그러는 사이에 어느덧 밤도 깊었다. 밤은 길을 잃게 만드는 신비한 마법을 가졌다. 그 시간 안에서는 설령 그곳이 지옥일지라도 떠나라는 유혹의 힘을 이기기 어렵다. 모든 것을 망쳐놓는 것이 밤이다. 밤 때문이다. 결국 여인은 오빠에게 달려간다. 눈물이 쏟아진다. 내가 살아있다는 느낌을 참 오랜만에 느낀다. 가정을 일궈 두 자식을 두었음에도 언제나 허전했던 이유도 알 듯하다. 여인은 사람들과 지내면서도 내 사람들이 그리웠던 것이다. 사회적 죽음은 사람을 참 외롭고 지치게 만들어 버렸다. 그런데 이야기는 여기에서 새로운 질문을 던진다. '오빠를 만난 후 여인은 마음이 편안했을까'라는.

여동생과 마주한 어사는 당혹스럽다. 얼굴을 본 순간, 그것이 얼마나 큰 문제를 유발할지 알았다. 두 사람의 만남은 가문을 파국으로 몰아가는 시발임을 이성적으로 판단한 까닭이다. 여동생이 살아 있다는 반가움보다 앞으로 펼쳐질 공포에 몸서리가 쳐진다. 어사의 하룻밤은 어쩌면 그의 인생에서 가장 길었던 시간이었으리라. 날이 밝자마자 황급하게 떠난 것도 그런 배경 때문이었다. 여인은 날이 밝자마자 다급하게 떠나는 오빠를 멀리서 지켜봤으리라. 내가 살아있다는 심리적 안정감을 얻고자 했던 행동이 정말 잘못된 것일까? 많은 생각이 오간다. 오빠를 만난 후 여인은 편안해졌을까? 다시 물음이 제기된다.

이야기에서는 해답을 주지 않는다. 그러나 여인을 더 이상 이야기에 등장시키지 않았다는 점에서 주어진 물음에 대한 해답을 추측할 수는 있다. 이야기에서는 여인뿐 아니라, 여인의 두 아들의 후일담조차 언급하지 않았다. 이는 다른 사람들이 전혀 알 수 없게끔, 심지어 두 아들조차 알 수 없게끔, 여인이 그날 이후로 철저하게 사회적으로 부재하는 존재임을 인지하며 살았음을 의미하는 표징일 터다. 황망하게 떠나는 오빠를 본 것은 그녀가 당면한 현실을 확고하게 직시하는 계기가 되었다. 생물학적 삶이 계속되려면 사회적 죽음을 인정해야 한다는 모순된 사실이 그렇게 현실로 다가왔던 것이다.

죽은 줄만 알았던 여동생과 만난 이후, 오빠는 하루하루가 무서웠다. 여동생의 집을 나와 남은 임무를 수행할 때도, 임금을 뵙고 업무 보고를 할 때도, 집으로 돌아와 아버지와 단둘만 남는 기회를 마련할 때에도, 매 순간순간이 공포 그 자체였다. 아무 일도 일어나지 않는 것이 오히려 더 불안했다. 도무지 혼자서 감당할 수가 없다. 아버지에게 무슨 말이든 하면 이 지독한 두려움에서 벗어나 나도 조금은 편안해질 수 있을까? 어떤 두려움도 그것을 누군가에게 말하는 순간, 그때 비로소 거기에서 벗어날 수 있다는 진리처럼. 그러나 그의 생각은 틀렸다. 모든 사건의 출발은 아버지였기 때문이다. 아버지가 제일 큰 공포였다.

아들은 이제까지 그렇게 차갑고 무서운 아버지의 얼굴을 본 적이 없다. 일그러진 아버지의 얼굴이 무엇을 뜻하는지 아들은 깨달았다. 말을 꺼내는 순간 아버지와 나, 그리고 내 곁에 있는 모든 사람들이 어떻게 될지가 그려졌다. 그것은 상상이 아닌 현실이었다. 아들은 비로소 현실을 직시하고 돌아섰다.

적어도 세 사람은 여인의 사회적 죽음에 관한 한 벙어리가 되었다. 그들은 마음속에 서로를 품어둔 채 살다가, 시간이 제법 흘러, 마침내 죽음을 맞이했다. 아버지의 부고 소식을 들은 딸은 아무도 모르게 흐느꼈으리라. 그리고 다시 시간이 지나 '비로소' 그녀도 생물학적 죽음과 마주했다. 그들은 살아가는 동안 정말 행복했을까?

작가는 이야기 마지막에 이 한마디를 덧붙였다. "재상의 이름은 기록하지 않는다."

딸을 지켜보는 아버지, 그리고 아버지라는 이름

거울을 들여다본다. 거울은 자기 모습을 직시케 한다. 거울을 보면서 '현실의 나'와 '꿈꾸는 나' 사이의 거리를 잰다. 거리가 벌어지면 벌어질수록, 벌어진 갭만큼 내 모습도 추해진다. 바뀐 게 아무것도 없다며 항변해도, 다른 사람들이 나를 보는 눈길은 잔인하달 만큼 싸늘하다. 시선의 폭력이 무섭다. 다시 거울을 들여다본다. 어느 순간 내가 나를 바라보는 시선도 다른 사람이 나를 보는 눈길과 닮아 있다. 다른 사람들처럼 나도 거울 속의 내가 추하다. 추함이 고통스러운 까닭은 스스로 비교된 자신을 자각하는 데 있다고 했던가? 거울을 내던진다. 내가 할 수 있는 것이라곤 거울을 내던지고 주저앉아 흐느껴 우는 것뿐이다.

아버지는 딸에게 다가가지 못한다. 우연히 훔쳐본 딸의 행동, 그리고 풍편에 들려오는 울음소리를 통해 고통의 깊이를 분명히 느꼈다. 그럼에도 희미하게 비친 실루엣만 바라볼 뿐, 그것을 걷어내 딸과 정면으로 마주하지 못한다. 아버지는 딸이 처한 현실과 사회적 이데올로기 사이에 존재하는 이율배반적 실체를 너무 잘 알고 있었기 때문이다. 딸이 할 수 있는 게 주저앉아 흐느껴 우는 것뿐이었듯, 아버지가 할 수 있는 것도 별반 다르지 않다. 그저 방으로 돌아와 넋 빠진 사람처럼 우두커니 앉아 있을 뿐이다. 아버지의 깊은 슬픔과 탄식은 그것으로 충분하다. 아버지가 그렇다.

아버지는 딸과 일정한 거리를 둔다. 거리를 두었다고 해서 딸의 아픔에 무심하진 않다. 그렇다고 딸의 아픔보다 내 슬픔과 탄식이 더 크다는 생각도 없다. 단지 아버지'도' 무서웠을 뿐이다. 딸에게 씌워진 실루엣을 벗겨낸 후, 서로가 서로의 민낯을 마주해야 하는 진실. 그 진실이 공포로 다가왔을 뿐이다. 그러나 '아버지이기에' 어떻게든 해결책을 찾아야만 했다. 그러나 서두르지 않는다. 천천히, 그리고 치밀하게 방법을 생각한다. 넋 빠진 사람처럼 우두커니 앉아서. 아버지의 이런 모습은 딸의 아픔을 내 아픔과 동일시하며 즉각적이고 거침없이 문제를 해결하려 달려드는 어머니의 면모와 다르다. 사회 지배 이념에서 배제된 딸의 실루엣을 벗겨내, 딸의 피맺힌 고통의 실상을 적나라하게 까발리는 어머니의 과감성에 비하면, 아버지는 참 옹색하다.

아버지는 사회에 맞서 전면전을 벌이지 못한다. 할 수 있는 것은 단지 사회 이념이 요구하는 틀을 활용한 눈속임 정도다. 이미지 장례를 통한 사회적 매장. 딸에게 그것은 본질이 아니다. 그럼에도 아버지가 딸에게 해줄 수 있는 최선의 방법은 그것뿐이었다. 감정이입empathy은 말할 것도 없다. 딸이 무슨 생각을 하는지, 딸의 마음을 읽는 것은 고려의 대상도 아니다. 어쩌면 딸은 그저 자신의 처지에 공감해 주기만을 바랐을지도 모른다. 하지만 아버지에게는 공감보다 해결이 급선무다. '공감 따위야 먼 훗날에 딸내미가 이해하겠지.' 그렇게 천천히, 그러면서 치밀하게 해결책을 마련했다.

『아버지란 무엇인가』를 쓴 루이지 조야는 "아버지와 자식의 관계는 주변 환경에 속해 있는 다른 관계들에 더욱 밀접하게 연관되어 있다"고 말한 적이 있다. 아버지는 자식의 일도 사회적 관계를 고려하여 결정할 수밖에 없다는 의미다. 이런 점을 고려하면 아버지가 실루엣을 걷어내고 다가가서 딸의 아픔에 공감하는 대신, 한걸음 물러서서 자신과 관계 맺은 제도와 사람들을 더 먼저 떠올렸던 이유도 알 듯하다. 아버지는 타자들과 맺은 사회적 관계를 고려하여 그에 대한 '해결책'을 모색하고 있었다. 해결책을 찾는 것이 딸과 자기의 아픔을 치유하는 유일한 방법이라 생각했다.

나이가 들고 재상의 지위까지 올라갔어도, 아버지는 참 미숙했다. 딸과 공감하며 함께 대안을 모색할 수는 없었을까? 대안을 찾기보다, 그저 아무 말도 하지 않고 딸의 얘기만 들어줘도 되지 않았을까? 딸은 그것을 더 원했을지 모른다.

진화생물학자 마크 모펫은 개인이 자신을 '우리'라는 집단에 동화시켜 집단의 속성에 맞춰가는 심리적 특성을 '우리성we-ness'이라 명명한 바 있다. 인간은 사회 집단이 만들어 놓은 이데올로기에서 쉽게 벗어날 수 없음을 짐작케 한다. 아무리 불만족스러워도 집단을 뛰어넘는 혁신이 어려운 이유도 여기에 있다. 특히 사회적 관계에 직접적으로 얽매여 있는 아버지에게는 우리성이 더욱 강한 족쇄로 작동한다. '내' 아버지도 다르지 않다. 아버지는 내가 얽힌 사회적 관계를 넘어서는 새로운 무엇이 있다는 것을 알지 못한다. 아버지 역시 당신의 롤 모델이었던 할아버지가 살았던 방법을 흉내 내며 주섬주섬 그것을 익혔을 뿐이기에. 할아버지의 삶과 동떨어진 나만의 삶이란 게 따로 존재한다고 생각해 본 적도 없다. 자식의 마음을 살피는 방법. 미치도록 그것을 알고 싶다. 하지만 그렇게 하지 못한다. 내 아버지가 내게 해준 방식대로 살다 보면 언젠가는 자식도 나를 이해해 줄 날이 있으리라 기대할 뿐이다. 아버지가 할아버지를 그렇게 이해했던 것처럼. 그게 최선이라 생각하며, 아버지는 살아간다.

자식은 아버지의 마음과 다르다. 그래서 '부성父性 패러독스'의* 무게가 힘겹다. 능력이 미치지 못하는데, 자식들은 아버지에게 영웅이 되라고 한다. '우리 아빠는 네 아빠보다 힘도 세고, 돈도 많고, 지위도 높다.' 영웅이 될 수 없는 아버지는 자식에게 비판의 대상으로 전락한다. 무능한 아버지란 딱지와 함께. 무슨 주문을 외야 하나? 내가 할 수 있는 것이 무엇인가? 최선은 그들과의 분리! 숨통을 조이는 답답함에 집에서 나온다. 나오긴 했지만, 갈 데도 없다. 기껏 찾은 술집에 앉아 누군가와 술잔을 기울인다. 술잔을 기울이다 주고받는 얘기가 자식의 일에 미치면, 아버지는 자식 자랑에 갑자기 수다쟁이가 된다. 조금 전에 아버지를 벼랑으로 내몬 자식 자랑에 여념이 없다. 밖으로 나가 다른 사람과 만나지 않을 때에는 홀로 자기만의 공간으로 침잠한다. 그곳에서 보물 상자를 연다. 누가 볼까 봐 자물쇠까지 꼭꼭 채워둔 서랍 안에 담아둔 보물 상자. 보물 상자에 담긴 것이라곤 자식이 어렸을 때 건넨 '사랑해'라고 적은 쪽지, 그리고 그와 비슷한 허섭스레기들 뿐이다. 그것이 무슨 대단한 보물이랍시고 소중히 꺼내 읽고 또 읽는다. 읽으면서 무능하다고 탓한 자식들에 대한 원망도 지운다. 원망 대신 그 시간이 인생에서 가장 행복한 순간인 듯이, 당신이 인생에서 가장 행복한 사람인 듯이 살포시 미소를 짓는다.

▶작품 읽기 250쪽

＊ 루이지 조야가 『아버지란 무엇인가』에서 말한 자식들이 아버지에게 거는 모순된 기대심리. 한편에서는 공평성과 정의를 베풀면서도, 동시에 외부 세계에 대해 승리자가 되기를 바라는 자식들의 요구.

기다리는 방법

옥계 기생: 그 사람을 기다리며
물 긷는 여종, 수급비: 그대, 지금 발밑을 보라

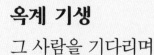

옥계 기생
그 사람을 기다리며

"사오 년 전 즈음이었습니다. 스무 살 정도 되어 보이는 한 여인이 찾아왔는데, 그녀는 예불을 맡은 수좌首座에게 은냥 얼마를 맡기면서 아침저녁으로 공양을 바치는 비용으로 쓰도록 했지요. 그러고는 부처님 연화좌蓮花座 아래에 엎드리더니 머리를 풀어 얼굴을 가리더군요. 그 후로 아침저녁 공양은 창틈으로만 받았지요. 간혹 뒷간에 갈 때나 잠깐 나왔지만, 곧장 들어갔고요. 그렇게 지낸 지도 벌써 몇 년이 되었습니다. 소승들은 그녀를 모두 생불이나 보살로 여겨 감히 가까이 가지도 못했습니다."

지금, 만나러 갑니다

세상을 떠난 미오. 그녀는 생전에 남편[다쿠미]과 아들[유지]에게 비의 계절에 돌아오겠다고 약속한다. 미오가 죽은 뒤 비의 계절이 시작되고, 그녀는 약속처럼 돌아와서 남편과 아들 곁에 머문다. 그리고 비의 계절이 끝나자, 미오는 또 다시 아카이브 별로 되돌아간다.

이치카와 다쿠지市川拓司의 소설 『지금, 만나러 갑니다』의 줄거리다. 이 소설은 한국과 일본 두 나라에서 각각 동명의 영화로 만들어졌고, 흥행에도 성공했다. 현실에서 일어날 수 없는 줄거리임에도 많은 사람들이 공감했음을 방증한다. 그런데 이 이야기의 어떤 요소가 많은 사람들의 마음을 사로잡았을까? 이 질문에 문학평론가 사이코 다카시의 논평을 떠올린다.

이 소설에서 유지가 '태어났다'고 하지 않고, '나타났다'고 표현했다. 죽음은 더 이상 '존재하지 않는 것'이 아니라, 단지 '이쪽에서 저쪽으로 옮겨가는 것'뿐이다.

삶과 죽음. 그것은 단지 이쪽 공간[이승]에서 저쪽 공간[저승]으로 이동하는 일일 뿐이다. 유지가 저쪽에서 이쪽으로 '짠' 하고 나타났듯이, 미오도 이쪽에서 저쪽으로 '펑' 하고 사라졌다. 이쪽과 저쪽은 결코 단절된 공간이 아니다. 그러니 저쪽 세상으로 떠난 미오도 조건만 맞으면, 유지처럼 짠 하고 다시 이쪽으로 올 수 있다. '나타났다'라는 말에 담긴 의미다. 사실 이 주장은 특별할 게 없다. 삶과 죽음에 대하는 동양적 세계관의 일단을 말했기 때문이다.

수직적 세계관에 토대한 서양과 달리, 동양은 수평적 세계관에 기초해 있다. 〈회심곡〉에서 대문을 나서면 그곳이 곧 저승이라 했듯이, 죽음의 공간은 삶의 공간과 나란히 위치해 있다. 수평적으로 연결된 공간이기에 저승에서 이승으로 오는 저승사자도 걸어서 온다. 그에게는 날개가 없다. 하늘과 지상 사이 수직적 상승과 하강을 위해 날개가 요구되는 서양의 천사나 악마와 다른 모습이다. 그처럼 동양에서의 삶과 죽음은 단지 저쪽 공간에서 이쪽 공간으로 수평 이동하는 의례일 뿐이다. 그래서 우리는 그저 기다리는 것밖에 할 수 있는 일이 없다. 유지가 나타나기를 기다리듯이, 미오가 다시 돌아오기를 기다리듯이.

기다림은 문학의 주된 소재다. 우리나라 야담도 다르지 않다. 한국문학 연구 초기부터 〈춘향전〉의 근원설화로 언급되어 왔던 〈노진盧禛 이야기〉도 그중의 하나다. 이 이야기는 허구지만, 기다림의 의미를 다시금 생각게 한다. 우리나라에서 만든 영화 〈지금, 만나러 갑니다〉의 카피 문구 '사랑이 만든 기적 같은 순간. 사랑하기 때문에… 지금, 만나러 갑니다'처럼, 〈노진 이야기〉가 전하는 아프고도 아름다운 이유도 기다림의 미학에서 찾을 수 있지 않을까?

이야기 따라 읽기

만남과 이별

전라도 남원에 사는 노진. 그는 가난해서 혼처를 구할 수도 없다. 그러던 중에 당숙이 평안도 선천부사로 나아갔다는 소식이 들려왔다. 어머니는 노진으로 하여금 선천에 가서 당숙에게 혼수에 쓸 돈을 빌려오도록 한다.

고을 수령은 왕을 대신하여 지방을 다스리는 대리자였기에, 그에게는 해당 고을을 다스리기 위한 물적 재량권이 있었다. 수령에게 부여된 물적 재량권은 고을의 면학 분위기를 진작하기 위한 출판물 간행 등과 같은 흥학興學 활동, 풍속 교화, 제례 등 수령이 반드시 해야 하는 수령칠사守令七事와 관련된 업무에 주로 쓰인다. 그 외에 가족 부양이나 친지 선물 등과 같은 사적 영역에도 지방 재정을 쓸 수 있었다. 지금은 상상할 수 없는 일이지만, 당시에는 친인척을 돕는 일 역시 인간의 도리를 다하는 유교의 보편적 윤리관에 기초한 행위로 보았기 때문이다. 노진의 어머니가 이런 제안을 한 것도 당시의 사회문화적 배경에서 보면 당연한 것이었다. 몰염치한 게 아니다.

노진은 댕기머리로 선천에 갔다. 고생 끝에 선천 관아에 이르렀지만, 문지기가 막아선다. 아무리 사정해도 안으로 들여보내

주지 않기에 문 앞에서 서성댄다. 그때 관아 앞을 지나가던 기생이 멈춰서더니 노진에게 다가왔다.

"도령은 어디에서 오셨나요?"

기생은 노진에게 끌렸다. 끌림은 자신 의도와 무관하게 생겨난다. 그녀는 자기 집 위치를 일러주며 이따가 그곳으로 오라 한다. 기생의 요청에 노진은 허투루 대답한다. 당숙을 만나는 일이 급한 지금, 기생의 말까지 신경 쓸 만큼 한가롭지 않았던 탓이다.

한참이 지나서야 노진은 관아로 들어갔다. 당숙을 만나 선천까지 찾아온 이유를 말하지만, 당숙의 표정이 좋지 않다. 부임한 지 얼마 되지 않은데다 지방 재정도 여유롭지 않아 난처하다며 둘러댄다. 일부러 전라도에서 평안도까지 찾아온 친척에게 도움을 주는 것은 문제가 되지 않는다. 재물로 남을 돕는 진첩津貼은 상례였기 때문이다. 그럼에도 멀리서 찾아온 조카를 대하는 당숙이 퍽 쌀쌀맞다.

관아에서 나왔다. 하지만 갈 곳이 없다. 그 순간 허투루 흘려보낸 기생의 말이 떠오른다. 마치 무라카미 하루키가 그의 소설에서 자주 인용하는 체호프의 말마따나 "1장에서 총을 소개했다면 2장이나 3장에서는 반드시 총을 쏴야" 하듯이, 그의 행보는 정해져 있었다. 주저하지 않고 기생의 집으로 간다. 기생은 노진을 다정하게 맞이한다. 식사는 물론 잠자리도 같이한다. 두 사람의 인연은 그렇게 만들어졌다.

"제가 보건대, 본관사또는 그릇이 매우 작습디다. 비록 친척 간이라
해도 혼수를 넉넉하게 준비해 줄지 모르겠습니다. 제가 도령의 기골
과 용모를 보니, 훗날에 크게 현달하실 상이더군요. 무엇 때문에 스스
로 걸객 행세를 자처하십니까? 제게는 개인적으로 모아둔 은 500냥
남짓이 있습니다. 그러니 여기에 며칠 동안 머물러 계시다가, 관아에
는 다시 들를 것도 없이 은을 가지고 곧장 고향으로 돌아가시는 게
좋을 듯합니다."

사람들을 알아보는 감식력을 지인지감知人之鑑이라 한다. 지인
지감은 사람의 의식 바깥에 존재하는 일종의 원초적 감각이라 할
만한데, 기생에게는 이런 능력이 있었다. 기생이 노진에게 수령에
게 구걸하지 말고 자기가 저축한 돈을 가지고 떠나라고 제안할
수 있었던 것도 첫눈에 수령과 노진의 인물됨을 파악했기 때문이
다. 자기의 능력에 대한 확신의 결과다. 기생의 감각적 판단과
달리, 노진은 현실적으로 대응한다. 친척 간의 정리情理를 의심하
는 행위만으로도 자칫 유교 사회의 이념을 부정하는 것으로 확대
해석될 소지가 있기에, 속마음이 어땠든 간에 그는 당숙을 믿는다
고 말해야 했다. 기생은 노진의 속내를 이미 헤아려 안다는 듯이
직설적으로 말한다.

"도령께서는 친척 간의 정리를 믿으려 하시지만, 가까운 친척이라 한들 어찌 다 믿을 수 있겠습니까? 만약 여러 날 머물러 계신다면, 피곤해하는 사람의 얼굴빛만 보게 되겠지요. 그러다 돌아간다고 하면, 선물이랍시고 고작 몇십 냥을 내어주겠지요. 그 돈을 가지고 장차 어디에 쓰시렵니까? 차라리 여기에 있다가 곧장 떠나는 게 더 낫지요."

도움을 주지 않기로 작정했다면, 친척의 친소 관계는 아무 의미가 없다. 당신은 친척 간의 정리를 들지만, 여러 날을 매일같이 찾아가 대면하면 어떻게 될까? 두 사람 모두 불편한 얼굴빛이 드러날 테고, 그것이 오히려 친척 간의 정리를 해치는 동인으로 작동할 수밖에 없다. 기생은 여기에서 더 나아간다. 얼마 후 노진은 떠날 테고, 당숙은 그를 전별하리라. 그때 당숙은 선물이랍시고 얼마간의 여비를 내어줄 터다. 그럼, 돈의 다소를 떠나 노진은 그걸 받아야 한다. 내쫓는 듯한 표정으로 내미는 돈을 받아야 하는 노진의 마음이 즐거울 리 없다. 구걸, 그 이외에 다른 무슨 의미를 부여할 수 있을까? 그럴 바에는 괜한 체면을 차릴 것 없이, 내 집에 머물다가 떠나라고 요구한다. 말이 격하다. 하지만 지금 당장은 듣지 않는다 해도, 어떻게든 내 말을 따르게 하려면 충격 요법이 필요하다. 내 집을 가르쳐 주었을 때 허투루 들었지만, 결국 나를 찾아왔듯이.

노진은 기생의 말을 따르지 않는다. 오랜 학습으로 굳어진 사유의 틀이 견고하다. 분명히 잘못될 것을 앎에도 '나는 선을 행하고 있다'는 믿음이 파멸로 이끄는 법이다. 그토록 많은 유대인을 학살하는 데에 앞장섰던 아돌프 아이히만의 재판을 참관한 한나 아렌트가 '악의 평범성'을 말한 것처럼, 학살자도 선을 행하고 있다는 신념을 갖는다. 노진은 낮이면 관아로 나아가 당숙을 뵙고, 밤에는 기생의 집으로 돌아왔다. 그런 반복된 패턴이 며칠째 이어졌다. 불편한 감정도 조금씩 축적된다.

이런 모습이 민망했던 것일까? 기생이 먼저 행동한다. 어느 날은 기생이 행장을 꾸민다. 새벽이 되자, 기생은 마구간으로 가더니 말 한 필을 끌고 나온다. 꾸며둔 행장을 말에 싣는다. 그렇게 하고 난 뒤에 노진을 부른다. 지금 당장, 이것을 가지고 떠나라!

"도령께서는 10년이 못 되어 반드시 귀하게 될 것입니다. 저는 조신하게 기다리렵니다. 우리가 다시 만날 기약은 오직 이 한 가닥 길밖에 없으니, 부디부디 보중하십시오."

'다시 만날 때까지 기다리겠습니다!' 재회의 방법은 하나뿐이다. 노진이 과거에 급제하여 선천으로 돌아오는 것, 그뿐이다. 그날까지 기생은 하염없이 기다리겠다고 약속한다. 기다림은 희망을 품고 사는 시간이라고 했던가? 내 힘으로 현실을 타개할 수 없다면 상대방의 변화에 기댈 수밖에 없다. 그의 처지가 바뀌어 나를 찾아올 때까지, 내가 할 수 있는 일은 희망의 끈을 잡고 기다리는 것밖에 없다. 기생은 그렇게 길고 긴 기다림의 시간 속으로 침잠했다. 인연이란 월하노인이 붉은 실로 두 사람의 발목을 묶어 줄 때까지 기다려야만 성사되는 게 아니다. 기생은 월하노인의 역할을 노진에게 맡겼다. '나를 찾든 그렇지 않든, 그 모든 것은 당신의 몫이랍니다.'

엉겁결에 새벽길을 나섰기에, 노진은 당숙에게 인사도 드리지 못한 채 떠났다. 이 또한 기생이 설계한 일이다. 기생은 당숙께 작별 인사를 한 후 굽실거리며 푼돈을 받는 노진의 모습을 상상하기 싫었다. 그래서 아예 작별 인사를 할 수 없도록 새벽 시간을 택해 노진을 내보냈던 것이다. 뒷날 아침, 노진이 떠났다는 소식을 들은 당숙. 그는 노진의 망령된 행동을 비판한다. 하지만 푼돈이나마 허비하지 않았기에, 내심은 마냥 즐겁기만 하다.

재회

남원으로 돌아간 노진은 기생이 준 돈으로 아내를 맞이했다. 살림살이도 어느 정도 잡혀갔다. 공부에 집중함으로써 과거시험에도 급제했다. 본래 재능이 있었던지라, 조정에서 인정도 받았다.

얼마 지나지 않아 노진은 관서 지방의 어사가 되었다. 관서 지방에 도착하자마자 노진은 곧장 기생의 집으로 달려간다. 모든 일을 제쳐두고 제일 먼저 그녀의 집으로 향한 것은 그도 기생과의 재회를 항상 꿈꿔왔기 때문이다.

꿈속에 그린 그림은 언제나 똑같다. 그림에는 '우리'가 경험한 그곳에서 그 사람이 웃으며 나를 맞이한다. 자연의 시계는 쉬지 않고 변화를 만들어 나가지만, 내가 만든 주문呪文은 변화가 없다. 어느 한순간에 고정된다. 내 삶에서 가장 아름다웠던 순간, 바로 그 지점에 멈춰 있다. 어쩌면 그때의 기억을 영원히 간직하고픈 욕망이 내가 만든 주문 속 그림으로 재구성되었는지 모른다. 재구성한 그림이 실재하지 않는 가공된 몽상일지라도, 그것이 지금까지 나를 버티게 한 힘으로 작동한다. 노진도 그랬다. 그는 자기 인생에서 가장 아름다웠던 한순간이 재현되기를 간절히 꿈꾸면서 서둘러 기생의 집으로 달려갔다.

하지만 이상과 현실은 이율배반적으로 존재하는 법. 기생은 그곳에 없다. 사랑을 완성하는 데까지는 더 많은 고통과 기다림이 요구된다. 기생의 어미가 노진에게 '당신이 떠나던 날, 딸아이도 모든 것을 버리고 떠나버린' 사연을 들려준다. 너무나 아름다워 들춰보는 것조차 아까웠던 재회의 환상도 산산이 부서진다. 비로소 기생의 부재를 인지한다. 부재는 다시 새로운 가능성을 탐색케 한다고 했던가. 노진은 기생이 자취를 감춘 게 자기를 향한 마음에서 비롯된 행위임을 확신한다.

내가 꿈꾸던 환상이 완전히 깨어진 뒤에서야 비로소 상대를 이해할 수 있는 법. 노진은 비로소 자신과 기생을 동일시한다. 항상 그려왔던 그림, 즉 '떠난 나와 기다리는 그녀와의 재회'라는 일방적이고 도식적인 그림을 지운다. 이제 노진에게 재회는 더 이상 꿈속에 존재하는 판타지가 아닌, 어떤 현실적 고통을 감내해서라도 반드시 성취해야 할 당면 과제로 변환된다. 기생이 나를 위해 자취를 감춘 게 틀림없기에. 당신이 곧 나이기에, 이제는 내가 당신을 찾아 나서야 한다.

다급하게 기생의 어미에게 묻는다. 딸과 관련된 소문을 들은 게 없냐고. 어떤 단서라도 있어야 한다. 다행히 기생의 어미는 평안도 성천에 있는 산사에 의탁해 있다는 말을 들었다고 답한다. 특별할 게 없는 정보지만, 그조차 노진에게는 암흑 속에 빛나는 빛과 같다. 선천에서 성천까진 제법 먼 길임에도, 노진은 곧장 행장을 꾸려 성천으로 간다.

성천에 도착하자마자, 노진은 관내 사찰을 하나하나 탐방한다. 웬만한 사찰을 모두 뒤졌지만, 기생의 형적을 찾을 수 없다. 지치고 피곤하다. 그때마다 재회를 향한 갈망이 무뎌진 감각을 다그친다. 아픔이 극점에 다다랐을 때, 새로운 정보를 접한다. '뒤에 천 길이나 되는 높은 절벽 위에 작은 암자가 있다!'

한 길이 보통 사람의 평균 키니, 천 길은 천 사람을 수직적으로 세워놓은 높이다. 그만큼 가파르고 험악하여 사람의 발길을 허용하지 않는 곳에 암자가 있다는 정보다. 노진은 잠깐의 머뭇거림도 없다. 바로 암자로 향한다. 사람이 다니지 않는 험한 길인지라, 등나무 줄기를 더위잡으며 오르고 또 오른다. 정말 그곳에 암자가 있다. 수도승도 몇 명이 있다. 그러나 정작 기생은 어디에도 없다. 지극한 마음으로 그 사람의 이름을 부르면 소원이 이루어진다고 했던가. 큰 숨을 내뱉듯이 노진이 그녀를 부른다. 반응은 빨랐다.

"사오 년 전 즈음이었습니다. 스무 살 정도 되어 보이는 한 여인이 찾아왔는데, 그녀는 예불을 맡은 수좌首座에게 얼마간의 은냥을 맡기며 아침저녁으로 공양을 바치는 비용으로 쓰도록 했지요. 그러고는 부처님 연화좌蓮花座 아래에 엎드리더니 머리를 풀어 얼굴을 가리더군요. 그 후로 아침저녁 공양은 창틈으로만 받았지요. 간혹 뒷간에 갈 때나 잠깐 나왔지만, 곧장 들어갔고요. 그렇게 지낸 지도 벌써 몇 년이 되었습니다. 소승들은 그녀를 모두 생불이나 보살로 여겨 감히 가까이 가지도 못했습니다."

노진과 처음 만난 순간부터 기생은 자신의 운명이 그에게 매일 수밖에 없음을 알았다. 하지만 기생의 몸으로, 이념이 지배하는 공간에서 노진만을 기다릴 수 없었다. 다시 모험을 감행한다. 노진과 이별한 직후, 그녀는 그렇게 깊은 산속에 있는 암자에 몸을 맡겼다. 누구나 다 아는 이름난 절에 의탁하는 것은 무의미하다. 노력과 정성을 다해 수소문해야만 찾을 수 있는 절이어야만 한다. 그곳은 내가 몸을 숨기는 곳이기도 하지만, 당신이 진심을 다해 내가 숨은 세계로 찾아올 수 있는지를 시험하는 관문이기도 했다. 기생이 몸을 숨김으로써, 이제 기다림은 어느 한쪽에게만 강요된 일방적 희생이 아닌, 두 사람 모두에게 부여된 과제로 바뀌었다.

기생은 암자에 들어온 후, 4~5년 동안을 독방에서 수행했다. 수도승이 들려준 말에 의하면 그녀는 벽을 바라보며 좌선하는 면벽수련面壁修練을 한 것으로 보인다. 실제 면벽수련을 할 때는 누구와도 말을 하지 않고, 음식도 3~4일에 한 번씩만 독방의 작은 구멍을 통해 제공받는다. 문밖으로 나오는 일은 화장실 갈 때로 한정된다. 초조대사初祖大師 달마達磨도 이런 식으로 9년 동안 면벽수련을 하였는데, 중이 들려준 기생의 암자 생활도 그와 비슷하다. 달마의 수행도 9년인데, 기생이 4~5년 동안을 이렇게 생활했다면 곁에서 지켜보는 누구라도 경외심을 갖고 그녀를 생불이나 보살처럼 보았으리라. 물론 달마에게 수행은 깨달음을 얻기 위한 시간이었다면, 기생의 수행은 기다림을 위한 시간이었다는 본질적 차이가 있지만.

수도승이 들려주는 말을 듣고 노진은 그녀가 기생임을 확신한다. 중을 통해 말을 전한다. "당신을 만나기 위해 찾아왔으니 어서 나오라." 노진의 말을 들은 기생이 처음으로 입을 연다. 4~5년이란 오랜 침묵의 시간을 흘려보낸 뒤에 꺼낸 첫마디. 그것은 노진의 과거 급제 여부였다. 과거 급제는 재회의 전제조건이었기에, 그 조건이 충족되지 않는 한 만남도 의미가 없다. 노진이 전한 답변에 기생은 그제야 그에게 요구한다.

"제가 몇 년 동안 이렇게 자취를 감추고 고생을 자처한 것은 오로지 낭군을 모시기 위함입니다. 그러니 어찌 아니 기쁘겠습니까? 당장 나가서 맞이하고 싶지요. 그러나 몇 년 동안 귀신같은 형상으로 지냈기에, 이 몰골을 낭군께 보일 수 없습니다. 낭군께서 저를 위해 10여

일만 더 머물러 주신다면, 저는 삼가 몸과 머리를 단정히 하고 화장 거울도 매만져서 본래의 모습으로 되돌리겠습니다. 그렇게 한 뒤에 보는 게 좋겠습니다."

'10일만 더 기다려 주십시오.' 비교적 장황한 말에 담긴 핵심은 여기에 있다. 내가 그 오랜 시간을 기다려 왔듯이, 이제부터는 당신이 나를 기다려야 할 시간임을 분명히 한다. 사마천의『사기』를 응용해 말하자면, 노진이 자기를 알아줄 임금에게 충성을 다하기 위해 과거 공부라는 준비 시간이 필요했듯이, 기생도 자기를 사랑해 줄 사람을 위해 화장을 할 시간이 필요했다. 기생이 요구한 10일은 마치 삶과 죽음의 중간, 즉 중음신中陰身의 세계에 머물러 있는 내가 이승으로 '나타나기'를 위한 준비 과정이라 할 수 있다.

10일 후 여인은 화장을 곱게 하고 옷도 맵시 있게 갖춰 입고서 나왔다. 마침내 두 사람이 재회했다. 노진은 성천 수령에게 기별을 보내 가마를 갖춰 오게 한 후, 가마에 기생을 태워 선천으로 보낸다. 기생을 고향으로 보내고 나서야 노진은 어사로서의 임무를 수행한다. 그리고 임무가 끝나 임금께 정무를 보고한 후, 노진은 선천으로 사람과 말을 보내 기생을 집으로 데려온다. 기생은 그렇게 부활했다.

이야기, 다시 생각하며 읽기

지인지감과 끌림

〈노진 이야기〉는 허구다. 노진이 평안도 어사를 지냈다는 객관적 정보는 물론, 기생과 관련된 일화도 근거가 없다. 아마도 다른 사람의 일화가 노진으로 대체되면서 이야기 줄거리도 일정한 변이를 일으켰으리라. 실제 이와 비슷한 야담 작품은 비교적 흔하게 만날 수 있다. 김우항이나 박문수와 같은 유명 인물을 주인공으로 설정된 작품들이 그렇다. 주인공이 누구든 이런 유형의 이야기는 모두 역사적 실재와 거리를 둔다. 그럼에도 사람들은 이런 유형의 이야기를 즐겨 향유하였다. 전근대 사람들이 가지고 있던 공통된 욕망이 이야기에 담겼기에 가능한 현상이다.

〈노진 이야기〉에 담긴 당시 사람들의 공통된 욕망. 그것은 기생이 첫눈에 노진의 인물됨을 알아보고, 그에게 자기가 가진 모든 것을 내어주며 후원하는 데 있지 않을까. 결핍은 삶의 의미를 상실케 하는 동인이다. 더구나 결핍된 것을 충족시키기 위해 손을 뻗을 만한 의지가지조차 없는 사람에겐 더더욱 그렇다. 절망적 상황에 놓인 내게 먼저 다가와 손을 내미는 사람. 그 사람은 내게 의미를 부여하는, 톨스토이 식으로 말하면 "성스러운 암흑 속에 잠재된 빛"의 발현일 수밖에 없다. 전근대 사람들이 이런 이야기에 매료된 이유도 여기에 있다.

그런데 노진이 아닌 기생의 입장에서 보자. 기생은 자기가 가진 모든 것을 내어준 후 스스로 고행의 세계로 침잠했다. 첫눈에 끌린 대가치고는 손실이 너무 크다. 노진이 훗날 귀하게 될 것이란 믿음 때문이라지만, 그의 출세는 확실한 게 아니었다. 단지 기생의 바람일 뿐이다. 설령 노진이 명예와 부귀를 얻었다 해도, 그가 나를 찾아와 내 상처를 말끔하게 치유해 주리라는 내 확신이 현실에서 정말로 실현될지도 장담하기 어렵다. 그럼에도 이런 무모한 행동을 하는 기생의 심리는 도대체 무엇인가? 이 물음에 대해 고전문학 연구자들은 지인지감이란 개념으로 설명한다. 실제 지인지감은 기생의 심리를 설명하는 주요한 키워드다.

기생은 노진을 처음 본 순간에 그에게 끌렸다. 기생에겐 훗날 그가 어떤 사람이 되리라는 감식안[지인지감]이 있었겠지만, 그는 결과론적 얘기일 뿐이다. 결과에 기초하여 애초부터 그 사람에게 신비한 능력이 있었다는 얘기는 얼마든지 만들 수 있기 때문이다. 스무 살 전후의 남녀가 다른 이성에게 끌리는 것은 감식안과 무관하게 얘기할 수 심리기제가 아닌가. 끌림은 나도 모르게, 내 의식 밖에서 일어나는 현상이다. 우리 신체에는 문화 환경에서 체득된 각종 정보 감각이 축적되어 있다. 축적된 정보는 어떤 상황과 맞닥뜨리면 내가 의식하지 않아도 생존에 유익한 방향으로 발현되는데, 끌림도 그런 예라 할 만하다. 그러니 끌림은 살면서 쌓아둔 사회문화적 경험이 무의식적으로 작동하는, 내 의식과 무관한 반응인 셈이다. 기생이 노진에게 끌렸던 것도 같은 맥락이다.

생물학에서는 사랑에 빠지면 두려움과 위기를 탐지하는 편도체가 활성화되지 않는다고 한다. 그래서 눈앞에 닥친 위험 신호는 물론, 빤히 보이는 상대의 의도도 정확하게 감지할 수 없다. '사랑하면 눈이 먼다'는 말은 결코 허황된 비유가 아니다. 생물학적 시각에서 보면 사랑하면 아무 것도 보이지 않는 게 당연하기 때문이다. 기생이 한순간에 노진에게 이끌렸던 것도, 자기가 가진 모든 것을 전부 내어줄 수 있었던 것도 이런 맥락에서 보면 조금도 이상하지 않다. 누군가를 사랑한다는 것은 내가 의식하지 않아도 생겨나는 신비로운 감각 운동이고, 나조차도 믿을 수 없는 행동을 하도록 만드는 마법과도 같으니. 이를 고려하면, 노진과 기생의 만남은 전근대 사회에서 볼 수 있었던 청춘남녀의 설레는 심리를 담은 첫 만남의 풍경이라 하겠다. 그들의 초상을 스케치하되, 그 안에 당대 사람들이 가지고 있던 기대지평을 지인지감이란 판타지로 승화시켜 한 편의 야담 작품을 생산한 것이다.

청춘남녀의 사랑에 더해진 지인지감은 막강한 시너지 효과를 불러일으킨다. '나를 알아주는 그 사람'은 동서고금을 막론하고 스스로를 위로하는 강력한 힘으로 작동하기 때문이다. 아무것도 가진 것 없는 가난한 내게, 오직 내 잠재 능력만을 보고 다가오는 완벽한 이성. 드라마의 주요 소재로 활용될 뿐더러, 신데렐라 콤플렉스라는 심리 용어와도 연결되는 소재다. 우리가 현실에서 동떨어진 진부한 소재라고 비판하면서도 백마 탄 왕자님에게 여전히 매혹되는 이유다. 힘든 내게 누군가 먼저 다가와서 손을 내밀어 주기를 꿈꾸는 것은 누구나 갖고 있는 보편적 심리이기에.

마크 R. 리어리는 『나는 왜 내가 힘들까』에서 우리가 스스로를 바라볼 때에는 본질적인 왜곡이 개입된다고 말한 적이 있다. 쉽게 말하면 사람들은 모두 자기를 과대평가한다는 것이다. 자기의 기준을 높게 정했기에, 나는 이상적 기준에 맞춰 스스로를 검열하게 된다. 그렇게 생각하다 보면 내가 지닌 문제의 본질은 보지 못하고, 오히려 '나처럼 괜찮은 사람을 왜 가만히 두지?'라는 물음으로 이어지곤 한다. 이런 환상이 장기화되면 자기에게 닥친 위기를 효율적으로 대처하지 못해, 결국 세상과 부조화된 삶을 살 위험도 있다. 하지만 단기적으로는 자신이 처한 불안한 상황에서 벗어나게 하는 강력한 힘으로 작동한다. 자기를 지키고 싶은 심리가 환상을 낳는 법이다. 지인지감은 사람들이 갖고 있는 자기고양적 사고라는 욕망의 틈새를 파고듦으로써 고달픈 자신의 처지를 위로하는 역할을 했던 것이다.

기다린다는 것

기생의 사랑과 지인지감 덕에, 노진은 고향으로 돌아가 혼례를 치렀다. 과거에 급제하여 벼슬도 한다. 그럼에도 마음 한편이 허전했다.* 자기의 실체를 알아봐 준 그녀와 함께 있지 않는 한 그의 성공적인 삶도 허상일 뿐이다. 재회의 그날까지, 두 사람은 그리움을 마음에 담아둔 채 묵묵히 기다린다.

　이야기 표면만 보면 기다리는 쪽은 기생, 기다리게 하는 쪽이 노진이다. 하지만 이면은 꼭 그렇지 않다. 노진과 기생은 각자의 방식으로 서로를 기다렸다. 노진은 현실에 순응하며 일상적 재회를 꿈꾼 반면, 기생은 비현실적 공간에서 초월적 재회를 꿈꾸었다. 노진에게 재회는 분리된 경험의 조각을 맞추는 데 있다면, 기생에게 재회는 정신적 합일을 이뤄가는 과정이었다. 재회를 꿈꾸는 두 사람의 기다림의 차이가 이렇다.

　노진은 선천 기생의 집에서 재회가 이루어지리라 믿었다. 어사가 되자마자 곧장 기생의 집을 찾아간 것은 이별 이후로 그의 머릿속에 각인시킨 재회의 공간이 바로 거기였기 때문이다. 내 인생에서 가장 돌아가고 싶은 기억이 남아 있는 곳, 그곳으로 달려간다. 고통이 나를 옭아맬 때마다 내 몽상은 그곳으로 향하고, 그러는 사이에 그 공간은 내 아픔에서 탈출하는 자유와 해방의 공간으로 고착된 결과다. 오토 프리드리히 볼노가 말했던가? "인간이 굳이 창문에 다가가려는 것은 낭만적인 습관 때문이 아니라, 자유를 누리고 싶은 욕망 때문"이라고. 노진은 기다림의 고통이 그곳

---

* 이 내용은 지금 관점에서 보면 비판이 있겠지만, 사랑하는 사람을 가슴에 묻어둔 채 한평생을 사는 일도 적지 않았다. 예컨대 실사를 영화화한 〈매디슨 카운티의 다리〉의 프란체스카는 물론, 조선시대의 기생 소춘풍(笑春風)도 그랬다. 그녀 역시 병들어 죽기 전에 남편 최국광(崔國光)에게 자신이 사랑했던 이수봉(李秀鳳)이 보고 싶다는 말을 남겼고, 남편은 그녀를 이수봉 곁에 묻어주었다.

에서 기생과 재회함으로써 완전히 사라지리라 믿었으리라.

하지만 기생은 그곳에 없다. 기다림이 좀 더 필요하다. 사랑에도 고통의 양이 정해져 있는 것일까. '내게 당신의 사랑의 크기를 보여주세요.' 마치 동화 속 왕자님이 성 맨 꼭대기에 갇힌 공주님을 구하러 떠나야 했듯이, 기생은 노진에게 새로운 과제를 주었다. 새로운 모험을 감행한다. 노진은 몽상 속에 그린 가상의 사랑이 아닌, 현실에서 마주할 진짜 사랑을 찾아 길을 떠난다. 성 맨 꼭대기에 공주가 있듯이, 기생도 천 길이나 되는 높은 암자 위에 있다. 서로의 실체를 확인했지만, 그럼에도 두 사람은 바로 대면할 수 없다. 대면까지는 아직 시간이 더 필요하다. 기생은 노진에게 10여 일 더 기다리게 한다. 10여 일은 그의 기다림과 내 기다림이 조화롭게 어우러지기 위한 시간이다. 조화를 위한 과정의 시간을 통과해야만 둘은 만날 수 있었다.

같은 작은 암자에 머물면서 10여 일 동안 서로가 서로를 기다리는 모습은 퍽 이색적인 풍경이다. 노진은 현실의 공간에서 초월의 공간으로, 기생은 초월의 공간에서 현실의 공간으로 옮겨간다. 둘 사이에 특별한 중간 세계가 만들어진다. 두 사람에게만 허락된 공유 공간이다. 마치 〈지금, 만나러 갑니다〉에서 미오가 가족들과 공유된 공간에 짠 하고 나타났듯이. 이런 점에서 보면 기생이 머물렀던 공간은 삶과 죽음의 중간 단계에 속하는 중유, 즉 중음신의 세계와도 비슷하다. 사람이 죽으면 심판을 받고 저승에 갈 때까지 중유의 세계에 머물러 있게 되는데, 이승에 있는 사람들이 중유의 세계에 들어간 영가靈駕에게 7일 간격으로 일곱 번 재齋를 올린다. 그렇게 이승과 저승은 연결된다. 중유의 공간은 삶과 죽음을 공존하는, 이승의 사람과 저승의 사람이 공유하는 시공간이라 할 만하다. 서로 다른 공간에서 서로 같은 그리움을 토해낼, 두 사람에게 그런 시공간이 만들어졌다. 10여 일은 그런 시간이었다. 노진과 기생의 만남은 아주 특별한 기다림 끝에 이루어진 결과였다.

기생은 선천에서 맹목적으로 기다릴 수도 있었다. 하지만 그렇게 하지 않았다. 현실을 떠나 단절된 공간에서 스스로 고행을 자처하며 노진을 기다렸다. 일찍이 찰스 다윈은 『종의 기원』에서 "종의 변이는 넓은 공간에서 더 잘 일어난다"고 했다. 넓은 공간에서는 다양한 종들이 서로 경쟁하기 때문이다. 단절되고 작은 공간에서는 변이가 일어나기 어렵다. 마음도 마찬가지다. 기생이 자기의 공간으로 단절된 독방을 선택한 것도 같은 맥락에서 이해할 수 있다. 마음의 동요를 일으키지 않는 공간에서 오로지 그 사람과 나와의 완전한 합일을 꿈꾸었던 것이다. 노진이 과거의 추억으로 수식한 희망찬 현실적 재회를 몽상했던 것과 달리, 기생은 현실을 떠나 미래에 서로의 마음이 하나로 연결되는 초월적 재회를 생각하고 있었는지도 모른다. 기다림도 이래저래 사랑처럼 다양하다.

한 가지만 더 보태자. 사실 이 작품은 동화 및 신화적 색채가 짙다. 그래서 많은 연구자들이 〈노진 이야기〉는 다른 작품에 비해 작품성이 높지 않다고 평가한다. 그런데도 이런 작품이 널리 향유된 것은 그만큼 당시 사람들이 〈노진 이야기〉 안에 그들의 욕망을 틈입시켰기 때문일 터다. 사람들의 욕망은 늘 통속적이지 않던가. 내가 허구적인 단순한 이야기에 복잡한 해석을 붙인 이유도 여기도 있다. 적어도 당시 사람들이 꿈꾸던 사랑의 단면을 훔쳐보고 싶었기 때문이다. 이야기가 해피엔딩인 이유도 당시 사람들이 욕망에 생채기를 내기 싫었던 까닭이리라. 이런 사정을 알면서도 〈노진 이야기〉가 다소 작위적이라고 느껴지는 것은 내가 현대를 살고 있기 때문이리라.

〈노진 이야기〉를 읽으면서 '4~5년 간 면벽수련을 한 기생은 이미 과거의 자신을 놓지 않았을까'라는 생각을 자주 했다. 한쪽 문이 닫히면 다른 한쪽 문이 열리는 법이다. 그녀는 4~5년 동안 수행하면서 과거의 자신을 버리고 새로운 자신과 만나지 않았을까? 어쩌면 그게 기다림의 본질이 아닐까 하는 생각도 한다. 롤랑 바르트가 『사랑의 단상』에서 인용한 중국 일화처럼. 그 이야기를 다시 소개해 본다.

중국의 선비가 기녀를 사랑하였다. 기녀는 선비에게 "선비님께서 만약 제 집 정원 창문 아래 의자에 앉아 100일 밤을 기다리며 지새운 다면, 그때 저는 선비님 사람이 되겠어요."라고 말했다. 그러나 아흔 아홉 번째 되는 날 밤, 선비는 자리에서 일어나 의자를 팔에 끼고 그곳을 떠났다.

▶작품 읽기 253쪽

물 긷는 여종,
수급비
그대, 지금 발밑을 보라

제가 보건대 선달님의 풍채와 기상이 결코 예사롭지 않습니다. 앞으로 족히 병마절도사[兵帥]는 되실 것입니다. 사내대장부가 이왕에 무엇인가 할 수 있는 기회가 주어졌는데, 어찌하여 재물이 없다는 이유만으로 주눅 든 채 초야에 묻혀 지낼 생각을 하십니까? 너무도 한탄스럽고 애석합니다. 제게는 몇 년 동안 모아둔 은화가 있습니다. 대략 600냥 정도는 될 듯한데, 그 돈을 선물로 드리지요. 말과 안장을 준비하고, 노자로도 쓸 수 있을 것입니다. 바라건대 고향으로 돌아가지 말고, 곧장 서울로 올라가 벼슬자리를 구해 보십시오. 10년을 기한으로 잡고 구한다면, 가능할 것입니다. 저는 천민인지라, 선달님을 위해 수절하고 지낼 수는 없습니다. 어딘든 몸을 맡겼다가 선달님께서 이 고을 수령으로 오시면, 그날 당장에 찾아가 뵙겠습니다. 수령이 되어 오시는 날, 그날이 바로 우리가 다시 만나는 날로 기약을 삼겠습니다. 바라옵건대 선달님은 몸을 잘 보중하시고, 또 보중하십시오.

지금, 발밑을 보라

발끝에 초점을 맞춘 사진들을 본다. 그 안에는 내 발만 보인다. 그날의 기억을 환기하기 위해서인지 자연스럽게 끼워 넣은 소품도 담겼다. 이런 사진은 가식일지라도 내 삶의 화려함과 여유로움을 뽐내기 위해 연출한 사진들과 지향이 사뭇 다르다. 멋진 내 일상을 타인에게 드러내놓고 자랑하기보다, 오히려 다른 사람이 알 수 없도록 꽁꽁 싸맨 비밀일기 같다. 지금 내가 발 딛고 서 있는 장소, 혹은 그 장소에서 만든 추억을 영원히 간직하려는 심리가 이런 장면을 연출한 것이리라. 멍하니 발만 찍힌 사진들을 들여다보다가, 큰 숨을 토하듯이 '간각하看脚下'라는 선어禪語를 내뱉는다.

'간각하'는 송나라 때의 원오圜悟 선사가 쓴 『벽암록』에 실려 있는데, 그의 스승 법연法演과의 일화에서 유래한 말이다. 일화는 단순하다. 깊은 밤에 법연 선사가 세 명의 제자와 함께 밤길을 걷고 있었다. 어느덧 온 세상이 시커먼 어둠에 잠겼을 때, 스승이 뜬금없이 묻는다. "어둠이 무엇인가?" 갑작스러운 질문임에도 원오의 대답은 거침없다. "간각하!" 곧 '발밑을 보라'는 말이다.

내 발밑을 본다는 것. 그것은 '지금 이 순간'의 소중함을 강조한다. 원오는 '영원이라는 멀고 먼 해탈의 경지에 이르기 위해서는 시작이 있는데, 그 시작점은 바로 지금 이 순간을 놓지 않는 데 있다'는 의미로 이런 대답을 했으리라. 지금, 여기, 나. 나를 찾아가는 것도 지금 이 순간부터 시작된다. 내가 발 딛고 있는 장소를 카메라 프레임 안에 넣은 사진들도 어쩌면 '간각하'의 또 다른 발현 형태가 아닐까? 지금 이 순간을 기억하려는 마음, 그리고 이 순간이 영원을 향한 시작점임을 애써 증명하고픈 마음. 그 두 가지 복합적인 심리가 동시에 작동한 무의식적인 결과물이 아닐까? 물론 간각하가 '지금'에 무게를 둔 것과 달리, 사진은 '영원'을 꿈꾼다는 확연한 차이가 있지만. 그럼에도 둘 다 '지금'에 주목한다는 점에서는 다름이 없다.

지금 이 순간에 충실하기. 그것은 영원에 도달하는 유일한 길이다. 설령 오늘의 삶이 고통뿐일지라도 방향을 잃지 않는 한, 내가 꿈꾸던 아름다운 삶에 가까이 다가갈 수 있기 때문이다. 순간과 영원은 결코 다른 이름이 아니다. 겨울 추위에 맞서 매 순간을 묵묵히 지내야만 꽃을 피울 수 있듯이. 이런저런 상념에 있노라니, 내 생각은 불쑥 평안도 관아에서 물을 긷던 여종으로 향한다. 그녀는 우하형禹夏亨이란 무인을 출세시킨 여인인데, 조선시대에 그렇게까지 당찬 여인이 있었는가 싶을 정도로 영원을 향한 순간순간에 충실했던 인물이다. 무서우리만큼 당당했던 여인. 그 여인을 떠올린다.

만남과 이별

우하형이 평안도로 갔다. 당시 무과에 급제한 군관軍官은 함경
도나 평안도와 같은 북방에서 1년 이상 복무했는데, 그가 평안도
에 간 것도 같은 이유에서였다. 이야기에는 그의 복무지가 분명하
게 제시되지 않았다. 하지만 서형수徐瀅修〔1749~1842〕가 쓴 〈우온전
禹媼傳〉을 보면, 그가 복무한 곳이 압록강에 인접한 평안북도 의주
임을 알 수 있다. 의주는 압록강을 사이에 두고 중국과 이웃한
국경지대다. 조선시대까지만 해도 우리나라 무역의 중심지이자,
중국으로 가는 사신들이 반드시 거쳐 갔던 교통 요충지였다. 국방
과 무역의 요새였던지라, 우하형이 그곳에서 수자리를 살았음은
틀리지 않으리라.

의주에서 우하형은 한 여인을 만난다. 그녀는 관아에서 물 긷
는 수급비水汲婢로 있다가 지금은 노역에서 면제된 여인이었다.
그녀는 얼굴이 예쁜데다 일솜씨도 야무졌다. 그는 여인에게 매혹
되어 함께 지냈다. 그러던 어느 날, 여인이 갑자기 묻는다.

"선달님께서 나를 첩으로 삼았으니, 무엇으로 입고 먹을 비용을 충
당하시렵니까?"

선달은 무과에 급제했지만 벼슬길엔 아직 나아가지 못한 선비를 말한다. 당시 우하형은 의무복무 중이라 소득이 없다. 게다가 몹시 가난했던 탓에 가지고 있는 재물도 없다. 그런 사정을 빤히 알면서도 여인이 묻는다. 다분히 의도적이다. "내가 너와 사는 것은 그저 때 묻은 옷이나 빨아주고, 떨어진 버선이나 기워주었으면 하는 바람에서다. 내 한 몸도 건사하지 못하는 내가 네게 뭘 해줄 수 있겠느냐?" 우하형의 대답이 참 머쓱하다. 그런 그를 보면서 여인이 빙그레 웃는다. '단지 확인차 물어본 것이니 당신은 아무 걱정 말라'는 의미가 담긴 웃음이다.

여인은 밤낮으로 일한다. 그 덕에 우하형은 수자리 사는 내내 먹고 입는 걱정에서 벗어날 수 있었다. 그렇게 한 해를 보냈다. 복무 기한도 끝났다. 우하형은 집으로 돌아가야 했다. 이별의 시간이 다가올수록 슬픔의 무게가 무겁다. 그럼에도 여인은 슬픔의 심연으로 빠져들지 않는다. 오히려 아무 일도 아닌 듯이 행동한다. 그러던 어느 날, 여인이 또 묻는다.

"선달님이 이곳을 떠나 돌아가면, 서울에 가 머물면서 벼슬자리를 구해보시렵니까?"

당시에는 무과에 급제한 후 수자리를 살았다고 해도 모두가 벼슬길에 나아가지 못했다. 출사出仕를 위해서는 집안 배경과 경제 사정은 물론, 과거에 합격했을 때의 석차도 중요했다. 그 현상은 문과 급제자보다 무과 급제자에게 더 가혹했다. 상위 등급인 갑과나 을과에 합격하면 그래도 사정이 나았지만, 그보다 아래 등급인 병과에 합격한 사람은 자력으로 벼슬길에 나아가기가 만만치 않았다. 우하형도 그랬다.

우하형은 1710년 증광시 출신이다. 증광시는 나라에 경사가 있을 때 임시로 실시하는 과거시험이다. 1710년에는 숙종과 왕세자〔후대의 경종〕두 분 모두가 질병으로 고통을 받다가 쾌차하는 일이 있었다. 이를 축하하기 위해 조정에선 증광시를 설시했는데, 우하형도 여기에 응했다. 당시 합격 인원은 총 133명. 그중에 갑과 3명, 을과 7명을 제외한 나머지 123명은 모두 병과 합격자였다. 우하형도 병과에 합격했다. 그는 병과 합격자 123명 중 70위였으니, 전체 석차로 보면 133명 중 80등이 된다. 어떤 뒷배도 없는 그가 이 성적으로 벼슬길에 나아가기란 사실상 불가능했다. 여인도 이런 사정을 알고 있었다. 그러면서도 그에게 벼슬길에 나아갈 복안이 있는가를 묻는다.

여인이 원한 답변은 아마도 당시 무과 급제자들이 하던 일반적인 방법을 따르겠다는 것이었을 터다. 정치적 영향력을 행사하는 경화사족의 문객이 된 후, 그 밑에서 잔심부름을 하며 두터운 신망을 얻고 나서 그의 추천으로 출사하는 것. 물론 그도 쉽진 않다. 경화사족 문하에 들어가려면 그들에게 바쳐야 하는 인정人情, 즉 뇌물도 적잖은데다, 문객이 되었다 해도 벼슬자리를 추천 받을 때까지 소요되는 비용도 모두 자기가 부담해야 했기 때문이다.

또 추천을 받는 날이 언제가 될지도 알 수 없다. 그저 그날만을 꿈꾸면서 하염없이 기다려야만 했다. 10년이 지나고 20년이 흘러도 추천을 받지 못해 끝내 포기하고 돌아가는 사람도 적지 않았다. 그런지라, 웬만한 재력과 독한 인내력이 없는 한 견디기 어려웠다.

그런 상황을 빤히 아는 우하형에게 던지는 여인의 질문은 자존심을 긁는 잔소리일 뿐이다. '가진 것 하나 없는 빈털터리인데다, 추천해 줄 사람도 하나 없는 내가 서울에서 무슨 수로 생활할 수 있겠느냐? 차라리 고향에 돌아가 되는 대로 살다가 선산에 묻히는 게 계획'이라고 짜증스럽게 답한다. 속된 표현으로 '돈 없고 뒷배 없는 주제에 무슨 벼슬 타령이냐'라는 말은 단지 투정만이 아니다. 당시 현실이 반영된 말이기도 했다.

우하형과 처음 만났을 때 '앞으로 어떻게 먹고 살 것인가?'를 물었듯이, 떠날 때에도 여인은 '앞으로 어떻게 살 것인가?'를 묻는다. 우하형의 답변은 한결같다. '방법이 없다!' 생각하는 시간도 없다. 항상 즉각적이다. 여인은 이번에도 미소를 짓는다. 그리고 처음 만났을 때에 우하형의 당면 문제를 해결해 주었듯이, 떠날 때에도 그가 살아갈 방도를 마련해 준다.

제가 보건대 선달님의 풍채와 기상이 결코 예사롭지 않습니다. 앞으로 족히 병마절도사(兵馬節度使)(鬪帥)는 되실 것입니다. 사내대장부가 이왕에 무엇인가 할 수 있는 기회가 주어졌는데, 어찌하여 재물이 없다는 이유만으로 주눅 든 채 초야에 묻혀 지낼 생각을 하십니까? 너무도 한탄스럽고 애석합니다. 제게는 몇 년 동안 모아둔 은화가 있습니다. 대략 600냥 정도 될 듯한데, 그 돈을 선물로 드리지요. 말과 안장을 준비하고, 노자로도 쓸 수 있을 것입니다. 바라건대 고향으로 돌아가지 말고, 곧장 서울로 올라가 벼슬자리를 구해 보십시오. 10년을 기한으로 잡고 구한다면, 가능할 것입니다.

자기가 가진 돈 모두를 내어주며 우하형에게 벼슬길에 나아가라고 권한다. 600냥은 적은 돈이 아니다. 이야기 배경인 영조 때를 기준으로 보면, 경상북도 김천에 소속된 포군의 한 달 월급이 3냥이었고, 건장한 노비 한 명 거래 가격이 5~20냥이었다. 또 한양에 좋은 기와집 한 채 가격이 대략 150냥이었다. 이런 점을 고려하면, 여인이 건넨 600냥은 상당한 금액이라 할 만하다. 우하형이 돈을 받고 '고맙고 다행스러워했다'라는 서술만으로는 온전히 담을 수 없을 만큼 큰돈이었다. 그런데 놀라움은 아직 이르다. 돈을 주겠다고 약속한 뒤에 이어진 여인의 말이 충격적이다.

저는 천민인지라, 선달님을 위해 수절하고 지낼 수 없습니다. 어디든 몸을 맡겼다가 선달님께서 이 고을 수령으로 오시면, 그날 당장에 찾아가 뵙겠습니다. 수령이 되어 오시는 날, 그날이 바로 우리가 다시 만나는 날로 기약을 삼겠습니다. 바라옵건대 선달님은 몸을 잘 보중하시고, 또 보중하십시오.

그녀는 우하형이 벼슬길에 나아가서 북방으로 부임해 올 때까지 자신이 어떻게 처신할 것인가에 대한 행동 전략을 제시한다. 여인은 수절하며 기다리는 방법을 택하지 않는다. 다른 사람과 살고 있다가 우하형이 북방으로 부임해 오는 날, 그날 그곳으로 찾아가겠다고 다짐한다.

여인은 자주 우하형에게 질문한다. 그가 무슨 생각을 하는지 파악하기 위함이다. 답변을 통해 마음을 읽은 뒤에는 그에 맞춰 행동 전략을 수정한다. 우하형의 의중을 읽은 그녀는 그에게 자기가 가진 모든 재산을 모두 내어주는 전략을 택했다. 그로 인해 그녀는 빈털터리가 되었다. 자신이 예상한 10년 동안 버틸 경제적 기반이 사라졌다. 전략을 수정해야 한다. 그녀의 선택, 그것은 당신이 돌아올 때까지만 다른 사람의 아내로 살기. 우하형을 기다리는 그녀만의 방법이었다.

여인의 다짐은 현재를 사는 우리들이 들어도 충격적이다. 그러나 중세에 살았던 사람들이 받는 충격은 우리들보다 상대적으로 덜 충격적이었을 듯하다. 왜 그런가? 당시 무과 급제자는 수자리를 살고 기한이 차면 떠났기 때문이다. 그걸로 모든 것은 끝났다. 그동안 함께 지내온 사람과의 관계도 단절된다. 간혹 최경창崔慶昌과 홍랑洪娘처럼* 질긴 인연의 끈을 이어가는 사람도 있었지만,

---

* 두 사람의 로맨스는 널리 알려져 있다. 특히 홍랑이 최경창에게 보낸 시조는 이별과 그리움, 그리고 재회의 바람들을 함께 담아낸 절창이라 할 만하다. "묏버들 가려

대부분은 북방을 떠남과 동시에 인연도 끝났다. 무과 급제자가 떠난 후에 남겨진 여인은, 떠난 그를 대신해 새로 부임한 무관과 다시 인연을 맺는다. 매뉴얼처럼 모든 게 틀에 박혀 움직인다. 그랬기에 당시 사람들은 이 상황을 우리들보다 더 자연스럽게 수용했을 터다. 북방 무관과 수급비의 관계는 언제나 일회적이었다. 충격적인 행동 전략을 제시하는 여인의 말임에도 우하형이 전혀 동요하지 않은 것도 이 때문이다.

어쨌든 여인은 당시에 보편적이었던 일회적인 만남과 헤어짐을 거부했다. 자신이 가진 모든 것을 내어주는 도박과도 같은 모험이 결과적으로 우하형과 여인의 인연의 끈을 잇게 했다. 그것은 여인이 자기에게 닥친 상황에 따라 적극적으로 행동 전략을 수정한 노력의 대가지, 결코 하늘에게 맡긴 요행의 결과가 아니다.

우하형은 즐거운 마음으로 떠났다. 아무 기대 없이, 단지 의무 복무를 위해 찾아왔던 북방에서 뜻하지 않은 재물까지 얻었으니 참으로 '고맙고도 다행스러운' 일이었다. 눈물 흘리며 여인과 작별하는 순간에도, 자신의 밝은 미래가 보이는지라 마음은 한결 가볍기만 하다. 이제 새로운 상황과 맞닥뜨려야 하는 여인과는 사뭇 다르다. 그렇게 두 사람은 헤어졌다.

꺾어 보내노라 임의 손에, 자시는 창밖에 심어두고 보소서. 밤비에 새잎 곧 나거든 나인가 여기소서."

다시 만나기까지

우하형과 이별한 여인은 조금도 주저함이 없다. 헤어진 뒤 곧장 고을에서 홀아비로 사는 교관의 집으로 찾아간다. 교관은 향교에서 아이들을 가르치는 사람인데, 서울에서 일어나는 관련 정보를 얻는 데에 유리했다. 게다가 집안도 부유했다. 이야기에서는 교관이 자기를 찾아온 여인을 보고 바로 아내로 삼았다고 했다. 본래 이야기는 전개 과정에서 불필요한 대목을 지우고 비약하는 경향이 있다. 이를 고려하면, 아마도 교관은 얼마간 여인을 곁에 두고 있다가 그녀의 총명함에 끌려 아내로 삼았을 터다. 교관과 여인은 부부가 되었다. 얼마 지나지 않아 여인이 교관에게 묻는다.

"전 부인이 쓰고 남은 재물이 얼마나 되나요? 모든 일은 명백하게 하지 않을 수 없지요. 곡식이 얼마나 되고, 돈과 비단 및 베와 무명이 얼마나 되고, 그릇과 잡동사니 물건들은 얼마나 되나요? 이름과 수효를 모두 나열한 문서〔件記〕를 만듭니다."

재산 목록을 요구한다. '부부란 있으면 같이 쓰고, 없으면 같이 만들어가는 관계'인데, 무슨 의심이 있기에 재산 상황을 목록으로 만든단 말인가? 교관의 핀잔에도 여인이 간청한다. 결국 재산 목록을 작성해서 건넨다. 여인은 그게 무슨 보물인 양 옷장에 깊이 감춘다.

여인은 아무 일도 없다는 듯이 다시 살림을 꾸린다. 그녀의 성실함 덕분에 집은 나날이 부유해진다. 교관에게도 좋은 아내가 되었다. 그러던 어느 날, 여인은 또 다시 뜬금없이 요구한다, 조보朝報를 구해 달라! 조보는 승정원에서 가려 뽑은 조정의 일을 기록하여 매일 아침에 반포했던 일종의 관보官報. 임금의 명령 및 관료의 상소, 인사이동, 각종 사건과 사고들이 실린, 오늘날 기준에서 보면 신문인 셈이다. 당시의 최첨단 정보가 조보 안에 담겨 있기에, 여인은 그를 보며 각종 데이터를 수집하고 분석했다. 목적은 하나. 조정의 인물 동정을 살펴 정계 흐름을 파악하는 한편, 우하형의 행적을 추적하기 위함이다.

조보를 통해 우하형이 선전관, 경력, 부정으로 승진했음을 확인한다. 이어서 관서 지방 수령으로 제수된다는 소식도 접했다. 여인은 그래도 담담하다. 마침내 우하형이 관서로 떠나기 전에 임금을 알현해 하직 인사를 드렸다는 뉴스가 나왔다. 우하형이 관서 지방으로 떠났다는 확실한 정보다. 비로소 여인이 움직인다. 먼저 교관에게 다가가 다부지게 말한다.

"처음 왔을 때부터 저는 여기에 오랫동안 머물러 살겠다고 생각하지 않았습니다. 이 시간부로 영원한 이별을 하렵니다."

뜬금없는 이별 통보다. 놀란 교관이 이유를 물어도 설명하지 않는다. '나는 갈 곳이 있으니 당신도 내게 미련을 두지 말라'는 일방적 선언뿐이다. 문서 하나를 꺼낸다. 그것은 이전에 교관이 적어준 재산 목록이다. 그때 목록과 비교하니 적게는 두 배, 많게 는 네 배까지 재산이 불었다. "재산이 늘었으니 조금은 마음 편히 떠날 수 있다." 여인은 교관과의 첫 만남에서부터 이별을 준비해 왔다. 재산 목록 요구도 이별할 때 자기 마음에 불편함이 없게 하려는 방어기제였다. 여인은 상쾌하게 이별했다. 교관에게 참 좋은 아내는 그렇게 '상쾌하게' 떠났다.

여인은 남자 복색으로 우하형의 부임지를 찾았다. 우하형이 근 무를 개시한 첫날이었다. 여인은 송사를 빙자해 관아의 뜰로 나아 갔다. 재회가 이루어졌다. 하지만 우하형은 남자 옷을 입은 여인 을 알아보지 못한다. 여인이 요구한다. 섬돌 앞까지, 다시 문 앞까 지 다가갈 수 있도록. 나를 알아보라는 압박이다. 조금씩 가까이 다가간다. 그래도 우하형은 알아보지 못한다. 서운했던 것일까? 여인이 묻는다.

"사또는 소인을 모르시겠습니까?"

여인의 질문은 항상 당돌하다. 우하형의 대답도 한결같다. '모 르겠다!' 여인은 늘 똑같은 방식으로 우하형을 일깨운다. '수자리 살 때 같이 있던 사람을 왜 기억하지 못하는가?' 우하형이 깨닫는 다. 깜짝 놀라 여인을 맞이한다. 우하형에게 찾아오는 기쁨은 언제 나 갑작스럽다. 이번에도 우하형은 '우연'한 만남을 기뻐한다. 하지만 우연이 아니다. 만남은 여인이 정치하게 세운 계획 아래 조금씩 진전시킨 '필연'의 산물이었다. 사람과 사람의 만남이 우연처럼 보일지라도, 실제 그것은 뜻하든 뜻하지 않았든 간에 적어도 어느 한쪽의 무한한 노력으로 만들어낸 필연의 결과물이기 때문이다.

당시 우하형은 아내와 사별한 뒤였다. 집안 살림을 운영하는 일도 여인의 몫이 되었다. 여인의 능력은 이미 보았던 터, 그녀가 얼마나 집안을 잘 꾸려나갔을지는 짐작하고도 남음이 있다. 그녀의 능력은 집 안으로 한정되지 않았다. 우하형의 출셋길도 열어준다. 그동안 조보를 보며 수집하고 분석한 각종 데이터를 실전에 적용한다. 조만간에 인사권을 행사할 수 있는 이조판서나 병조판서가 될 만한 사람, 곧 투자 가치가 높은 사람들만 꼭 짚어 그들과 친밀하게 지내도록 권한다. 요직을 차지한 관료들에게 보내는 선물도 적지 않다. 그에 대한 보답은 빨랐다. 마치 북을 치면 그 소리가 곧장 내 귀에 들려오듯이.

우하형은 승진에 승진을 더해 마침내 종2품에 해당하는 병마절도사까지 올랐다. 오늘날로 보면 차관급 정도니, 북방에서 수자리를 살았던 우하형이 오를 수 있는 최고의 지위인 셈이다. 더 이상 오를 자리가 없다. 모든 것은 여인이 계획한 틀에 맞춰 흘러갔다.

마지막 계획

80세 즈음까지 장수를 누린 우하형. 그는 고향집에서 편안히

숨을 거두었다. 예법에 따라 장례를 진행된다. 입관^{入棺}을 마치고 상복^{喪服}을 입는 날, 여인이 전처가 낳은 큰아들 부부를 부른다. "시골 무인이 차관급에 이른데다 80세 가까이 살았으니 유감은 없을 게다. 나도 시골의 천한 사람으로 이 정도의 영화를 누렸으니 억울함이 없다." 성공한 삶이다. 우하형과 자신의 삶에 대한 평가다. 이어서 핵심을 말한다. 자신이 살림을 주관한 것은 부득이한 것이었으니, 이제 그 권한을 큰며느리에게 돌려주겠다! 느닷없이 주부권 이양을 선언한다.

집안 살림 주도권을 언제 넘겨주는가는 지역마다 다르고, 집안마다 다르다. 때문에 획일적으로 말하기가 어렵다. 경상도에서는 며느리가 첫 아들을 낳았을 때에 주부권을 물려주는 사례가 많은 반면, 전라도에서는 환갑 무렵까지도 시어머니가 주부권을 유지하는 경우가 많다. 경상도가 비교적 이른 시기에 주부권을 이양한 반면, 전라도는 늦게까지 시어머니가 주부권을 행사했던 것이다. 안방물림 방식도 달랐다. 주부권을 이양하면 경상도에서는 주부권 이양과 동시에 안방 주인도 며느리로 바뀌는 일이 많다. 전라도에서 안방 주인이 여전히 시어머니인 것과 다른 면이다. 주부권을 물려받으면 집안 살림 전체를 통솔하는 막강한 권한이 부여된다. 반면 집안사람들을 먹이고 입히는 살림을 조정하고, 각자의 개성을 가진 노비들을 상황에 맞게 다스리고, 집안을 지키는 여러 수호신들을 섬기는 일까지 집안에서 벌어지는 모든 일을 책임져야 했다. 권한이 큰 만큼 부담도 컸다. 오랜 시간 이 일을 주관했던 여인이 우하형의 장례를 맞아 그 권한을 내려놓는다고 선언한 것이다.

큰아들 내외가 울며 사양한다. 하지만 여인은 끝내 주부권을 이양한다. 아주 오래전에 교관에게 재산 목록을 받을 때처럼, 이번에는 자신이 집안 물건 목록을 꼼꼼하게 정리하여 큰며느리에게 건넨다. 그렇게 안방을 큰며느리에게 내어주고, 스스로 단칸짜리 건넌방으로 옮겨갔다. 주부권 이양과 동시에 안방물림도 행했다. 건넌방으로 옮겨온 후, 여인은 한마디를 더 보탠다.

"저 방에 한번 들어가면 다시는 나오지 않을 게다."

여인이 설계한 마지막 계획이다. 그녀는 우하형을 따라가기로 작정했다. 그런 마음으로 방으로 들어가서 곡기를 끊었다. 그리고 며칠 만에 죽었다. 『법화경』에는 '남자는 7일, 여자는 9일' 동안 곡기를 끊으면 삶을 마친다고 했으니, 아마도 여인은 9일 동안 건넌방에 누워 자신의 삶을 회상하며 끝내 죽음을 맞이했으리라. 그녀가 마련한 마지막 계획은 그렇게 실현되었다.

본래 유교 사회에서 내 몸은 부모에게서 물려받은 것이니, 터럭 하나도 다치게 하지 않는 것을 효孝의 시작으로 본다. 이 원칙은 죽음에도 적용된다. 부모에게서 물려받은 몸을 훼상하지 않고 죽는 게 최선이었고, 그렇게 죽기로는 곡기를 끊는 것보다 나은 게 없다. 그런지라, 굶어 죽는 행위는 부모가 준 신체를 온전히 하는 자신만의 마지막 의례였다. 여인의 행위는 유교 사회에서 요구하는 예법에 따른 결과였다. 지아비를 따라 죽음을 선택하되, 그 방법을 유교 예법에 둔 것이다. 그런지라 적자들은 아무리 첩이라 해도 그녀의 죽음을 함부로 할 수 없다. 그들은 '기존 관례대로 모실 수 없다'며 석 달을 기다렸다가 장례를 지냈다.

당시에는 아버지가 돌아가시면 석 달이 지나야 장사를 지냈다. 그런데 적자들이 내 어머니가 아닌 '아버지의 여인[첩]'의 장례를 아버지 장사 때까지 미뤘다가 두 분의 의례를 동시에 행하겠다는 것은 지극히 이례적이고 파격적이다. 게다가 그녀를 위해 사당까지 세운다. 상례와 관련된 제반 내용을 정리해 놓은 책 『상례비요喪禮備要』에서도 분명하게 적시한 '서모를 위한 사당을 짓지 않는다'는 원칙도 부정했다. 적자들도 그녀를 아버지의 여인을 넘어 '내 어머니'로 인지했던 것이다. 그녀가 마지막으로 설계한 그림은 그렇게 완성되어 갔다.

이제 최후의 카드 하나만 남았다. 우하형의 장례를 치르는 날이 되었다. 사람들은 그의 시신을 모신 관을 운구하여 묘지로 발인하려 한다. 그런데 관이 움직이지 않는다. 수십 명, 수백 명이 달려들어도 관은 좀처럼 움직이지 않는다. 원인이 무엇일까? 사람들이 수군거린다.

"소실에게 마음이 매여 있어서 그런 것이 아닐까?"

사람들이 여인의 상여와 함께 발인하였다. 그러자 언제 그랬냐는 듯이 우하형의 관이 가벼워졌다. 결국 둘을 합장한다. 죽어서도 결코 떨어지지 않겠다는 마지막 승부수도 통했다. 이렇게 이야기는 마무리됐다. 이야기가 끝났지만, 작가는 그 뒤에 한마디를 더 붙였다.

우하형은 평산 땅 큰 도로변에 장사를 치렀다. 서쪽을 향한 것이 우하형의 무덤이고, 그 오른쪽으로 열 걸음 남짓한 곳에 동쪽을 향한 것은 소실의 묘라고 한다.

지금도 두 사람의 무덤이 나란히 쓰인 증거물을 제시한다. 무덤은 지금 황해북도 평산 지방에 있어서 확인할 수 없지만, 어쩌면 지금도 두 무덤은 서로 마주 보듯이 존재할지도 모르겠다. 열 걸음 남짓한 사이를 두고 마주한 두 무덤을 그려본다. 무덤 간의 거리는 마치 두 그루의 나무가 자라 가지와 가지가 서로 얽히고 잎과 잎이 서로 넘나들 만하다. 나무와 나무 사이가 먼 듯도 하지만, 고개 들어 보면 가지에 매달린 이파리들이 한데 뒤섞여 있다. 바람이라도 불어오면 이파리들은 너나할 것 없이 서로 어루만지며 긴 노래를 부른다. 열 걸음 남짓한 거리가 만들어낸 마음속 풍경이다. 두 사람도 그렇게 영원을 함께했다.

이야기, 다시 생각하며 읽기

군관과 관비, 아름답지 않은 만남

〈우하형 이야기〉는 노명흠盧命欽〔1713~1779〕이 편찬한『동패락송』
에 실려 있다. 그런데 노명흠보다 조금 후배인 서형수가 쓴 〈우온
전〉에도 거의 같은 내용이 담겼다. 〈우온전〉이란 '우하형의 소실
이야기'라는 의미인데, 분량은『동패락송』에 실린 〈우하형 이야
기〉보다 짧다. 이야기에 극적인 효과를 거세하고, 오로지 줄거리
전달에 초점을 맞췄기에 작품 분량이 짧아졌다. 또한 제목에도
드러났듯이, 특정 인물의 행적을 기록해 전하겠다는 목적으로 쓰
는 한문 문체인 '전傳'을 표방했다. 이런 여러 요소들을 고려할
때, 〈우온전〉이 〈우하형 이야기〉 사실에 보다 가까운 글쓰기를
시도했다고 말할 수 있다. 〈우온전〉은 이렇게 시작한다.

우온의 이름은 합정合貞이다. 관서 의주 사람으로, 평산平山 우하형
의 소실이다. 본디 천한 신분으로 관아의 주탕비酒湯婢로 이름이 올라
있었다. 당시 우하형은 무과에 급제하여 의주 부윤의 막부에 나아갔는
데, 거기서 합정은 우하형의 사랑을 받았다. 이에 우하형은 밥 짓고
빨래하는 모든 일을 그녀에게 맡겼다. 합정은 부지런히 일해 우하형의
먹고 입는 것에 걱정이 없게 했다.

제법 길고 복잡한 〈우하형 이야기〉의 서두와 달리, 사건의 개요만 간략히 제시되었다. 여인의 이름도 밝혔다. 합정솝貞, 잊힌 그녀의 이름이 드러났다. 그러나 합정에 대한 정보 제공 뒤에 이어진 사건은 〈우하형 이야기〉에 비해 축소되었다. 합정이 부지런히 일해 우하형의 의식을 부족함 없이 공급했다는 게 전부다. 여인의 성격을 보여주는 일화, 즉 우하형에게 '나를 어떻게 먹여 살리겠는가?'를 묻는 심리 테스트도 없다. 입체화된 수급비 형상이 〈우온전〉에서는 평면적으로 스케치되었다. 객관적 정보 제시에 집중한 결과다. 〈우온전〉이 〈우하형 이야기〉에 비해 사실성을 강조한 글쓰기를 지향했음을 확인케 하는 대목이다. 이는 역으로 〈우하형 이야기〉가 실재한 사실을 비틀면서 당대 사람들이 꿈꾸던 욕망을 허구적으로 틈입시킨 허구적 문학 텍스트임을 방증케 한다.

〈우온전〉 후반부는 〈우하형 이야기〉과 다르지 않지만, 전반부에는 제법 큰 차이를 보인다. 차이는 두 가지로 집약된다. 하나는 여인의 신분이 여종 대신 주탕酒湯으로 설정된 점. 다른 하나는 두 사람의 이별 이유가 의무복무 만료가 아닌 유언비어로 인한 피신이라는 점이 그러하다.

두 차이가 담은 의미를 하나씩 살펴보자. 먼저 두 텍스트에선 여인의 신분을 달리 제시했다. 〈우하형 이야기〉엔 수급비, 〈우온전〉에선 주탕이다. 수급비와 주탕, 둘의 차이가 궁금해진다.

『연산군일기』에는 "평안도 풍속에는 자색이 있는 관비를 주탕이라 한다"라고 했다. 정약용의 『목민심서』에는 설명이 보다 자

세하다. "관비에는 두 종류가 있다. 하나는 기생으로, 주탕이라고
도 한다. 다른 하나는 비자婢子로, 수급水汲이라 한다." 이를 종합하
면 평안도를 위시한 북방 지역 관아에 예속된 여종은 크게 두 부
류로 나뉘었음을 알 수 있다. 기생[주탕]과 비자[수급비]가 그러했다.
둘은 모두 관아에 예속된 관비다. 그중에서 자태가 예쁘면 주탕,
그렇지 않으면 수급비가 되었다. 둘의 차이는 이뿐이다. 문제는
같은 신분임에도 이들을 대하는 남성들의 자세가 다르다는 데 있
다. 정약용의 말을 마저 들어보자.

　　주탕은 가난하더라도 모두가 예뻐하니 돌봐줄 것이 없다. (중략)
　　가장 불쌍한 것은 추하게 생긴 수급비다. 겨울에는 삼베옷을 입고 여
　　름에는 무명옷을 입으며, 머리는 쑥대강이같이 생겨가지고 밤에는 물
　　을 긷고, 새벽에는 밥을 짓느라 쉴 새 없이 분주하다.

　　똑같이 천한 신분으로 태어났지만, 외모에 따라 삶의 질은 완
전히 달라진다. 그래서일까? 정약용은 수령들에게 당부한다. 기
생에게 주는 돈의 절반만이라도 수급비에게 주라고. 예쁜 기생들
은 돈을 받는 걸 당연히 여기지만, 못난 수급비는 뼈에 사무치도
록 감사해하지 않더냐. 기생에게 주는 돈은 음탕하단 소문을 부르
지만, 수급비에게 주는 돈은 인자하단 평가로 이어진다. 사람의
외모보다 내면의 가치를 읽으라는 경계가 포함된 당부다. 실제
정약용은 한광전韓光傳이 수급비에게 은혜를 베풀었던 까닭에, 그

가 임기를 마치고 돌아갈 때에 수급비들이 목메도록 슬피 울었다는 일화도 기록해 놓았다. 임기를 마친 수령이 성문을 나서자마자 시원하다며 웃어대는 기생들의 행동과 상반된 풍경이다. 드러난 외모의 미추가 곧 인품의 우열과 같을 수 없다. 이야기에서 우하형의 상대역으로 주탕 대신 수급비로 설정한 궁극적인 이유도 여기에 있을 터다. 작가가 의도했든 그렇지 않았든 간에, 우하형이 여인의 외모를 좇기보다 내면을 읽었음을 내포한 설정이리라.

이야기 주체를 주탕과 수급비로 다르게 형상화했다지만, 신분의 차이가 서사 구조의 변개로 이어지진 않는다. 어찌 되었든 간에 둘은 모두 관비였기 때문이다. 상황에 따라 주탕이 수급비로 전락하고, 수급비가 주탕이 되는 일도 비일비재했다. 실제 박문수를 주인공으로 구성한 야담에서는 고약한 기생을 수급비로 끌어내리고, 자신에게 헌신한 수급비를 기생으로 앉히기도 했다. 조선시대 여성 중에서 가장 천한 신분이었기에, 둘의 역할을 바꾸는데에 어떤 특별한 절차가 요구되지 않았기 때문이다. 중요한 것은 수령의 의중뿐이었다. 이런 점을 고려하면 우하형이 만난 여인의 신분이 주탕이든 수급비든 크게 문제될 것이 없다. 오십보백보다. 주탕과 수급비를 나누는 확연한 경계선이 없었기 때문이다. 그러니 주탕이든 수급비든 작품 해석에는 문제될 일이 없다.

그럼에도 우하형이 여인과 처음 만났을 때, 그녀의 신분은 〈우온전〉에서처럼 주탕이었을 개연성이 높다. 당시에는 무과 급제자가 군관 자격으로 북방에 수자리를 살러 오면, 해당 고을 관아에서는 곁에서 심부름할 주탕 한 명을 배정해 주는 게 일반적이었기 때문이다. 그렇게 배정된 주탕은 '방지기房直婢'라 불렸다. 방지기를 배정 받으면, 군관은 그때부터 여인의 집에서 생활하며 숙식을 해결했다. 군관의 옷을 세탁하고 수선하는 일은 방지기의 의무였다. 우하형과 여인의 만남도 이런 계약 양상을 반영한 것이다. 이로써 보면 〈우하형 이야기〉는 북방의 도덕 관습이라 할 모레스mores를 문학적 상상력으로 재구성한 텍스트라 하겠다.

계약에는 언제나 끝이 있는 법. 군관과 주탕의 계약은 군관의 의무복무가 만료됨과 동시에 해지된다. 이별도 그렇게 온다. 〈우하형 이야기〉에서는 임기 만료와 동시에 이별하지만, 〈우온전〉은 그와 다르다. 앞서 본 인용문을 이어서 계속 읽어보자.

그때 의주에는 국경을 넘나든 죄로 참형에 처해질 죄수 아홉 명이 있었다. 부윤이 우하형에게 형장刑場을 감독하게 하였는데, 우하형은 형장에 가서 죄수들에게 말했다.

"너희들은 살아갈 방법을 찾다가 죽게 된 게 아니냐?"

"그렇습니다."

"살길을 찾다가 죽게 되었다면, 죽을 상황에서 달아나지 않는 것도 사내가 아니지."

그러고는 묶인 것을 풀어주었다.

"어서 달아나라!"

죄수들이 어리둥절하며 도망가지 않자, 군졸을 시켜 쫓아냈다. 그렇게 해놓고 돌아와 부윤에게는 '죄수들이 모두 도망갔다'고 보고했다. 부윤은 사실을 알고 기특히 여겼고, 동료들도 모두 대단하다고 하였다. 그런데 여인 홀로 우하형을 걱정하며 행장을 꾸몄다. 우하형이 괴이해 하자, 여인이 말했다.

"공이 마음대로 아홉 명의 목숨을 살려주었으니, 머지않아 헐뜯는 말들이 나올 것입니다."

정말 며칠이 지나자, 뇌물을 받고 사형수를 풀어주었다는 유언비어가 떠돌았다. 우하형은 부윤에게도 알리지 않고 곧장 떠났다.

의주는 압록강을 경계로 청나라와 이웃해 있다. 그래서 조선시대 법전에서는 국경〔압록강〕을 넘는 행위를 중범죄로 여겨, 이를 범한 자는 참수토록 했다. 그러나 강 건너편에 빤히 보이는 사냥감이나 땔감으로 쓸 만한 나무들은 늘 유혹의 대상일 수밖에 없다. 붙잡힌 아홉 사람도 이런 유혹에 못 이겨 월경했을 터다. 정치적 이유가 아닌 오로지 살기 위한 본능의 몸짓이었다. 우하형은 그런 사정을 알기에 이들에게 은혜를 베풀었다. 법보다 인정에 우선순위를 둔 까닭이다.

사람을 살려준 우하형의 행위에 대해 상관인 부윤을 위시하여 많은 사람들이 칭찬한다. 하지만 아무리 의협적인 일을 행했다 해도, 그의 행위는 위법임이 분명하다. 논란이 생길 수밖에 없다. 그랬기에 우하형도 벼슬길에 나아갈 생각을 접고 귀향을 염두에 두었을 터다. 게다가 가진 것도 없으니 고향에 돌아가 그렁저렁 살다가 늙어 죽으리라 생각한다. 그러나 여인은 다른 꿈을 꾼다. 자기의 인생을 걸고 다른 사람의 목숨을 살려줄 수 있는 배포를 가진 인물이라면, 그는 보통 사람이 아니다. 그런 인물이라면 내 인생을 걸 만하지 않은가. 여인이 우하형의 경제적 후원자가 된 배경에서 이런 인과관계가 있었다. 여인의 선택은 우하형의 관상만 보고 결정한 결과가 아니었다.

〈우하형 이야기〉를 〈우온전〉과 함께 읽으면, 이 작품이 역사적 사실에 기초해서 문학적으로 형상화되었고, 문학적 형상화 도정에 당대 사람들의 욕망이 삼투되었음도 확인할 수 있다. 당대 사람이 가졌던 욕망도 분명하다. 북방으로 나아간 무관과 그에게 배정된 관비가 계약이 종료되었음에도 서로 인연의 끈을 놓지 않았다는 점. 인연의 끈이 끊어지지 않았던 까닭은 관비가 우하형의 경제적 후원자를 자임했기 때문이라는 점 등이 그러하다. 두 사람은 순수한 사랑의 발로가 아닌 현실적 조건에 타협한 관계였다. 그러나 이를 비난할 이유는 없다. 그 또한 당시 사람들이 가졌던 현실적 욕구의 구체적 모습이기 때문이다. 오늘날에도 사랑과 조건을 두고 비교하듯이.

이후 우하형은 수령이 되어 평안도로 돌아온다. 1731년 11월의 일이다. 이해에 그는 이산부사理山府使가 되어 지금의 평안북도 초산楚山으로 갔다. 두 사람의 재회도 이때에 이루어졌으리라. 1년의 만남, 그리고 20년의 이별. 그들도 만남은 짧고, 이별은 길었다.

수절하지 않은 여인, 그건 잘못이 아니다

우리나라 문학에서 이데올로기에 반하는 여성 주체를 만나기가 쉽지 않다. 애써 그것을 찾으려는 노력조차 근원적인 모순이란 지적도 수긍할 만하다. 그만큼 유교 이념은 일상에 뿌리 깊게 박힌 까닭이다. 그런데 〈우하형 이야기〉에 형상화된 여인은 우리의 상식에서 벗어나 있다. 습속으로 존재하는 이념을 내면화하는 대신, 치열하게 현실과 맞선다. 그 모습이 너무 당당하여 소름이 끼칠 정도다.

우하형과 이별한 여인은 수절하지 않았다. 헤어지자마자 곧장 몸을 맡길 수 있는 사람에게 찾아간다. 이야기에서는 6~7년이라 했지만, 실제로는 20년 동안을 그의 아내로 살았다. 여인은 사랑하는 사람을 기다리기 위해 사랑하지 않는 사람의 아내로 살기. 그녀가 택한 기다림의 방법이었다. 유교 문화 규범이 사회 구성원들의 행위를 규정짓는 조선 사회에서 여인의 행동은 현재를 사는 우리에게도 충격적이다. 그렇지만 한편으론 당시의 풍속을 그려보면 이해할 여지도 있다. 의무복무를 마친 군관이 돌아간 후, 혼자 남겨진 여인을 상상한다.

헤어진 사람과의 흔적이 고스란히 남은 공간, 여인은 그와의 기억을 더듬는다. 하지만 그도 잠시. 새로운 무과 급제자가 파견되고, 여인은 또 다시 그의 연인으로 지낸다. 그런 만남과 이별이 무한 반복이다. 이별로 인한 아픔의 강도가 무뎌질 만도 한데,

이별의 통증에는 내성이 없다. 매번 무너지고 좌절한다. 나는 소멸된다.

으슥한 사찰에 들어가 수절하며 그 사람을 기다리는 것은 상상에서나 존재하는 그림이다. 현실은 상상으로 그린 그림과 다르다. 실천적 대안이 요구된다. 필요에 따라서는 비굴하지만 현실과 타협해야 하고, 가끔은 의로운 일도 냉정하게 내쳐야 할 때가 있다. 현실의 삶은 참 모질다. 여인은 자신이 처한 현실을 정확히 진단했다. 바뀌는 상황에 맞춰 가장 유의미한 틀로 자신을 변신시킨다. 그것이 사랑하는 사람과 재회하기 위한 유일한 길이었기 때문이다. 여인이 다른 사람에게 의탁한 것도 현실 공간에서 사랑하는 사람과의 재회를 위한 최선의 선택이었다. 궁극적인 목적을 이루기 위해서는 도덕적 평가나 이념적 공감대는 사치일 뿐이었다. 현실은 판타지가 아니기 때문에.

20여 년을 다른 사람의 아내로 살면서도 여인은 우하형과의 재회를 갈망한다. 내가 상상하는 아름다운 장면을 현실 세계로 이끌어 내려면 지독한 고통을 견뎌야 하는데, 여인은 주저함이 없다. 운명이니 숙명이니 하는 것은 말장난이다. 모든 것은 내가 만들어 간다. 내가 꿈꾸는 영원을 현실로 실현하는 유일한 방법. 그것은 지금에 충실하기뿐이다. 나를 억누르는 현실의 고정관념에 맞선다. 여인과 우하형의 재회는 저절로 찾아온 것이 아니었다. 재회는 여인이 현실에 당당하게 맞서서 획득한 전리품이었다.

여인의 목마름은 사랑하는 사람과의 재회로 해갈되었을까? 우하형은 이후에 황해병사, 곧 병마절도사가 되었다. 1733년 11월 9일의 일로, 여인과 재회하고 2년 뒤였다. 병마절도사는 우하형이 오를 수 있는 최고의 관직이었다. 그가 병사가 되기까지에는 여인의 정보력과 경제력이 한몫을 했다. 그동안 조보를 보며 데이터베이스화한 정보를 바탕으로 적재적소에 맞게 처변했다. 때로는 고위층에게 뇌물을 주고, 때로는 가짜 뉴스를 만들어 유리한 언론을 조성했다. 정당하지 못한 방법도 꺼리지 않았다. 여인에겐 직면한 현실에서 최선을 다할 뿐, 그에 대한 도덕적 평가는 중요하지 않았다. 사랑하는 사람과 만나겠다는 이상을 현실로 실현하기 위해 사랑하지 않는 사람과 20년을 함께 살았던 것처럼, 사랑하는 사람을 최고의 지위에 앉히기 위해서는 부당한 방법도 마다하지 않았다. 흑묘든 백묘든 지금 당장 의미 있는 결과를 얻는 게 최선이라고 믿었던 까닭이다.

일찍이 빈센트 반 고흐는 "신은 이상한 존재여서 솔직히 무엇을 할 수 있을지 걱정된다"면서 우리가 사는 "이 세계는 신이 망쳐버린 습작에 불과"하다며 동생 테오에게 투정했던 적이 있다. 그러나 그는 스스로 던진 물음에 대해 답을 찾을 수 없었다. 그래서일까, 고흐는 모순된 세상을 정상화하는 것도 결국은 세상을 만든 창조자의 몫이라며 문제의 본질에서 회피해 버렸다. 고흐에게 고통은 존재해야 하는 실체였다. 또한 고통에서 벗어나고 싶은 것도 실체였다. 모순된 두 개의 실체를 어떻게 조율할 것인가? 아직까지 완성된 그림을 보여주지 못한 신에게 의지할 수는 없다.

결국 현실을 자각하고, 자각한 현실을 통해 모순된 두 실체 틈새로 살짝살짝 보이는 희망을 찾아가는 것뿐이었다. 그가 그림을 그리고, 다른 사람의 그림을 보는 이유였다. 현실을 직시하며 그림에 몰두하는 것만이 고통에서 자유로워질 수 있는 유일한 방법이었다. 여인도 다르지 않다.

태어나면서부터 북방의 관비였고, 매년 다른 사람과 만나고 이별하는 일이 여인에게 주어진 삶의 전부였다. 습속이 강력하게 작동하는 세상에서 그녀의 삶은 없다. 누군가를 믿고 의지해 살 수 없다. 여인은 스스로 운명을 개척해야 했다. 직면한 현실에서 달아나는 대신, 거기에 맞섰다. 하루하루가 전쟁인 상황에서 도덕관념을 요구하는 것은 사치다. 도덕관념, 그것이 여인에게 인간으로서의 삶을 보장해 주었던가? 여인은 단지 삶이 계속되어야 했기에 현실과 맞섰을 뿐이다. 20년이나 같이 산 지아비를 잔혹하달 만큼 냉정하게 내친 것도, 출세를 위해 부당한 방법을 거리낌 없이 행하는 모습에도 그녀를 차마 비난할 수 없는 이유가 여기에 있다. 삶은 이념보다 우선하기 때문이다. 정작 비난해야 할 것은 여인이 아니라, 사회구조의 모순이 아닌가? 사회구조의 모순을 개인의 일탈로 몰아가는 것은 기득권의 논리다. 내가 어떻게 할 수 없는 세상에 대해 묵묵히 그림을 그린 고흐처럼, 가냘픈 몸으로 세상과 맞섰던 여인의 몸부림이 처절하다. 나는 그렇게 살았던 그들에게 말을 건넨다. 그건 당신 잘못이 아니랍니다.

▶작품 읽기 258쪽

배신에 대하여

시전상인의 며느리: 무엇을 사랑했을까?
종이가게 딸: 세상에서 가장 슬픈 것

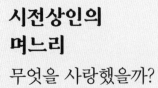

시전상인의
며느리

무엇을 사랑했을까?

"이 세상에 태어나 음양의 이치도 모른다며 시아버님께서는 항상 제게 개가를 권하셨지요. 그 때문에 부득이 서방님을 모셨던 것입니다. 이왕에 음양의 이치를 알았으니 그날로 죽어도 한이 없지요. 그러나 시아버님은 다른 자녀 없이 오직 저 하나에게만 의지했지요. 만약 제가 죽고 보면 시아버님은 지극히 불쌍하고 가엾게 되는지라, 그저 누르며 참다 보니 지금에 이르렀답니다. 이제 시아버님께서 천수를 다하시고 장례도 마쳤으니, 제가 다시 무슨 바람이 있어서 이 세상에 머물러 있겠어요? 이제 서방님과도 영원한 작별을 하고자 합니다."

회상은 양파와 같다

『양철북』의 작가 귄터 그라스는 자서전에서 "회상은 양파와 같다"고 했다. 양파 껍질을 벗기면 또 다른 껍질과 마주하듯, 회상은 또 다른 회상을 낳는다는 의미다. 양파 껍질을 벗기다 보니 시야가 흐려진다. 눈물 때문이다. 회상도 그렇다. 심연으로 빠져들며 나도 모르게 눈물이 흐른다. 다만 껍질을 벗길수록 양파가 조금씩 작아지듯이, 회상도 하다 보면 상흔이 조금씩 옅어지며 지워지기를 바랄 뿐이다. 그라스의 양파를 떠올리다 보니 생각은 정해진 방향 없이 방사형으로 뻗어간다. 무작위적으로 뻗쳐나가는 생각은 어느 순간 부안 기생 매창梅窓이 쓴 시 〈스스로 한탄스러워[自恨]〉에서 멈춘다.

봄기운 차가워 엷은 옷 깁는데[春冷補寒衣]
창가로 햇빛이 비추네.[紗窓日照時]
고개 숙여 손길 가는 데로 맡겨두자니[低頭信手處]
눈물방울 바늘 위로 떨어지네.[珠淚滴針絲]

아직은 쌀쌀한 봄. 조금 추운 듯해서 엷은 옷을 꺼내 깁는다. 순간 바느질하는 옷감 위로 햇살이 비친다. 햇살이 눈부셨던 것일까? 갑자기 시야가 뿌예진다. 그 모습이 부끄러워 더 깊이 고개 숙이자니 바늘 위로 눈물이 '뚝' 떨어진다. 이유 없이 떨어진 눈물방울. 그걸 멍하니 바라본다. 이 눈물은 정말 어디에서 오는 것일까?

지난날을 기억하면 눈물이 난다. 수많은 과거의 조각들이 모여 지금의 내가 존재할 터인데, 내게 각인된 과거는 항상 부끄러운 기억들뿐이다. 그래서 매창은 아팠다. 내가 무심코 행한 일들로 인해 아파하는 사람들, 그들이 떠올라 매창은 스스로 새장에 갇힌다. 그녀에게 회상은 창공을 나는 꿈 대신, 스스로를 창살에 막힌 새장으로 이끄는 사자였던가? 어쩌면 그녀의 공허함은 애초부터 텅 빈 자체였던 게 아니라, 그녀 안에 존재하던 수많은 기억들이 너무 많은 상호 충돌로 인해 다 으깨져 마멸되어버린 결과가 아니었을까?

그라스와 매창 두 사람 모두 부끄러웠다. 그러나 대처하는 방식은 달랐다. 그라스는 자신의 삶을 회상하는 기록을 남긴 반면, 매창은 죽음을 택했다. "슬피 울며 해마다 놀던 언덕 그리워하는〔哀唳年年憶九皐〕" 것이 그녀가 할 수 있는 마지막 자유였다. 그라스와 매창을 생각하다 내 몽상은 다시 『청구야담』에 실린 〈권 사문이 비를 피하려다 기이한 인연을 만나다〔權斯文避雨逢奇緣〕〉로 향한다. 제목과 퍽 다른 기이한 인연. 많이 아팠을 시전상인의 며느리 얘기다.

이야기 따라 읽기

만남

지금의 서울역 앞쪽에 권 사문이 살았다. 사문^{斯文}은 유학자들이 쓰는 '우리들의 학문'이란 의미인데, 유학을 공부하는 사람 자체를 뜻하기도 한다. 권 사문 역시 유학을 공부하는 사람임을 밝힌 것이다.

음력 10월 즈음 성균관에서는 서울 동서남북에 있던 4개 학부 학생들을 모아 시험을 치르는데, 이 시험에 합격하면 복시^{覆試}에 응시할 자격이 주어진다. 유학을 공부하는 권 사문도 이 시험을 치르기 위해 성균관으로 간다.

성균관에 채 미치지 못했을 무렵. 갑자기 소나기가 쏟아진다. 얼른 남의 집 처마 밑으로 몸을 피한다. 처마 밑에 우두커니 서서 비 그치기만 기다리지만, 비는 좀처럼 그치지 않는다. 우두망찰 내리는 비만 바라보고 있자니, 무료함에 담배 생각이 간절하다. "불이 있으면 담배나 한 대 피웠으면…." 혼잣말로 중얼거린다.

그때 머리 위로 들창이 열린다. 고개 들어 위로 올려다보니, 젊은 여인이 불쑥 불을 내어준다. "불이 필요하다고 했나요? 여기에 불이 있소." 고마운 일이다. 권 사문은 불을 받아 담배에 붙였다. 담배를 피우고 얼마나 지났을까? 여전히 비는 그칠 기미가 없다.

"빗줄기가 그칠 줄을 모르네요. 꿉꿉한 데에 우두커니 서 있지 말고, 잠깐 안으로 들어오시지요. 주저할 것 없이."

다시 열린 들창을 통해 여인의 목소리가 들린다. 그러잖아도 심란하던 권 사문은 여인의 제안에 응해 방으로 들어간다. 부인은 스물네다섯 살 정도인데, 입고 있는 소복이 단아하다. 품행도 조신하다. 다만 낯선 남자와 이야기를 주고받음에 부끄러움이 없다. 이상하고도 묘한 분위기다.

얼마의 시간이 지나 비가 그쳤다. 권 사문이 방에서 나와 문 앞에 이르자, 따라 나온 여인이 아무렇지 않게 말한다.

"지금 시험장에 갔다가 돌아오면 필시 날이 저물어 있을 것입니다. 남대문도 닫혀서 댁으로 돌아갈 수 없을 듯하니, 차라리 여기로 바로 오심이 어떠하신지요?"

여인의 말처럼, 권 사문이 시험을 보고 나오니 이미 남대문이 닫혔다. 불감청不敢請이언정 고소원固所願이라고 했던가, 권 사문은 곧장 여인의 집으로 향했다. 그곳에는 늘 그 사람이 있는 법. 그녀는 저녁상까지 마련해서 그를 기다리고 있었다.

밤이 되자, 두 사람은 거리낌 없이 동침한다. 거침없는 행위다. 그런데 기이한 인연을 맺고 즐거워하는 권 사문과 달리, 여인은 조금도 즐거운 기뻐하는 기색이 없다. 오히려 긴 한숨만 연속해서 내쉰다. 무엇 때문인가? 여러 차례 물어도 돌아오는 답이 없다. 이상하고 무거운 분위기만 맴돌 뿐이다.

또 다른 만남

소나기가 맺어준 기이한 만남 이후 권 사문은 종종 여인을 찾았다. 그렇게 오간 지도 벌써 여러 달이 지났다. 그날도 다른 날과 다름없이 문 안으로 들어섰다. 그런데 마루에 앉아 있는 한 노인. 그는 창의를 입고, 금관자를 달고 있다. 창의나 금관자는 실제로 벼슬하는 사람이 아닌 명목상으로 벼슬 품계를 받은 사람들도 입거나 달 수 있는 복색이지만, 원래는 고위 관료들의 복장이다. 그러니 노인의 복색만으로도 위엄이 느껴질 수밖에 없다. 노인과 마주친 권 사문이 문안으로 들어가지도, 그렇다고 문밖으로 나오지도 못해 방황한 것은 이런 심리가 작동한 결과다. 말 그대로 진퇴양난이다. 그런데 노인의 반응이 의외다.

권 사문을 보자마자 노인은 급히 내려와 몸을 굽혀 인사를 드린다. 그러고는 방으로 모신다. 얼떨결에 이끌려 방으로 들어서니, 노인이 자기를 소개한다.

"서방님이 이 집에 오가는 것을 알고 있었소이다. 그러나 나는 시전의 장사치라, 사는 데 골몰하느라 집에 붙어 있질 못했지요. 오늘에서야 인사를 드리게 되었으니 결례가 큽니다."

노인은 시전의 장사꾼이었다. 노인의 복색은 그가 상당한 부를 축적했고, 그를 토대로 명예직도 얻었음을 짐작케 한다. 그럼에도 시전상인인지라, 양반인 권 사문에게 함부로 대할 수 없기에, 응대가 정중했던 것이다. 이 노인은 누구지? 권 사문은 무엇보다 그와 여인의 관계가 더 궁금하다. 조심스레 두 사람의 관계를 묻자, 노인이 대답한다. 그의 대답이 제법 장황하다.

"그 아이는 내 며느리외다. 내 아들이 열다섯 살 때 혼인했는데, 미처 합궁하기도 전에 아들이 죽고 말았습죠. 저 아이는 올해 스물네 살입니다. 비록 혼인했다 해도 여태껏 음양의 이치도 몰랐지요. 제 마음속에서는 항상 측은한 생각이 떠나지 않더군요. 무릇 천지가 만물을 냄에 미물들도 모두 음양의 이치를 알게 했거늘, 유독 저 아이만 홀로 몰랐던 게지요. 그래서 나는 항상 저 아이에게 항상 개가를 권했지요. 그러나 저 아이는 자기가 만약에 다른 데로 가면 늙은 내 의지가지가 없어진다고 끝내 따르지 않더군요. 그렇게 지금까지 8~9년을 수절해 왔지요. 그러다 서방님이 왕래한다는 말을 저 애가 하더군요. 나도 소원을 이룬 게 무척 반가워 한번 뵙고자 한 지 오랩니다. 그런데 오늘에서야 서로 뵙게 되었으니, 만남이 퍽 늦었지요."

여인은 노인의 며느리였다. 9년 전에 혼인했지만, 아들은 초야도 치르지 못하고 죽었다. 노인은 아들의 죽음이 고통스러웠지만, 그 못지않게 마당과부로 살아가야 할 며느리도 안쓰러웠다. 천지에 생명이 있는 것들은 모두 음양의 이치를 알건만, 홀로 그 이치를 모르고 한평생을 살아가야 할 며느리다. 시아버지는 그런 며느리가 가여워 개가를 권한다. 하지만 며느리는 그럴 수 없다. 여인은 자신이 개가하면 돌봐줄 사람 없이 홀로 지내야 할 시아버지가 걱정스럽다는 이유로 노인의 요청을 거절한다.

하지만 시아버지가 들려준 이유만이 전부는 아니리라. 당시는 여성의 개가에 대한 부정적 인식이 팽배해 있었던 때라는 점도 며느리로 하여금 다른 선택을 할 수 없게 만들었을 터다. 실제 나개복羅介福의 아내는 시골 여인으로, 21세에 남편을 잃고 8년 동안 수절했다. 하지만 주변 사람들이 재가를 요구하자, 그녀는 남편의 기일에 맞춰 자결했다. 재가 요구 자체만으로도 절개를 잃은 것으로 판단할 만큼 그 시기에 수절은 광적인 신념으로 작동했다. 나개복의 아내는 개가의 굴레에서 비교적 자유로운 신분이었다는 점을 고려하면, 개가에 대한 부정적 인식이 양반층을 넘어 전 계층으로 확산되었던 정황도 확인할 수 있다. 이런 사회적 분위기에서 여인이 선뜻 개가를 결정하기란 쉽지 않았다. 그녀의 답변, 즉 '시아버지 말씀이 감사하지만, 내가 없으면 누가 당신을 돌볼 수 있겠습니까'는 당시 사회가 요구하는 '정답'이었다. 여인은 정답을 말하며, 시아버지의 개가 권유를 거절했던 것이다. 그녀의 욕망은 마음에 내면화된 이데올로기를 깨부수고 나올 만큼 무모하지 않았다.

그러던 여인이 권 사문과 만났다. 결혼 9년 만의 일이다. 그 사실을 시아버지께도 보고했다. 당신이 그토록 안쓰러워하며 얘기했던 음양의 이치를 비로소 알았다고. 이 말을 들은 노인은 반가워한다. 며느리가 선택한 사람을 당장에 만나보고 싶어 했다. 그러나 9년 동안 안타까워하던 일이 마침내 성사되었다는 반가움과 달리, 만남은 차일피일 미뤄졌다. 미뤄진 만남은 달을 넘기고, 그렇게 여러 달이 지나서야 성사되었다. 장사 일이 너무 바빴던 까닭이다!

그런데 정말 장사 때문이었을까? 그렇지 않다. 늦은 만남은 노인의 복잡한 심리가 작동한 결과였다. 며느리의 말을 들은 노인은 아무리 의연하려 해도, 그게 생각처럼 쉽지 않았으리라. 머릿속에 그린 이상과 직접 맞닥뜨린 현실은 이율배반적으로 존재하는 경우가 많기 때문이다. 9년 동안 노인은 머릿속에 그림만 그렸지, 그것이 실현되리라곤 생각하지 않았다. 마치 이별을 말하지만, 그것이 현실이 되리란 것을 실감하지 못하는 연인들처럼.

노인도 마찬가지였다. 아무리 권유했다 해도 정작 그것을 실현했다는 며느리의 말은 노인으로 하여금 9년 동안 며느리를 통해 보아 왔던 죽은 아들의 잔영마저 지워지는 고통으로 다가왔을지 모른다. 머릿속에 그렸던 이상이 현실과 충돌할 때, 필요에 따라서는 적절한 타협점을 찾아야 하고, 때로는 어느 한쪽을 포기해야 한다. 이상과 현실을 재해석하고 변용함으로써 대처할 근거도 마련해야 한다. 그때까지 노인에게는 시간이 필요했다. 권 사문과의 만남이 차일피일 미뤄지다 여러 달을 보낸 뒤에서야 비로소 성사된 이유다.

닥친 현실을 되돌릴 순 없다. 마침내 노인은 권 사문을 만난다. 둘의 만남은 이제 더 이상 며느리를 붙잡을 수 없음을 확인하는 절차였다. 권 사문도 여인의 집을 왕래하는 데에 더 이상 거칠 게 없다. 노인도 며느리를 놓아준다. 놓아준다고 해도 두 사람의 끈이 완전히 끊어지지 않았다. 노인이 '굳이' 권 사문의 경제적 후원자를 자처함으로써, 시아버지와 며느리 사이의 질긴 인연도 유지된다. 노인은 며느리를 놓아준 것이 결코 아니었다.

이별

3년이 흘렀다. 노인이 죽었다. 노인의 장례는 권 사문이 주관한다. 염습과 입관도 그의 몫이었다. 노인에게는 장례를 주장할 만한 가까운 친인척이 없기 때문이다. 권 사문은 노인의 아들 및 사위 자격으로 장례를 치렀다.

장사를 지내고 졸곡卒哭을 마쳤을 즈음이었다. 졸곡제는 사람이 죽은 날을 기준으로 석 달이 지난 정일丁日이나 해일亥日에 지내는 의례다. 그러니 노인이 죽고 대략 100여 일이 지난 어느 날이었다. 권 사문을 바라보는 여인의 얼굴빛이 사뭇 처참하다. 권 사문이 이유를 묻는다. 처음으로 둘이 동침하던 날, 그날에는 모든 질문에 어떤 답변도 하지 않던 것과 달리, 오늘은 퍽 당당하다.

"이 세상에 태어나 음양의 이치도 모른다며 시아버님께서는 항상 제게 개가를 권하셨지요. 그 때문에 부득이 서방님을 모셨던 것입니다. 이왕에 음양의 이치를 알았으니 그날로 죽어도 한이 없지요. 그러나 시아버님은 다른 자녀 없이 오직 저 하나에게만 의지했지요. 만약 제가 죽고 보면 시아버님은 지극히 불쌍하고 가엾게 되는지라, 그저 누르며 참다 보니 지금에 이르렀답니다. 이제 시아버님께서 천수를 다하시고 장례도 마쳤으니, 제가 다시 무슨 바람이 있어서 이 세상에 머물러 있겠어요? 이제 서방님과도 영원한 작별을 하고자 합니다."

내가 당신과 함께 지낸 이유. 그것은 단지 음양의 이치를 모른다며 애써 개가를 권한 시아버지를 위해서였다. 음양의 이치를 알았지만, 그럼에도 죽지 않고 당신과 함께했던 이유. 그것은 의지가지가 없던 시아버지를 모셔야 했기 때문이다. 그런데 지금 시아버지는 천수로 세상을 떠났고, 예법에 맞춘 장례도 치른 지금. 내가 살아야 할 이유가 없다. 여인은 끝내 작별 인사를 고한다.

권 사문은 불안하다. 힘써 애인을 달래고 타이른다. 하지만 3년 동안 함께 살았던 권 사문은 안중에도 없었던 것일까? 아니면 권 사문이 그녀에게 설득력 있는 희망의 메시지를 마련해 주지 못했던 것일까? 여인은 마음을 돌리지 않고, 그날 스스로 목숨을 끊었다. 여인은 그렇게 스물일곱의 생을 마감했다.

이야기, 다시 생각하며 읽기

여인에게 효는 무엇이었을까?

〈시전상인의 며느리 이야기〉는 많은 생각을 하게 만든다. 언뜻 보면 중세 사회의 '인간성 긍정'이라는 측면에서, 새로운 인간관의 출현으로 설명하면 그만일 듯하다. 사회적 통념보다 인간의 본성을 긍정하는 시아버지에겐 분명 이런 모습이 담겨 있다. 그러나 이렇게 마무리 지어도 여전히 이야기가 남긴 여운은 쉬 가시지 않는다. 여인의 자살은 분명히 다른 메시지를 내포하기 때문이다.

여인의 지키고자 한 신념과 관련하여 이야기 표면에서 만날 수 있는 인물은 셋이다. 얼굴 한번 제대로 보지 못하고 사별한 남편, 남편이 죽고 8~9년 동안 자기를 돌봐준 시아버지, 3년 이상을 실질적 부부로 지낸 권 사문. 이들은 여인에게 각각 열[節], 효, 애욕으로 대체된다. 여인이 지키고자 했던 가치는 셋 중에 있는가? 있다면 그게 무엇인가? 가장 먼저 여인이 유언에서 스스로 효를 위해 자결한다고 했으니, 효를 가장 중시했다고 할 만하다. 적어도 표면에 드러난 주지가 그렇다. 실제 그런 면이 없지 않다. 게다가 당시 사람들도 이 이야기를 효부의 이야기로 읽었다. 예컨대 『만오만필晚悟漫筆』에 실린 이야기도 그렇다.

『만오만필』에 실린 이야기 줄거리는 이렇다. 과거시험을 보러

나선 선비가 점쟁이에게 '소복을 입은 여인을 만나면 길할 것'이란 점괘를 얻는다. 정말로 선비는 도중에 소복 입은 여인을 만났는데, 여인이 선비를 집으로 이끈다. 집에 가니 한 노인이 선비를 맞는다. 그녀의 시아버지였다. 선비는 과거에 급제한 후 귀갓길에 다시 그 집에 들른다. 시아버지는 선비와 며느리에게 손자를 얻을 수 있도록 부탁한다. 훗날 며느리는 아이를 낳는다. 시아버지는 며느리를 딸로, 아이는 외손자로 대접한다는 내용이다. 〈시전상인의 며느리〉와 약간의 차이가 있지만, 둘은 동일한 뿌리에서 나온 후 줄기를 달리한 이야기임에 틀림없다. 그런데 『만오만필』의 작가 정현동은 이 이야기 뒤에 논평을 붙였다.

며느리는 절부가 아니나 효부라고 하기에는 손색이 없다. 김 첨지도 선한 사람이라 권도를 행하면서 사리에 어긋나지 않았다.

여인을 열녀나 절부라고 말할 수 없지만, 그래도 효부라는 데에 동의한다. 시아버지도 유교의 경도經道에서 벗어났지만, 변칙적인 권도權道의 시각으로 보면 충분히 이해할 수 있다고 한다. 유교 경전의 기저라 할 만한 『소학』에 쓰인 "굶어 죽는 것은 작은 일이고, 절개를 잃는 것은 큰일"이란 경구가 있다. 북송 때의 장횡거張橫渠가 말한 "절개를 잃은 사람을 취해 자기 짝으로 삼으면 역시 절개를 잃은 사람"이란 주장을 입에 달고 다니던 사람들이 이런 긍정적인 평가를 했다는 게 오히려 이상해 보일 정도다. 게

다가 열보다 효에 더 가치의 무게를 둘 수 있다 해도, 두 개의 가치를 이렇게까지 일도양단하여 분리시킨 것도 낯설다.

아무튼 『만오만필』만 봐도 당시 사람들이 〈시전상인의 며느리〉를 효부의 행적으로 읽었다는 점은 분명하다. 그럼에도 의문은 꼬리를 물고 이어진다. 효를 위해서라면 여인은 왜 '8~9년 동안' 계속된 시아버지의 요청을 거부했을까? '8~9년 동안' 개가 요청을 단호하게 거부하던 여인이 왜 갑자기 마음을 바꾸었는가? 마음을 바꾼 계기는 여인 자신의 선택인가? 이어지는 질문은 효만으론 온전한 설명이 어렵다. 여인은 정말 왜 이렇게 행동했을까?

의문을 풀기 위한 해결의 실마리는 의외로 간단한 데 있다. 권사문과 동침한 날, 여인이 보인 행동이 문제를 푸는 열쇠다. 권사문과 동침한 여인은 기뻐하지 않았다. 오히려 긴 한숨만 내쉬었다. 여인은 애초부터 권 사문에게 어떤 매력을 느껴서 그를 유혹했던 게 아니었다. 애욕은 그녀의 관심사가 아니었다. 그녀에겐 애욕보다 더 중요한 가치가 지배하고 있었다.

여인을 지배하는 가치, 그것을 당시 사람들은 '효'로 읽었다. 시아버지의 마음을 헤아렸다는 게 이유다. 설령 그것이 자신이 고집하는 신념에 반하는 가치였다 해도. 그런데 여인을 지배한 가치가 효라면, 8~9년 동안 이어진 시아버지의 요청을 들어준 그날 밤은 슬픔과 한숨 대신 기쁨과 환희가 있어야 했다. 그러나 여인은 그렇지 않았다. 기쁨보다 슬픔이 앞섰다. 그녀가 지키고자 했던 가치는 효가 아니었기 때문이다. 효는 오히려 여인이 지키고자 한 가치가 파괴된 후, 그 가치를 포장하는 수단이었다. 여인의 유언을 다시 읽어보자.

유언은 크게 세 파트로 나뉜다. 그 첫 번째는 여인이 왜 권 사문을 택했는가에 있다. 그녀는 '이 세상에 태어나 음양의 이치도 모른다며 시아버님께서 항상 개가를 권하셨기에 서방님을 모셨'을 뿐이다. 권 사문을 택한 것은 애욕이나 애정 때문이 아니다. 오직 시아버지의 요구에 응한 수동적 행위일 뿐이다. 자기 의지가 아닌, 8~9년 동안 이어진 시아버지의 강압에 대한 응답이었다. 그랬기에 첫날밤을 보낸 여인은 기쁠 수 없었다. 8~9년 동안 지켜온 신념이 일순간에 파괴된 데에 따른 죄책감이 그녀를 짓눌렀다. 효를 실현했다는 기쁨보다 자신이 그동안 고집해온 신념이 무너진 것에 대한 회한이 앞선 까닭이다.

혼인한 후 초야도 보내지 못하고 아들이 죽은 지 9년째다. 이야기에서는 노인이 8~9년 동안 며느리에게 개가를 권했다고 했다. 노인은 아들이 죽은 직후부터 개가를 요구했던 것이다. 남편과 사별한 여인의 황망함이 가시기 전부터 강요되는 시아버지의 개가 권유. 여인에게는 다른 무엇보다도 그것이 가장 부담스럽지 않았을까? 여인이 처한 상황은 마치 프랑스 심리학자 마리 프랑스 이리고양이 생성한 심리용어 '모럴 해러스먼트Moral harassment', 곧 정서적 학대와 상통한다. '이 모든 게 다 너를 위한 것이란다!'

음양의 이치도 모르는 며느리가 가엾다며 개가를 권하는 인자한(!) 시아버지. 그것이 며느리에겐 사랑이란 이름으로 가해지는 폭력으로 느껴지지 않았을까? 그렇다고 시아버지께 '나, 결혼 안 해!'라며 반항할 수도 없는 일. 오히려 반항의 마음이 생길 때마다 여인은 시아버지에게 죄의식을 느끼고, 죄의식은 죄책감으로 이어졌다. 해가 거듭되면서 증식되는 죄책감은 자연히 자신이 불효를 하고 있다는 자책으로 바뀌었을 터. 권 사문과의 만남은 결국 오랜 시간 계속된 시아버지의 권유가 만들어낸 죄책감이 자기비판으로 이어진 결과물이었다. '내가 가진 신념이 뭐 그리 중하다고, 살아계신 시아버지가 그렇게 원하는 소원 하나 들어줄 수 없단 말인가?' 내 신념보다 효를 선택하게 된 동인이다. 일종의 가스라이팅의 결과다. 그렇게 8~9년 동안 계속된 시아버지의 고마운(!) 마음에 마침내 여인이 응답했다. 그것은 여인의 마음에 쌓인 불효라는 죄의식에서 벗어나는 최선의 선택이었다. 죄책감이 '기이한 만남'을 맺게 한 동기였다. 권 사문은 타이밍 좋게 기이한 만남을 맺은 게 아니다. 누구든 대체 가능한 먹잇감과 같았으니, 오히려 지독히 운 나쁜 케이스였다고 해야 맞다.

　이로써 보면 권 사문과 첫날밤을 보낸 여인의 슬픔도 이해할 수 있다. 여인의 슬픔은 시아버지의 요구에 호응한 결과, 그녀가 지금까지 지켜온 신념의 붕괴로 인한 상실의 감정이었다. 여인은 시아버지가 8~9년 동안 가졌던 '저 불쌍한 며느리가 음양의 이치만 깨치면 나도 덜 안타깝겠다'는 바람에 대한 응대였으리라. 그것이 효의 실천이라 믿었기에. 어쩌면 여인은 효를 실천한 즉시 죽기로 작정했을지도 모른다. 그것이 죽은 남편에 대한 의리라고 생각하면서. 하지만 모진 게 삶이라고, 여인은 그렇게 하지 못했다. 변명이 필요하다.

여인의 유언을 계속 들어보자. "음양의 이치를 알았으니 그날 죽어도 한이 없지요. 그러나 시아버님은 다른 자녀 없이 오직 저 하나에게만 의지했지요. 만약 제가 죽으면 시아버님은 지극히 불쌍하고 가엾게 되는지라, 그저 누르며 참다 보니 지금에 이르렀답니다." 자신이 살아야 하는 이유도 역시 시아버지 때문이다. 의지가지없는 시아버지 때문에 차마 죽을 수 없다. 새로 인연을 맺은 권 사문과 3년 이상을 실질적 부부로 지냈지만, 여인의 생존 이유는 불쌍하고 가엾은 시아버지로 귀착된다. '내가 행동하는 모든 몸짓은 모두 다 당신을 위한 것이랍니다!'

여인은 시아버지께 효를 다한다. 어쩌면 이전보다 치열하게 효도했으리라. 내 신념을 붕괴시키면서까지 선택한 '효'이기에, 효의 자장을 벗어날 수 없었다. 여인의 마음 안에 증식하는 자기혐오에서 벗어날 수 있는 유일한 방법은 효밖에 없었다. 효를 빙자함으로써, 비로소 여인은 자기 자신에 대한 실망과 삶에 대한 애착을 숨길 수 있었기 때문이다. 효는 여인으로 하여금 스스로에게 자신이 자결하지 않은 행위가 결코 비겁했기 때문이 아님을 증명하는 신앙이 되었다.

3년의 시간이 흘러 노인이 죽었다. 자식이 죽고 없기에 시아버지의 장례는 며느리의 몫이 되었다. 장례는 그동안 실질적 남편으로 살아온 권 사문이 맡았다. 기대처럼 유학자 권 사문은 예법에 맞게 장례를 치른다. 자신의 신념을 붕괴시키고 선택한 권 사문. 그동안 그에 대한 애정도 적잖이 생겼으리라. 하지만 여인은 그와의 해로를 꿈꾸지 않는다. 아니, 꿈꿀 수 없다. 지난 3년 동안 죽지 않고 살아갈 수 있게 해준 신앙, 즉 효의 대상이 소멸되었기 때문이다.

유언을 마저 듣자. "제 시아버님께서 천수를 다하시고 장례도 마쳤으니, 제가 다시 무슨 바람이 있어서 이 세상에 머물러 있겠어요?" 마지막 자기합리화다. 예법에 맞게 장례를 지낸 후, 시아버지를 편안히 모셨으니, 지금까지 내가 살아온 이유도 다했다는 식이다. 효는 여인이 음양의 이치를 깨치고도 여태 살아야 했던 유일한 버팀목이었다. 9년 동안 지켜왔던 신념을 붕괴시키고, 그보다 더 고상한 가치라고 합리화해 온 효. 그것 때문에 3년을 더 버틸 수 있었다. 하지만 이제 효의 대상이 사라진 지금, 여인은 더 이상 자기의 삶을 지속시킬 명분이 없다. 설령 권 사문에 대한 애정이 있었다 해도, 그것이 지금껏 효라는 이데올로기로 포장한 채 숨겨온 구차한 내 삶에 대한 욕망을 대체할 계제가 되지 못했다. 그녀가 할 수 있는 최후의 자기결정은 "이제 서방님과도 영원한 작별을 하고자 합니다"라는 이별 선언뿐이었다.

여인은 무엇을 사랑했을까?

여인의 목소리를 모두 들은 지금, 새로운 물음이 주어진다. 모두에서 던졌던 '여인이 목숨을 끊어야 할 만큼 지키고 싶었던 게 도대체 무엇이었을까?'라는 물음이다. 애욕은 효를 행하기 위한 수단에서 비롯된 결과였다. 효도 애초부터 지켜온 신념 그 자체가 아니었다. 오히려 효는 9년 동안 지켜온 신념을 붕괴시킨 동인이었다. 이런 점들을 고려하면, 여인이 그토록 지키고 싶어 한 신념의 정체도 윤곽을 드러낸다. 열, 효, 애욕 중에 남은 하나. 곧 '열'이다. 열이 그녀가 끝까지 지키고자 했던 신념이었다.

조선 전기부터 강화되어온 여인의 정절 관념이 조선 후기에는 양반층을 넘어 상민이나 천민으로까지 확장되었다. 사유의 확장은 법이나 형벌과 같은 국가 권력 시스템만으로는 성취할 수 없다. 그보다는 사람들의 의식에 스며들면서 세뇌시키는 것이 효과적이다. 정절 관념을 내면화하는 가장 좋은 방법은 사람들이 자발적으로 문화적 아이템을 생성하여 정착시키는 것이다. 예컨대 조선 후기에 쏟아져 나온 도덕소설과 같은 작품들의 향유 방식도 그렇다. 예컨대 〈진대방전〉과 같은 작품은 이본 수만도 120종을 상회한다. 우리나라 고전소설 중 단일 작품으로 이렇게 많은 작품을 보유한 텍스트는 〈춘향전〉과 〈구운몽〉을 위시한 몇 종에 불과하다. 이런 소설이 유행했다는 것은 그만큼 당시 국가 이데올로기가 민간으로 널리 퍼졌음을 방증하는 한 예라 하겠다. 국가가 나서지 않아도 민간에서 자발적으로 국가 이데올로기를 향유하며 선양하고 있었던 것이다. 그렇게 해서 유교 관념은 국가 구성원 모두에게 '가장 아름다운 가치'로 자리 잡았다. 이처럼 하나의 사회문화가 조금씩 변화하여 어느 상태에 이르면, 이제 더 이상은 원래 상태로 되돌릴 수 없게 된다. 이를 문화 라체팅^{culture ratcheting}이라 하는데, 여인이 살았던 조선 후기가 바로 이랬다.

여인이 지키고 싶었던 신념도 이와 연계되어 있다. 열다섯 살 된 신랑을 맞이한 후, 초야도 보내지 못하고 사별한 여인. 남편의 죽음 앞에서 그녀는 당시 보통 조선 여인들처럼, 자기도 절개를 지키며 사는 삶을 생각했으리라. 그것은 선택하는 게 아니라, 너무도 당연한 정답이었기 때문이다. 여인에게 열은 그렇게 뇌 깊숙이 스며들어 있었다. 그런데 파문을 일으킨 쪽은 시아버지였다. 시아버지는 마당과부가 된 며느리가 불쌍하다며 개가를 권한다. 개가 요구는 8~9년 동안 이어질 만큼 집요했다. 여인은 신념에 따라 정절을 지켜야 한다는 마음과 시아버지의 요구에 따라 효를 행해야 한다는 두 개의 마음이 충돌한다. 두 개의 마음 메커니즘이 서로 다른 명령을 내리는 일도 잦았다. 개가 요구가 있을 때마다 여인은 얼굴조차 기억할 수 없는 죽은 남편의 환상을 실재한 현실로 인지하며 정절의 벽을 높이 쌓을 수밖에 없었으리라. 그런 충돌의 시간이 무려 8~9년이었다.

갈등은 여인이 시아버지의 요구를 수용하는 데서 끝났다. 그녀가 8~9년 동안 지켜온 신념은 완전히 파괴되었다. 왜 그렇게 선택했는가를 묻는다면, 그녀의 대답은 하나뿐일 수밖에 없다. 시아버지께 효를 다하는 것이 내 신념보다 더 소중한 가치였노라고. 절망도 습관이 되어 익숙해져 버린 여인이 현재를 사는 방법이다. 결과적으로 여인의 선택은 그녀를 죽음으로 내몰았다. 여인은 죽음이 무서웠다. 삶에 대한 갈증에 목마르다. 그러나 끝까지 그렇지 않은 척, 자신의 선택이 옳았다는 변명을 남겨야만 했다. 권사문에게 남긴 '너무도 당당한' 유언이 슬픈 이유다.

이제 마지막 질문이 남았다. 그것은 '노인은 왜 그토록 집요하게 며느리에게 개가를 요구했을까?'라는 질문이다. 8~9년 동안 며느리가 거절했으면 그만둘 법한데, 그는 고집스럽다 할 만큼 끈질기게 며느리가 불쌍하다면서 개가를 권유한다. 그의 행동은 결코 인간성 긍정의 발로에서 나온 행위가 아니다. 오히려 자신의 아픈 상처를 며느리에게 전가시키는 '친절한' 가학 행위로 비춰진다. 그의 행동을 어떻게 볼 것인가?

해답의 실마리는 혼례를 치르는 날에 외아들이 죽었다는 데에 있다. 가장 경사스러운 날, 갑작스러운 외아들의 죽음. 그것은 재앙 그 이상이었다. 자식을 잃은 부모의 아픔은 헤아릴 수 없는지라, 자식 잃은 부모를 지칭하는 호칭도 존재하지 않는다. 자식을 지키지 못했다는 자책감이 죽음보다 더한 고통으로 다가온다. 하지만 아버지는 의연했다. 예전처럼 시전에 나아가 장사도 했다. 그러나 덤덤히 보내는 일상에서도 매순간 떠오르는 죽은 아들의 환영을 떨칠 수 없다. 아들이 죽고 없다지만, 지워진 것은 아니다. 과거는 흘러갔을 뿐이지, 없는 게 아닌 것처럼.

아버지가 기억하는 행복해하던 아들의 마지막 모습. 그 모습은 혼인하던 그날 며느리와 함께 있었을 때다. 그날 이후 며느리는 행복한 아들을 담은 거울이 되었다. 그러다 어느 순간부터 며느리는 아들로 일체화되었고, 아들에 대한 미안함도 며느리에 대한 미안함으로 옮겨갔을 터다. 실제『만오만필』에서는 며느리를 딸로 대우했다. 죽은 아들을 며느리와 동일시한 것이다. 그렇게 며느리는 자식의 분신으로 대체되었다. 첫날밤도 치르지 못한 채한평생을 살아가야 하는 며느리에 대한 가여움. 그 역시 아들을 지키지 못했다는 죄의식이 만들어낸 집착의 결과였다. 시아버지에게 집착은 어쩌면 자기의 절망과 괴로움에서 벗어나는 희망의 빛이었겠지만, 며느리에게 그것은 사랑을 빙자한 숨겨진 폭력 그 이상도 이하도 아니었다. 시아버지는 그렇게 아주 인자하게(!) 8~9년 동안 며느리를 고문했다. 숨겨진 폭력이 여인을 직접 죽이진 않았지만 끝내 스스로 목숨을 끊게 했다.

불편한 기억일수록 이야기 속 주인공은 비장하고 고결하게 그려지는 경우가 많다. 여성의 죽음이 결코 아름답지 않지만, 마치 중세 이념의 가치를 숭상하기 위해 목숨을 내건 비장한 모습으로 형상화될 수밖에 없었던 것은 이러한 역설적 상황을 은유적으로 담아낸 결과다. 노인도 인간성 긍정이란 함의로는 결코 설명할 수 없는 캐릭터다. 어쩌면 정서적 학대라고 할 법한 행위가 인간성 긍정으로 포장되었을 수도 있다. 우리는 그렇게 속은 게 아닐까? 그래서일까? '너를 위해!', '우리를 위해!' 문득 이런 말들이 내 잘못이나 욕망을 남에게 전가시키는 자기옹호가 아닐까? 누구를 위한다는 것이 결국 그를 파멸로 이끈다는 말로 대체될 수도 있다는 사실, 참 무섭다.

▶작품 읽기 265쪽

종이가게 딸
세상에서 가장 슬픈 것

"마음속에 담아두고 있다면 어떻게 망각할 수 있겠어요? 그리고 애정이 있다면 아무리 바빠도 가마를 준비해 보내라는, 고작 분부 한 번이면 되는데 어찌 그럴 겨를도 없겠어요? 서방님의 마음에는 벌써 제가 지워졌기에 여태까지 아무 소식이 없는 게지요. 그 사람이 이미 나를 잊고 데려갈 마음도 없는데, 우리가 먼저 탐문하는 것도 부끄러운 일이지요. 설령 우리 때문에 억지로 데려간다고 해요. 그 또한 재미라고 할 게 무에 있겠어요? 백 년을 함께 행복하려면 믿음과 사랑이 있어야지요. 꽃다운 맹세가 식기도 전에 이처럼 변하였으니, 훗날에 다시 뭘 기대할 수 있겠어요? 저는 이미 결정한 게 있으니 다시 다른 말씀 마세요." 그러더니 곧장 방으로 들어가 목을 매 죽었습니다.

네가 오후 네 시에 온다면
난 세 시부터 행복해지기 시작할 거야

"네가 오후 네 시에 온다면 난 세 시부터 행복해지기 시작할 거야. 네 시가 다가올수록 난 점점 더 행복해지겠지. 네 시가 되면 나는 벌써 흥분해서 안절부절못하고 있을 거야. 그러면서 행복이 얼마나 값진 것인지 알게 되겠지!"

여우가 어린왕자에게 들려준 이 말은 『어린왕자』의 다른 어떤 구절보다 인상적이다. 빵을 먹지 않는 여우에게 밀밭은 자기와 아무 관계없는 객체로 존재한다. 그런데 밀밭 색과 같은 금빛 머리를 한 어린왕자를 만난 이후, 여우에게 밀밭은 특별한 의미로 각인된다. 밀밭 그 자체로 머물지 않고, 거기서 불어오는 바람 소리도 사랑한다. 여우가 어린왕자에게 길들여진 결과다. 그래서 여우는 "어린왕자가 오후 네 시에 온다면, 난 세 시부터 행복해진다."

무심히 올려다본 하늘, 흔들리는 나뭇가지, 라디오에서 흘러나오는 음악…. 누구나 향유하는 일상의 풍경이건만, 때로는 그것이 내게만 특별하게 다가온다. 풍경과 나 사이를 이어주는 관계망이 작동하기 때문이다. 관계망의 작동과 함께 내 기억도 소환된다. 불현듯이 소환된 틈새에 '그'가 있고, 어느덧 그와 나는 같은 시공간에 놓인다. 뜻하지 않게 만들어진 그와의 일체감에 나는 행복해진다. 적어도 네 시까지는.

하지만 행복의 시간은 길지 않다. 잠깐의 행복감 뒤로 알 수 없는 슬픔이 밀려온다. 부재, 그의 부재를 인지했기 때문이다. 떠나는 자는 항상 그 사람이고, 남겨진 자는 항상 나다. 네 시까지는 그를 기다리는 의례로 행복해질 수 있지만, 네 시를 넘어서면 초조해진다. 불안을 넘어 아파오기 시작한다. 예전처럼 나와 상관없는 밀밭 그대로면 좋을 텐데, 밀밭은 이제 예전의 밀밭이 아니다. 나는 그에게 정말 길들여진 것이다. 행복감과 슬픔의 공존은 내가 길들여진 일종의 증명서였던 것일까?

일상의 풍경이 너무 아름다워 눈물이 난다. 아름다운 것에는 눈물이 담겨 있다. 그래서일까, 불교에서도 슬픔을 지니지 않은 자애[사랑]는 없다고 했다. 길들여지는 것도 그렇다. 여우에게 밀밭은 행복한 공간이었지만, 어린왕자가 떠난 밀밭은 짧은 행복과 긴 슬픔을 함께 불러오는 공간이 될 수밖에 없다. 어린왕자와의 긴 이별 후, 여우는 밀밭을 보며 무슨 생각을 했을까?

이런저런 망상에 빠져 있다가, 상념은 문득 '이별한 사람을 가슴에 담아두고 사는 사람의 심리는 무엇일까'라는 질문으로 번진다. 이별이 슬픈 이유는 어쩌면 더 이상 내 기억을 공유해 줄 사람이 이젠 없다는 데 있지 않을까? 이별 후 덩그러니 남은 기억은 온전히 나 혼자 감당해야 할 몫이다. 어디서부터 잘못된 것일까? 잡된 생각이 끝도 없이 이어진다. "최악은 불편한 자기 자신과 마주보는 일이다"라고 했던 마크 트웨인의 말처럼, 자신의 얼굴과 마주하는 일조차 무거우리만큼 처절하게 외로웠던 한 여인을 떠올려 본다. 『청구야담』에서 만난 종이가게 여인이 그 주인공이다.

이야기 따라 읽기

최창대의 과거 급제

병자호란 때 대표적인 주화파主和派였던 최명길의 증손자이자, 숙종 조에 영의정을 역임한 최석정의 아들인 최창대崔昌大가 과거에 급제하기 전이다. 그가 나귀를 타고 종로에 있는 종이가게 앞을 지나가고 있었다. 그때 돌연 한 사람이 다짜고짜로 최창대를 종이가게로 이끈다. 종이가게 주인이다. 얼떨결에 이끌려 가게 안으로 들어간 최창대에게 주인이 사연을 들려준다.

열여섯 된 외동딸의 평생소원은 젊은 문인의 소실로 사는 것이다. 신분이 천해 문인의 정실이 될 수 없음을 알기에 부실을 평생소원으로 삼았다. 그런 딸이 어젯밤에 꿈을 꾸었는데, 그 꿈이 이상하다. 정초지正草紙 한 장이 갑자기 하늘로 날아오르더니, 그것이 황룡으로 변해 구름 속으로 들어갔던 것이다.

예전에는 국가의 경사가 있을 때 치러지는 경과慶科와 같은 과거시험을 제외한 나머지 과거시험에서 사용되는 물품은 모두 응시자가 자비로 부담했다. 시험지도 마찬가지다. 시험지는 정규 시험인 식년시式年試에서는 가로형, 국왕이 친림하는 시험에서는 세로형이 쓰였다. 길이는 대략 80cm 내외인데, 시험 문제에 따라 이런 종이를 서너 장씩 이어붙이기도 했다. 이어붙인 자리 뒷면에는 과거지보科擧之寶가 새겨진 어보를 찍었다. 시험지는 보통 표면이 매끈하고 두께가 얇은 도련지搗鍊紙가 주로 쓰였는데, 숙종 조를 전후하여 두껍고 품질이 좋은 정초지를 사용하는 응시자들이 생겨난다. 좋은 시험지는 응시자의 배경을 드러내는 표지로써, 시험의 당락이나 순위에 직접적인 영향을 미치기도 했다. 좋은 종이를 구하는 것은 학문 실력을 키우는 것만큼 중요한 일이 되었다. 그런 상황에서 딸은 최상품 과거시험지인 정초지 한 장이 하늘로 올라가 황룡으로 변하는 꿈을 꾼 것이다. 꿈에서 본 시험지로 응시하면 과거시험에서 장원급제를 한다는 암시다. 종이가게 주인의 말이 이어진다.

꿈에서 깬 딸은 다급하게 가게로 나온다. 정말 거기에 정초지가 있다. 딸은 그것을 꺼내 열 겹으로 꽁꽁 싸맨다. 환경과 이념에 지배 받는 숙명적 개체로 태어났어도 내면에서 꿈틀거리는 무궁무진한 욕망은 억제할 수 없었던 것일까. 열 겹은 딸의 욕망의 깊이였다. 정초지를 싸면서 딸은 꿈을 꾼다. '이번 과거시험에서는 이것을 가진 자가 장원급제하리라. 그럴 만한 사람을 선택해 시험지를 주고, 대신 나는 그의 소실이 되리라.' 욕망을 현실로 만들기 위해 행동한다. 새벽녘에 가게 행랑으로 간다. 그리고 몸을 숨긴 채 행랑 창틈을 통해 지나가는 사람들을 살핀다. 종이를 받을 자격이 있는 사람을 직접 선택하기 위함이다. 어쩌면 딸 인생에서 가장 중요하고 긴박한 시간이었으리라. 초초한 시간이 마냥 흘러가던 그때, 최창대가 지나간다. 딸은 뛰는 가슴을 진정하고, 얼른 아버지를 부른다. 최창대를 종이가게로 이끈 사연이다.

다른 볼일이 있었다는 평계와 달리, 최창대가 종로를 거닌 이유도 좋은 시험지를 구하기 위함이었을 터다. 어떤 시험지를 사용하는가에 따라 시험 성적이 달라지는 판에, 좋은 시험지를 구하는 일은 그에게도 중요했다. 그런 상황에서 종이가게 주인이 들려준 딸의 꿈은 매혹적일 수밖에 없다. 두 사람의 욕망은 그렇게 교집합이 만들어졌다. 조르주 바타유가 "기적이란 가장 심오한 삶의 열망"이라 했듯이, 삶에 대한 지독한 열망이 기적을 만드는 법이다.

두 사람이 대면한다. 아버지는 딸이 소중하게 감싼 정초지를 건넨다. 건네면서 최창대에게 부탁한다. 과거시험 발표가 나면 그날 바로 가마를 보내 '미천한' 딸내미를 데려가서 소실로 삼아 달라고. 딸의 평생소원을 최창대에게 맡긴다. 최창대는 조금의 주저함도 없다. 바로 종이가게 주인의 요구에 응한다.

과거시험 날이 다가왔다. 최창대는 정초지를 가지고 시험장에 입장한다. 결과는 장원급제였고 이제 최창대가 여인을 데려가는 일만 남았다. 하지만 불안하다. 이 순간에 도스토옙스키의 『카라마조프가의 형제들』에서 "이 젊은 운명 앞에 도사리고 있는 것은 오직 파멸뿐"이라는 말이 떠오르는 것은 우리네 삶이 비선형적으로 작동하는 모습을 자주 보았기 때문이리라.

여인의 죽음

과거에 급제한 사람들에게 합격증을 주는 창방唱榜 의례가 행해졌다. 이야기에서는 알성시謁聖試에 임했다고 했으니, 시험을 치른 그날 바로 합격자가 발표되었을 터다. 최창대의 아버지 최석정도 재상으로 있었기에, 그 역시 아들을 좇아 임금께 나아가 인사를 올렸다. 집으로 돌아오니, 그의 합격을 축하하기 위해 모여든 사람들로 도로를 메울 정도다. 축하 잔치는 밤늦도록 이어졌다.

최창대는 약속을 잊지 않았다. 다만 부모 허락도 없이 소실을 얻었다는 말을 아버지께 차마 아뢸 수 없었다. 축하를 받는 일도 너무 바빴다. 내가 처한 상황을 여인에게 전할 방법도 없었다. 그래서 날이 저물어가도 그는 여인을 불러오지 못했다. 이야기에서는 최창대가 약속을 지키지 못한 이유를 여러 가지로 나열했다. 톨스토이가 쓴 『안나 카레리나』의 에피그라프에는 "행복한 가정의 모습은 모두 비슷하고, 불행한 가정은 모두 제각각의 불행을 안고 산다"라고 했다. 내 잘못을 인정하는 데는 그리 긴말이 필요치 않다. 하지만 내 행위를 합리화하는 데엔 변명이 많아진다. 이야기에서 애써 여인을 부르지 못한 이유를 몇 개씩 나열한 것도 이 때문이다. 최창대는 여인을 부르지 않았다!

밤이 깊어졌다. 하객 대부분도 집으로 돌아갔다. 최창대의 한

숨이 커진다. 죄의식이 밀려온 것일까? 인생의 숱한 나날 중에 선택된 오늘 하루. 어느 소설가의 말마따나 '마음이 마음을 이반'하는 시간이 흐른다. 이날이 내 인생을 어떤 식으로 이끌까? 이런 저런 상념에 잡혀 있던 차에 갑자기 대문 밖에서 곡성이 들리며, 어떤 사람이 집 안으로 들어온다. 문지기들이 물리쳐도 막무가내다. 경사스러운 날, 야료를 부리는 그의 행위가 해괴하다.

마침내 최 정승이 그를 불러들인다. 소란을 피운 사람은 종이 가게 주인이다. 그는 최 정승에게 딸이 꾼 용꿈을 전하며 딸과 최창대가 서로 약속한 사연을 아뢴다. 그리고 조금 전 집에서 벌어진 상황을 들려준다. 불과 며칠 전에 최창대에게 가벼운 떨림의 목소리로 희망을 전하던 때와 정반대로 눈물을 머금은 떨림의 목소리가 그대로 전해진다.

과거시험을 치르는 날, 딸은 아무것도 먹지 않은 채로 창방 소식만 기다렸다. 주변 사람들에게 한 시각에도 몇 번씩 최창대의 합격 여부를 물었다. 이윽고 그의 장원급제 소식이 들려왔다. 딸은 하늘만큼 땅만큼 기뻐하며 이제는 자신을 태워 갈 가마가 도착하기만 고대한다. 합격 여부를 묻듯이, 이제는 가마의 도착 여부를 묻고 또 묻는다. 하지만 가마는 오지 않는다. 어둠이 조금씩 내려앉기 시작했다. 딸은 안절부절못한다. 어둠이 짙어지며 밤도 깊어갔다. 딸은 마치 실성한 사람처럼 있다가 길게 한숨을 내쉰다. 딸이 할 수 있는 것은 없다. 그저 기다리는 수밖에.

그런 모습을 지켜보던 아버지가 나서서 딸을 위로한다. 과거에 급제한 오늘은 이런저런 행정적인 일들로 바쁜데다 하객들까지 몰려와 응대에 분주해서 잠시 너를 잊고 있을 수 있을 게다. 그러니 너무 조급해 하지 말라고. 그러나 아버지의 말은 위로가 되지 못한다. 다시 아버지가 나선다. 그렇다면 내가 직접 가서 축하드린 후 동정을 살피고 돌아오겠다고. 아버지에겐 자기보다 딸의 아픔이 먼저였다. 자신도 무섭고 실망스럽지만, 딸이 조금이나마 덜 아프도록 어떻게든 달래본다. 하지만 딸은 다른 생각을 한다.

마음에 새긴 약속은 어떤 상황에서도 지워지지 않는다. 나를 생각했다면 가마 보내는 일쯤이야 별게 아니다. 분부 한 번만으로도 충분하다. 그런데 그리 하지 않음은 그의 마음에 내가 존재하지 않기 때문이다. 나를 데려갈 마음이 없는데, 내가 먼저 그 사람의 동정을 탐문하는 것은 무의미한 행위다. 아니, 부끄러운 짓거리일 뿐이다. 설령 남들의 시선 때문에 나를 데려가 집에 앉힌다 치자. 그런 결합이 과연 행복할까? 부부는 신뢰와 사랑이 전제되어야 하건만, 꽃다운 맹세를 저버리는 그를 보면서 내 미래를 설계하는 게 맞는 일일까? 인도의 철학자 타고르가 "세상에서 가장 먼 거리는 삶과 죽음의 거리가 아니라, 내 앞에 있는 당신이 내가 당신을 사랑하고 있음을 모르는 것"이라 했듯이, 내 사랑을 잊은 최창대와의 거리감이 생사의 거리보다 더 멀었다. 빅토르 위고가 『레미제라블』에서 말했듯이, "사랑에는 중간이 없다. 파멸 아니면 구원뿐이다." 여인의 사랑이 그랬다.

말을 마친 딸은 방으로 들어가 자결했다. 딸의 죽음에 이르는 과정을 모두 지켜봤지만, 아버지가 할 수 있는 게 없다. 죽은 딸의 억울한 사연이나마 들려주자. 그나마 딸을 위해 해줄 수 있는 일이 고작 그것뿐이었다. 아버지는 그렇게 최 정승에게 하소했다. 최 정승은 한참 동안 말이 없다. 잠시 후 아들을 부른다. 다른 사람에게 박정한데다, 심지어 원통함을 품고 죽게 만든 장본인. 그런 아들이 앞으로 무엇을 할 수 있겠느냐? 아들을 호되게 꾸짖지만, 이미 시들어 버린 꽃은 다시 향기를 내뿜을 수 없다.

"너는 당장 제수를 풍성하게 갖추고 제문을 지어 네 잘못을 빌어라. 제문에는 네 죄와 함께 몹시 후회하는 마음을 낱낱이 적어 시신 앞으로 나아가 곡哭해라. 그리고 염습하고 입관하는 제반 절차도 네가 직접 행함으로써 유감이 없도록 해라. 그렇게 해서라도 약속을 저버린 죄를 빌고, 억울해서 눈도 감지 못하는 원혼을 위로하는 게 맞겠다. 그게 지극히 옳겠다."

주문이 많다. 아들이 여인에게 용서를 구해야 할 것이 많기 때문이다. 최창대는 그제야 여인과 다시 마주한다. 그는 정성을 다해 장례를 치른다. 여인이 살아생전에 받지 못한 후한 대접은 죽은 뒤에서나 가능했다. 여인의 평생소원은 죽어야만 가능한 꿈이었다. 이야기는 끝이 났다.

마지막에는 후일담이 덧붙었다. 뒷날 최창대는 부제학 벼슬까지 이르렀지만, 이른 나이에 세상을 떠났다고.

이야기, 다시 생각하며 읽기

음심淫心과 측은지심惻隱之心

〈종이가게 딸 이야기〉는 허구다. 최창대의 실제 행적과 이야기를 상호 대비하면, 둘 사이에는 상당한 차이가 있다. 과거시험의 합격 양상만 봐도 그렇다. 이야기에서 최창대는 임금이 성균관 공자 사당에 나아가 배알拜謁한 뒤에 보이는 알성시에서 장원급제했다. 하지만 그는 만 25세 때인 1694년에, 문과 별시에서 26명 중 7위로 급제했다. 시험장도 성균관이 아닌 창덕궁 인정전이다. 특히 알성과는 시험지를 호조에서 제공하는 경우가 많기 때문에 개인이 따로 시험지를 구할 일도 없을 듯한데, 정초지 구입 운운하는 것은 인과관계가 다소 약하다. 특히 알성시는 시험을 보는 당일에 합격자를 발표하기에, 밤늦게까지 이어지는 연회를 뒤로하고 그날 바로 여인을 부르는 것도 사실상 불가능한 일이다.

이처럼 〈종이가게 딸〉은 사실성이 떨어진다. 이야기의 흥미와 긴장감을 높이기 위해 의도적으로 왜곡했다고 보기에는 '그럴듯한' 구성력이 느슨하다. 후일담으로 제시한 최창대가 일찍 죽었다는 것도 마찬가지다. 그는 1669년에 나서 1720년에 사망했다. 52세 삶을 산 셈이다. 당시 평균수명이 얼마라고 확언할 수 없지만, 대략 45세 안쪽일 것이라는 가설을 수용하면 52세 생애를 단명이라 말하긴 어렵다. 게다가 최창대는 당대 최고의 문장가라 하는 김창협金昌協과도 어깨를 나란히 할 만큼 문장이 뛰어났고, 문장으로 평가받은 출세 행보도 비교적 순탄한 편이었다. 역사적 실재와 허구적 가공 사이의 갭이 크다. 이런 점에서 보면 〈종이가게 딸〉은 전래하던 다른 이야기에 최창대라는 인물을 가탁한 이야기로 보는 게 맞을 것이다.

본래 이 이야기는 〈조광조 일화〉에 그 연원을 두고 있다. 조광조의 독서 소리를 듣고 담장을 넘어 들어온 처녀에게 회초리를 때려 돌려보냈다는 조광조의 일화가 향유 과정에서 다양하게 파생되면서 이런 이야기로 바뀌었다. 물론 〈조광조 일화〉역시 실재한 일이 아니다. 역사적 실재는 조광조가 객지의 숙소에 들었을 때 이웃 처녀가 자기 방으로 돌입할까 우려하여, 불상사가 없게끔 미리 숙소를 옮겼을 뿐이다. 그런데 이런 역사적 실재가 당대 사람들의 기대지평에 맞춰 〈조광조 일화〉로 바뀐 것이다. '여인의 욕망을 끝내 거절한 선비' 이야기의 시작이다.

이렇게 만들어진 기본 뼈대에 살을 어떻게 붙이는가에 따라 애욕에 초연한 바람직한 선비의 다양한 형상이 만들어졌다. 내가 흠숭하는 인물을 칭송하기 위해, 그들의 행적에 〈조광조 일화〉를 틈입시키는 일도 빈번했다. 예컨대 정인지·김안국·성수경 등과 같은 초기 인물들은 물론, 최방언·상진·이희갑 등과 같은 후기 인물들도 모두 〈조광조 일화〉의 주인공이 되었다. 조광조 대신 이들로 이름만 바꾸면 됐다. 역사적 실재와 다른 이야기 속 최창대의 등장도 이런 흐름에 편승한 결과다. 다만 초기의 인물들은 흠숭의 목적으로 〈조광조 일화〉를 활용한 반면, 최창대와 같은 후기의 인물은 흠숭을 넘어 새롭게 제기한 문제의 중심에 놓였다는 점에서 차이를 보일 뿐이다. 초기와 다른 문제 제기를 한 까닭이다.

다른 문제 제기. 그 출발은 회초리를 든 남성이 아닌, 매를 맞은 여성의 입장에서 이야기를 전개한다는 점에 있다. '여인의 욕망을 끝내 거절한 선비' 대신, '선비에게 거절당한 여인의 자의식'에 초점을 맞춘다. 회초리를 맞고 돌아간 여성은 이후 어떻게 행동했을까? 자신의 행위가 잘못된 것임을 인정하고 다시는 그런 일을 하지 않았다고 하면 결말이 복잡할 게 없다. 반성한 후 사회로 복귀하여 유교 이념의 가치를 숭상하며 한평생을 행복하게 살았다고 하면 그만이다. 전형적인 해피엔딩 구조다.

그러나 반성보다 다른 마음이 지배했다면? 단지 사랑을 구했을 뿐인데, 음탕한 여인으로 취급받은 데 대한 부끄러움과 자괴감이 지배한다면? 상처받은 자의식은 파국으로 치달릴 수밖에 없다. 이런 싸움에서 여성은 늘 패자다. 자신의 마음을 드러내는 유일한 방법, 그것은 죽음밖에 없다. 그래서 파국의 끝에는 항상 여인의 죽음이 있다. 〈조광조 일화〉에서 파생된 이야기의 결론이다. 여기에서 새로운 문제가 제기된다. 여인의 죽음은 누구의 책임인가?

물음에 대한 이야기에서 주는 답은 두 가지다. 하나는 죽어 마땅한 음탕한 여인. 다른 하나는 인仁의 근간인 측은지심惻隱之心을 방기한 선비. 〈종이가게 딸〉이 제기한 물음도 여기에서 벗어나지 않는다. 짧고 단순했던 〈조광조 일화〉에서 시작된 이야기가 유교 사회의 근간인 '인치仁治'의 문제로까지 확장된 것이다.

〈종이가게 딸〉은 『청구야담』과 『만오만필』이란 두 야담집에 실려 있다. 전자는 제목을 〈최곤륜등제배방맹崔崑崙登第背芳盟〉이라 했다. '최창대가 과거에 급제한 뒤 꽃다운 맹세를 버렸다'는 의미다. 최창대를 비판하는 시각으로 제목을 붙였다. 반면 후자는 제목이 없다. 여기에서도 최창대를 비판하지만, 그 양상은 전자와 사뭇 다르다. 특히 종이가게 딸을 바라보는 시선은 두 작품이 대척점에 있다고 할 만큼 이질적이다. 『만오만필』의 줄거리를 보자.

학질에 걸린 최창대가 질병을 치료하기 위해 남관왕묘에 들어갔다가, 거기서 서리書吏의 딸을 만난다. 최창대는 자기가 과거 급제를 하면 그녀를 소실로 삼겠노라 약속한다. 여인은 수절하며 최창대의 과거 급제만을 기다린다. 마침내 최창대의 급제 소식을 들은 여인이 그간의 사연을 아버지께 말한다. 이에 서리가 최창대에게 찾아가 사정을 말한다. 하지만 최창대는 '첩을 들이는 것은 패륜'이라며 요구를 거절한다. 여인은 병이 들어 죽을 지경에 이른다. 서리가 이번에는 아버지 최 정승을 찾아가 사정하지만, 그 역시 '우리 집안의 법도를 무너뜨리지 말라'며 역정을 낸다. 여인은 결국 자결한다. 이후 최창대는 비록 명망을 얻었지만, 좋은 관직에 오르지 못하고, 자손도 번성하지 못했다는 내용이다.

『만오만필』에서는 여인의 신분이 종이가게 딸이 아니라, 하급

구실아치인 서리의 딸이다. 과거 급제에 끼친 여인의 영향도 없다. 줄거리 차이가 제법 크지만, '선비에게 거절당한 여인의 자의식' 문제를 전면에 내세웠다는 점은 동일하다. 그럼에도 최창대 집안에서 여인을 대하는 태도는 두 이야기가 전혀 다르다. 여인의 행위를 통해 전달하려는 메시지가 다른 까닭이다. 〈종이가게 딸〉에서 최창대는 여인과의 약속을 잊지 않았다. 다만 나이가 어려서 상황에 제대로 대처하지 못했다. 또한 종이가게 주인의 말을 들은 최 정승은 아들을 불러 그의 행위를 꾸짖는다. '박정하기 짝이 없고, 쌓은 원한이 더할 수 없이 크다!' 아버지가 직접 잘못의 책임 소재를 분명히 했다. 여인에게 가서 잘못을 빌고, 용서를 구하라고 명령한 것도 아버지다.

반면 『만오만필』에서는 그렇지 않다. 여기서도 최창대는 여인과의 약속을 잊지 않았다. 하지만 '아버지 몰래 첩을 들이는 것은 패륜'이라며 단호하게 거절한다. 관왕묘에서 만나 맺은 언약은 단지 욕정을 채우기 위한 트릭이었음을 분명히 했다. 최 정승도 다르지 않다. '네 딸을 얼른 다른 사람에게 시집보내, 우리 집안을 욕보이지 말라!' 다른 사람이야 상관없지만, 내 아들은 안 된다. 최창대와 최 정승, 두 사람은 모두 서리의 딸을 음탕한 여인의 행위로 내몰았다. 결국 딸이 자결했다. 두 사람은 죽음의 공모자였다.

큰 틀에선 동일하달 만큼 비슷한 이야기지만, 지향하는 방향은 판이하다. 『만오만필』에 그려진 서리의 딸. 그녀는 최창대의 눈에는 욕정의 대상이었고, 최 정승의 눈에는 음탕한 여인일 뿐이다.

통속적인 말처럼 사랑한 게 정말 죽을죄가 되었다. 여인에게는 선택의 여지가 없었다. 그래서일까? 『만오만필』의 저자 정현동은 이야기 뒤에 논평을 붙였다.

아! 예법을 잘 지키는 집안은 의리가 삼엄한 나머지 박하기만 하고 후하지 못하다. 대인군자는 의리에 크게 벗어나지 않으면 권도를 따른다. 그래서 예법을 갖춘 뒤에는 권도를 행할 수 있어야 한다고 말한다.

정현동이 내세운 것은 권도다. 권도는 예법이 정한 틀을 사례에 따라 다르게 변통하는 행위를 말한다. 설령 여인이 잘못했다 해도, 예법의 원칙에만 매달려서는 안 된다는 주장이다. 그것이 '진짜로' 예법을 아는 사람들이 하는 처신이다. 이 말은 곧 최창대 부자가 예법을 모르는 존재라는 말로 연결된다. 대인군자만이 예법을 갖출 수 있다고 했으니, 이들 부자는 대인군자의 자격을 갖추지 못한 존재로 전락한다. 여기에서 더 나아가면 그들은 유교 사회의 기본 덕목 중 인의 근간인 측은지심조차 모르는 인물로까지 이어진다. 정현동의 논평이 매서운 이유다.

어쩌면 정현동의 논평은 남인인 그의 입장에서 소론의 영수인 최 정승[최석정]을 공격한 것으로 읽힐 수도 있다. 그래서 〈종이가게 딸〉은 그와 다른 글쓰기를 시도했는지도 모른다. 최 정승이 직접 나서서 아들을 꾸짖고 원통하게 죽은 여인을 위로케 했다는 점에서, 적어도 그는 권도를 아는 인물이 되기 때문이다. 우리가 사는 시대의 정치인들이 적어도 '측은지심' 정도는 아는 인물이 어야 하지 않을까 하는 마음이 틈입된 결과리라. 측은지심조차 모르는 사람이 정치를 한다는 것은 비참한 일이니.

그럼에도 여인이 죽었고, 최창대는 살았다. 속담과 달리, 하늘 은 결코 스스로 돕는 자를 돕지 않는다는 것을 안다 해도, 그래도 응보는 필요하지 않을까? 후일담은 그렇게 만들어졌다. 후일담은 당시 사회문화적 기대지평과 독자들이 가졌던 욕망이 결합된 공 감대의 단면이라 할 만하다. 〈종이가게 딸 이야기〉 뒤에 붙은 후 일담, "뒷날 최창대는 벼슬이 부제학에 이르렀으나 일찍 세상을 떠났다."『만오만필』의 후일담, "최창대는 큰 명성을 얻었지만 좋 은 관직에 오르지 못했고, 자손도 번성하지 못했다." 당대 사람들 은 정말 그랬으면 하고 바랐다.

그리고『만오만필』에서는 후일담 하나를 더 보탰다. "꿈에 그 여인이 와서 울면 어김없이 불길한 일이 일어났다고 한다." 여인 은 죽어서도 억울했다. 정말 사랑은 죄가 아니기에. 그렇게 당시 사람들은 여인의 피맺힌 원통함을 풀어주기 위해 이런 방식의 응 보를 만들어냈다. 그나저나 최창대는 꿈속에 나타난 그녀의 울음 에 어떻게 대응했을까? 사뭇 궁금해진다.

세상에서 가장 슬픈 것

종이가게 딸은 허구적 인물이다. 그럼에도 문학적으로 형상화된 여인이 허무맹랑한 존재로 느껴지지 않는다. 유교 이념이 지배하던 사회 어디서든 만날 수 있는 인물이기 때문이다. 조선 후기만 해도 죽음으로 '나도 살아 숨 쉬는 인간'임을 웅변한 인물들은 굳이 예시할 필요가 없을 만큼 많았다. 하긴 힘의 논리에 의해 끝내 파국으로 치달아야만 했던 사람들이 어디 조선 후기뿐이랴, 국가 폭력, 이념 폭력, 젠더 폭력 등으로 파국으로 몰고 가는 일들이야 언제 어디서든 존재하지 않았던가? 정작 중요한 점은 그에 대한 반응, 혹은 대응에 있으리라.

여인은 죽었다. 여인의 죽음이 불편한 이유는 죽을 이유가 없는 사람이 죽었기 때문이다. 여인은 잘못이 없다. 설령 있다손 치더라도 그것이 죽어야 할 만큼 큰 죄는 아니다. 딸의 죽음을 목도한 아버지는 아팠다. 아무 일도 없었다는 듯이 딸의 장례를 치를 수는 없다. 적어도 권력에 맞서 내 딸이 어떻게 죽었는가를 말해야 했다. 죽음에 대한 결정은 여인이 내렸지만, 죽은 딸을 기억하는 일은 아버지의 몫이었다. 잊지 않기, 그리고 기억하기. 그것은 아버지가 딸을 위해 할 수 있는 전부였다. 그것뿐이다.

일찍이 정약용은 그의 벗 여동식呂東植에게 보내는 편지에 이런 말을 적은 적이 있다. 그의 말을 풀어 써보자.

세상에서 가장 괴로운 것은 사람들 모두 즐거워하는데 나 홀로 아파하는 일이고, 세상에서 가장 슬픈 것은 나는 그를 기억하지만 그 사람이 나를 기억하지 못하는 일이다.

편지에서 그는 괴로움과 슬픔의 본질을 말한다. 세상에서 가장 괴로운 것은 세상 모든 사람들 모두가 즐거워하는데, 나 혼자 아파하는 것이라 했다. 그리고 세상에서 가장 슬픈 것은 나는 그를 뚜렷이 기억하는데, 그 사람은 나를 잊는 일이라 했다. 18년의 유배 생활을 마치고 돌아온 정약용은 그 후 18년 동안 고향에서 지낸다. 그동안 그는 정조 사후 억울하게 죽은 선배와 친구들의 묘지명을 쓴다. 자기가 존경하고 좋아했던 사람들, 그들의 영혼을 하나하나 불러내며 달랬다. 글을 쓰면 고통도 사라진다고 했던 버지니아 울프처럼, 어떤 슬픔도 그것을 이야기로 만들면 그 슬픔을 극복할 수 있다고 했던 한나 아렌트의『인간의 조건』제사처럼, 정약용은 억울하게 죽은 동지들의 이름을 불렀다. 나는 당신들을 잊지 않고 기억한다는,『빈딘성으로 가는 길』의 저자 전진성 교수의 말마따나 일종의 슬픔이 슬픔에게 보내는 글쓰기다.

'잊지 않겠습니다.' 이 말은 슬픔이 슬픔에게 보내는 상징의 문구가 되었다. 지켜주지 못한 것에 대한 미안함, 잘못된 사회구조에 대한 분노, 무능한 나에 대한 부끄러움…. 복잡한 마음이 방향 없이 작동한다. 기억에서 지워지는 것처럼 슬픈 일은 없으니. 이야기에 등장하는 종이가게 딸을 기억하는 일은, 우리가 그녀에게 해줄 수 있는 가장 위대한 위로다. 그리고 하소밖에 할 수 없었던 아버지의 슬픔을 안아주는 위대한 힘이다.

날짜를 짚어가며 과거를 기억해본다. 가난하고 아팠던 그들, 그들 모두가 조금은 덜 아프고, 조금은 더 행복해지기를….

▶작품 읽기 269쪽

어떻게 살 것인가

일타홍: 내 운명을 알고 있다면
옥소선: 사랑과 조건, 그 모두를 품고서

일타홍
내 운명을 알고 있다면

일타홍은 관아의 부엌[官府]에서 술과 안주를 성대하게 장만하였다. 그리고 친정으로 가서 부모님께 인사를 올렸다. 친척들을 모아 3일 동안 잔치도 크게 벌였다. 의복과 일상에서 쓰는 물건들도 넉넉하게 마련해서 부모님께 드렸다. 그렇게 하고 난 뒤에 일타홍이 말했다.

"관청이란 데는 일반 가정과 다르답니다. 관아 안채에 있는 사람은 다른 사람들보다 더욱 분별이 있어야 한답니다. 부모와 형제가 혹시라도 연줄이 있다는 이유로 빈번하게 출입하면 다른 사람들의 입에 오르내릴 것이고, 관아 행정에도 누를 끼치게 될 것입니다. 이제 저는 관아에 들어갑니다. 한번 들어가면 다시는 나오지 않을 것입니다. 또 서로 연락할 필요도 없습니다. 제가 서울에서 지냈을 때처럼, 그렇게 알고 지내십시오. 다시는 왕래도 하지 말고, 연락도 하지 마세요. 그렇게 내외의 분별을 엄히 지켜주세요."

일타홍은 하직 인사를 하고 관아로 돌아갔다. 그 후, 단 한 번도 밖에다 소식을 전하지 않았다.

내 죽음을 안다면

채팽윤蔡彭胤은 아내를 떠나보낸 후, 그녀와 함께 머물렀던 공간을 둘러본다. "무너진 벽, 널브러진 옷걸이, 향기로웠던 자리에 쳐진 거미줄⋯. 그리고 거기에 놓인 당신의 글씨." 변한 것 하나 없는 공간, 그곳에 아내만 없다. 아내의 숨결이 남은 공간에 대한 슬픔 때문일까, 그는 억지로 눈길을 뒷동산으로 돌린다. 그러나 뒷동산조차 아내와 함께했던 기억뿐이다.

"봄이 되어 가지마다 새잎이 돋으면 당신은 예쁜 광주리를 끼고 나물을 뜯었고, 나는 『시경』에 실린 빈시豳詩를 읊었지요. 예전에 함께 걸었던 그 길을, 이제는 그림자만 드리운 채 홀로 거닌다오."

시간이 지나면 잊힌다는 말. 그 말은 거짓이다. 남은 사람에게 떠난 사람의 흔적은 하나하나가 아픔으로 새겨졌고, 새겨진 아픔은 날이 갈수록 깊어만 갔다. 끝없이 이어지는 깊은 슬픔. 그 슬픔을 가슴에 담은 채, 채팽윤은 홀로 걷는다.

채팽윤이 아내를 그리며 쓴 제문을 읽노라니, 새삼스런 질문이 생겨난다. 만약에 아내 한 씨가 자기에게 주어진 운명을 알았다면, 그녀는 남편과 어떤 이별을 준비했을까? 사랑하는 남편이 조금은 덜 아프도록 무슨 방법이든 마련하지 않았을까? 한 씨의 죽음과 관련하여 이런저런 생각을 하노라니, 그녀에게 맞춰졌던 질문은 어느새 내게로 향한다.

'내 죽음의 시간을 알고 있다면?', '단지 며칠 혹은 몇 개월 뒤에 불쑥 찾아오는 시한부가 아닌, 지금으로부터 꼭 7년이 지난 오늘에 죽는다면?', '그동안 나는 뭘 하지?', '내가 꿈꾸었던 일들을 어떻게 정리하고, 사랑하는 사람들과는 어떤 이별을 준비할까?', '내가 떠난 뒤, 사람들은 나를 어떻게 기억하고 또 어떻게 잊어갈까?' 물음은 꼬리에 꼬리를 물고 이어진다. 복잡한 질문에 무언가를 잃어버린 듯, 혹은 무언가를 잡으려고 허둥대다가 불현듯 한 여인을 떠올린다. 일타홍. 자신의 운명을 알고, 그에 맞춰 자신의 삶의 방향성을 정했던 사람. 그녀가 던진 마지막 말을 나지막하게 되뇐다.

"오늘은 첩이 나리 곁을 떠나 영원히 이별하는 날입니다. 아무쪼록 귀하신 몸을 보중하시어 더욱 더 영화를 누리세요. 첩으로 인해 조금이라도 마음 상하는 일이 없게 하시고요."

이야기 따라 읽기

만남과 이별

아버지를 일찍 여읜 데다 집까지 가난하여 글을 배우지 못한 심희수. 그가 하는 일은 날마다 남의 잔칫집에 찾아가 방탕한 짓 뿐이다. 다른 사람들이 '미친 아이'라며 손짓해도, 침을 뱉으며 비웃어도 상관하지 않는다. 그에게는 원초적 욕망 충족이 삶의 전부였다.

그날도 여느 때처럼 남의 잔칫집을 찾아가 본능에 몸을 맡긴다. 기생들이 앉은 자리에 마구잡이로 끼어드는 등 막무가내다. 잔치에 참석한 모든 사람들이 손을 내저으며 거부하는데, 그런 그를 눈여겨보는 여인이 있다. 일타홍이었다. 그녀는 충청도 금산에서 서울로 올라온 선상기選上妓로, 당시에 조선 최고의 기생으로 평가받던 여인이었다. 한참 동안 심희수를 지켜보던 일타홍은 측간에 가는 척하며 그에게 눈짓을 보낸다. 눈짓을 보고 따라온 심희수. 그에게 일타홍이 말한다. "이따 당신 집에 갈 테니, 당신은 먼저 가서 기다리라." 심희수는 기쁜 마음에 얼른 집으로 돌아간다. 손님 맞을 기대에 오랜만에 청소도 했다.

날이 어둑어둑해질 무렵, 정말로 일타홍이 찾아왔다. 여자에 굶주린 귀신〔色中餓鬼〕이라 불리던 심희수에게 일타홍은 정욕의 대상이었다. 하지만 일타홍은 다른 생각을 한다. 넘쳐흐르는 심희수의 방탕한 기운을 올바른 방향으로 돌리게 함으로써, 그를 귀인으로 만들어 보겠다는 목표를 세웠다. 제어되지 않는 심희수의 행동거지를 보며, 일타홍은 자기 재능을 펴지 못한 채 살아가는 심희수의 깊은 절망을 읽었을지도 모른다. 깊은 절망을 희망으로 돌리는 일. 일타홍은 거기에 맞춰 자기의 운명 설계도를 새로 그린다.

어머니도 감당하지 못하는 원초적 욕망덩어리 심희수에게 일타홍은 그렇게 바람처럼 다가왔다.

그의 집으로 들어온 일타홍은 기방과의 인연을 끊는다. 그렇지만 머리 빗고 몸 가꾸는 일을 게을리하지 않는다. 화장과 치장에 소홀함이 없었다는 의미다. 화장 및 치장 심리는 '자기 존재 확인'에 있을 터다. 코스메틱cosmetic이란 어원부터 조화와 질서를 의미하는 코스모스cosmos에 있다는 점만 봐도, 화장이 '나'라는 개체를 우주의 한 존재로 조화롭게 인식케 하는 행위로 읽히기 때문이다. 기방과의 인연을 끊은 일타홍이 화장 및 치장을 결코 그만두지 않은 것도 같은 맥락이다. 자신의 정체성을 분명히 인식하며 자기관리에 철저했던 일타홍의 행위를 상징적으로 담아낸 기술이다. 그랬기에 방탕하고 나태함에 익숙해진 심희수도 조정할 수 있었다. 실제 심희수는 일타홍이 정한 혹독한 커리큘럼을 불평 없이 따랐다.

그러나 사랑하는 사람에게 잘 보이려고 공부한다 해도, 매일 반복되는 모진 공부법은 반발을 불러올 수밖에 없다. 그때마다 일타홍은 '공부하지 않으면 당신을 떠나겠다'며 으름장을 놓는다. 위협적인 언사에 마음을 다잡고 공부하지만, 강박도 한두 번이다. 경고가 잦아지면, 어느 순간부터 그 말은 수식이 된다.

"네가 학문에 힘쓰라고 애써 권해도, 내가 하기 싫은데 어쩌라고?"

책을 내던지고 눕는다. 몇 년 동안 이어진 혹독한 공부법에 짜증을 낸다. 아무리 의미 있는 일이라도, 그것이 완벽하게 구성된 틀 안에 가둔 채 행해진다면 반발이 없을 수 없다. 심희수도 그랬다. 어쩌면 그는 일타홍의 욕망을 마치 내 욕망인 양 꾸역꾸역 구겨 넣는 자신의 모습에 환멸을 느꼈을지도 모르겠다. 나는 네가 아니다! 일타홍의 간절한 욕망이 심희수에겐 그다지 절실하지 않았던 것이리라.

어느 유행가 가사처럼 사랑도 지겨울 때가 있다. 지겨움은 그 사람이 영원히 나를 떠나지 않을 것이라는 믿음, 혹은 착각에서 출발한다. 늘 함께 있었기에, 늘 내 편이었기에 그 사람의 소중함을 잠깐 잊는다. 이별은 언제나 그 찰나에 찾아온다. 잠깐의 지겨움이 상대에게는 깊은 상처가 되고, 그렇게 만들어진 상흔은 견딜 수 없는 깊은 통증으로 번지면서 순간순간마다 끊임없이 되살아나기 때문이다. 마침내 일타홍은 심희수를 떠난다.

이별과 재회

일타홍인들 이별의 괴로움을 몰랐을까. 하지만 주저할 시간이 없다. 그녀가 심희수 곁에 머물러 있는 한, 그가 과거 공부에 전념하지 않을 것을 알았기 때문이다. 내게 남은 시간이 얼마인지를 아는 자에게 사랑하는 사람과 함께할 시간을 빼앗는 것만큼 고통스러운 것은 없다. 운명의 시간을 알고 있는 일타홍은 아프다.

그럼에도 이별을 선택해야만 했다. 길면 6~7년, 짧으면 4~5년. 그가 과거에 급제하는 날. 그날이 재회의 시간이란 울림을 남긴 채 일타홍은 거침없이 심희수의 곁을 떠났다.

집으로 돌아온 심희수는 비로소 일타홍의 부재를 깨닫는다. 항상 곁에 있으리라 확신했던 사람이 떠났음을 인지하는 순간. 진짜 사랑은 그때부터 시작된다고 했던가? 일찍이 황동규 선생은 『나는 바퀴를 보면 굴리고 싶어진다』라는 시집 표지 뒤에 이런 글을 남겼다.

사람을 있는 그대로 사랑하는 법을 배우는 데는 오랜 시간이 걸린다. (중략) 상대방을 자기 비슷하게 만들려고 하는 노력을 사람들은 흔히 사랑 혹은 애정이라고 착각한다. 그리고 대상에 대한 애정의 도度가 높으면 높을수록 그 착각의 도도 높아진다. 그 노력이 실패로 돌아가게 되면 '애정을 쏟았으나 상대방이 몰라주었다'고 한탄하는 것이다⋯.

상대에게 내가 정한 기준에 따르도록 강요하면서, 나는 그것을 사랑이라고 착각하진 않았던가? 상대가 그걸 견디지 못해 떠나면, 그때 나는 '모든 것을 주고 사랑했지만, 그 사람이 내 사랑을 알아주지 않았다'며 한탄하진 않았던가? 돌이켜보면 있는 상대를 '소유'하려 든 것을 나는 사랑이라고 착각했던 게 아닐까? 심희수도 다르지 않았다. 그 역시 일타홍이 떠난 뒤에야 비로소 자신의 사랑 방식에 대해 묻는다. 물음에 대한 답, 그것은 세상에 설 수 없을 만큼 부끄럽다는 말로 귀착되었다.

그래도 심희수에겐 희망이 있었다. '과거에 급제하는 날이 다시 만나는 시간'이란 일타홍의 메시지가 있었기 때문이다. 이제 과거 급제는 그에게 가장 절실한 과제가 되었다. 치열하게 공부한다. 『천예록』에서는 5년, 『동패락송』에선 3년 만에 과거에 급제했다고 했다. 3년이든 5년이든 일타홍의 예상보다 빠른 성취다. 일타홍과의 재회에 대한 심희수의 간절함의 깊이를 짐작케 한다. 실제 모든 야담집에서 심희수가 과거에 급제하려고 애쓴 이유를 '재회 약속' 때문이라 했다. 그에게 과거 급제는 출세를 위한 목적보다 사랑하는 사람과 다시 만나기 위한 수단이었다.

3일 동안 유가遊街를 한다. 유가란 과거 급제자가 광대들을 앞세우고 풍악을 울리면서 시가행진하는 일인데, 행진하며 시험관이나 먼저 급제한 선배, 그리고 친척 등을 찾아뵙고 인사를 드리는 행위다. 상례에 따라 심희수도 유가하며 사람들에게 찾아가 인사를 드렸다.

그동안 일타홍은 어디에 있었는가? 심희수의 집에서 나온 일타홍은 아내를 잃고 홀로 지내는 노재상의 집으로 갔다. 가서 허드렛일이라도 할 수 있도록 부탁하여 허락받는다. 이후 노재상은 일타홍의 뛰어난 용모와 행실에 반해 그녀를 수양딸로 삼았다. 사실, 노재상은 심희수 부친의 오랜 친구였다. 일타홍은 우연히 그 집에 들어간 게 아니었다. 훗날 과거 급제한 심희수가 유가 도중에 반드시 노재상에게 인사 드리러 올 것을 예상해서 일부러 그 집을 골라 의탁했던 것이다.

예상대로 심희수는 노재상의 집을 찾았다. 손님을 맞이하는 음식상이 나왔다. 순간 심희수의 얼굴빛이 바뀐다. 상에 놓인 음식에서 일타홍의 흔적을 본 까닭이다. 눈물이 왈칵 쏟아진다. 이 모습에 노재상이 묻는다. 심희수는 눈물을 흘리며 그간의 사정을 말한다. 두 사람의 대화가 끝나기도 전, 방문이 열리면서 한 여인이 나왔다. 일타홍이다. 그렇게 두 사람은 다시 만났다. 과거에 급제하는 날, 그날이 정말 재회의 시간이었다.

재회 이후

물극필반物極必反이라 했던가. 무엇이든 극점에 이르면 반드시 방향을 선회한다. 행복도 정점에 이르면 불행이 싹트는 게 세상 이치다. 오랜 그리움 끝에 만난 심희수와 일타홍도 예외가 아니었다. 그게 싫어서인지 『양은천미』을 위시한 여러 야담집에서는 두 사람이 재회한 후 행복하게 살았다는 식의 해피엔딩으로 갈무리했다. 일부 야담집 편자는 두 사람의 행복 뒤에 도사린 불행을 다시 끄집어내는 게 불편했던 모양이다. 하지만 〈일타홍 이야기〉가 들려주는 핵심은 오히려 재회 이후에 있다. 행복한 결말로 끝낼 수 없는 본질적 문제, 즉 '내 운명을 알고 있다면 어떻게 할 것인가?'라는 무거운 물음은 이제부터 시작되기 때문이다.

과거에 급제한 심희수는 이조정랑[天官郎]이 되었다. 행복한 나날을 보내던 어느 날 저녁, 그에게 일타홍이 다가와 조용히 말한다.

"제 한 조각의 마음은 오직 나리의 성취 여부에 있었지요. 그러니
다른 데에 마음 쓸 여지가 없었습니다. 고향에 계신 부모님 안부조차
확인할 겨를이 없었지요. 그래서 첩은 밤낮으로 가슴을 치곤 했답니
다. 나리께서 이제는 하실 수 있으리라 봅니다. 첩을 위해 금산 지방
수령을 청함으로써 첩으로 하여금 살아생전에 부모님을 뵙도록 할
수 있음을…. 그러면 제 지독한 슬픔도 끝이 나겠지요."

이조정랑은 인사권을 행사하는 핵심 관직이다. 일타홍은 그런
요직을 포기하고 지방 수령으로 나가라고 요청한다. 살아생전에
자기 고향인 금산 지방의 수령으로 가서 부모님을 뵙도록 해달라
는 것이다. '살아생전에!' 심희수는 이 말을 어떻게 받아들였을
까? 단순히 간절함의 깊이를 더한 수식어로 무심하게 넘겼음 직하
다. 이 말에 대한 심희수의 반문이 없는 것도 그가 이 말을 무심히
넘겼음을 방증한다. 하지만 일타홍에게 이 말은 참말이었다. 그녀
는 정말 마지막으로 부모를 뵙고 영원한 작별을 나누고 싶었다.
지난 몇 년 동안 일타홍은 심희수의 성공에만 매달려 있었다.
삶의 의미를 모두 그에게 맞추느라, 정작 그녀의 삶은 뒷전이었
다. 부모를 향한 그리움도 그랬다. 잊지 않았지만, 잊은 듯이 지냈
다. 심희수의 성공이 전제되지 않는 한, 그녀의 지독한 슬픔도
끝나지 않음을 알고 있었던 까닭이다. 그가 성공하는 날까지는

가슴을 치면서라도 참고 견뎌야만 했다. 이제는 심희수도 출세하였다. 모두가 선망하는 요직에도 앉았다. 그래서 더욱 조심스럽다. 그런데 심희수는 답변은 의외로 명쾌하다. "그야 매우 쉬운 일이지!" 이 답변을 듣기 위해 일타홍은 몇 년 동안 인고의 시간을 보냈던 것이다. 그 답변을 듣기 위해.

금산에 부임한 날, 일타홍은 바로 사람을 보내 부모님이 무양하다는 소식을 접한다. 오랫동안 무겁게 짓누르던 답답함이 사라지면서 마음이 한결 가볍다. 관아에서 공적으로 처리해야 하는 일들을 어느 정도 마무리한 사흘 후, 일타홍은 비로소 부모에게 찾아간다. 부모께 인사 드린 후, 인근에 사는 친척들까지 모두 불러 성대하게 잔치를 베푼다. 잔치가 끝난 뒤에는 각종 살림살이들과 옷가지들을 넉넉하게 나누어 줬다. 선물을 주며 그들의 얼굴도 마음에 새겼으리라. 성대한 잔치가 끝났다. 그 즈음에 일타홍은 위엄을 갖춰 말한다.

"관청이란 데는 일반 가정과 다르답니다. 관아 안채에 있는 사람은 다른 사람들보다 더욱 분별이 있어야 한답니다. 부모와 형제가 혹시라도 연줄이 있다는 이유로 빈번하게 출입하면 다른 사람들의 입에 오르내릴 것이고, 관아 행정에도 누를 끼치게 될 것입니다. 이제 저는 관아에 들어갑니다. 한번 들어가면 다시는 나오지 않을 것입니다. 또 서로 연락할 필요도 없습니다. 제가 서울에서 지냈을 때처럼, 그렇게 알고 지내십시오. 다시는 왕래도 하지 말고, 연락도 하지 마세요. 그렇게 내외의 분별을 엄히 지켜주세요."

말이 참 매정하다. 그런데 읽으면 읽을수록 가슴이 아프다. 표면에 내세운 주지는 가족이라도 공사를 구분하라는 경고로 집약되지만, 이면에 담긴 의미가 지독스러우리만큼 처절하기 때문이다. 일타홍은 자신의 운명을 알고 있었다. 내 운명을 아는 사람에게 가장 고통스러운 일이 무엇인가? 그것은 '내 죽음으로 인해' 사랑하는 사람들이 느껴야 하는 아픔과 슬픔이 아닌가? 일타홍은 그게 싫었다.

"나는 지금 보듯이 이렇게 잘 살고 있으니 부모님은 아무 걱정도 하지 마세요. 서로 왕래하는 것은 관직에 있는 서방님께 방해가 될 것입니다. 그러니 이후에 연락이 없더라도 내가 서울에서 잘 지낼 때처럼, 그렇게 잘 살며 지내려니 하고 생각하십시오."

일타홍의 말은 이런 의미였다. 내 죽음으로 인해 부모가 아파할 것을 알기에, 차라리 '박정하고 모진 딸내미가 좋은 배필을 만나 잘 살고 있겠거니' 하며, 평시처럼 지내도록 사전에 방어막을 쳤던 것이다. 내가 사랑하는 사람이 내 죽음 때문에 아파하는 게 싫다. 그럴 바에는 차라리 매몰차게 작별함으로써, 그저 내가 어디에선가 잘 살고 있으려니 하고 생각하길 바랐다. 그것이 일타홍이 부모에게 해줄 수 있는 마지막 배려였다. 이제 일타홍의 말이 왜 그리 슬프고 아프게 다가왔는지 알 듯하다. 실제 일타홍은 그 후로 단 한 번도 부모를 찾지 않았다. 아니, 찾지 못했다.

금산 수령에 부임하고 반년이 지났다. 어느 날, 일타홍은 급하게 심희수를 찾는다. 공무가 바빠 이따 가겠다는 답변에도 막무가내다. 모든 일을 다 미루고 얼른 안채로 들어오라 독촉한다. 심희수는 이상해 하며 방으로 들어간다. 새 옷으로 갈아입은 일타홍. 곁에는 새로 만든 이부자리도 펴 놓았다. 병이 난 것 같지도 않은데, 얼굴에는 슬픔이 가득하다. 방 안으로 들어온 심희수를 물끄러미 바라보던 일타홍이 입을 뗀다.

"오늘은 첩이 나리와 영원히 이별하여 멀리멀리 떠나는 날입니다. 바라옵건대 나리는 몸을 잘 돌보셔서 오랫동안 부귀영화를 누리십시오. 첩 때문에 오랫동안 아파하지도 마십시오. 제 유해를 나리의 선영 아래에 묻어주시면…. 그게 제 소원입니다."

당신은 사는 동안 행복하게 지내고, 나로 인해 많이 아파하지 마시기를. 그리고 내 흔적은 당신의 공간에 두어 늘 함께하기를…. 짧은 이별의 말 속에 담긴 사랑의 깊이가 고스란히 담겼다. 일타홍은 그렇게 사랑하는 사람과 영결했다. 한정된 운명의 마지막 순간을, 그녀는 사랑하는 사람의 품으로 정했다.

일타홍이 없는 벼슬살이가 무슨 의미가 있을까? 심희수는 사직 단자를 올린다. 그리고 일타홍의 상여와 함께 금산을 떠난다. 상여가 금강에 이르렀을 때였다. 비가 내린다. 일타홍의 관을 덮은 명정銘旌에도 비가 스며든다. 그 모습을 바라보며 심희수는 무심히 시를 읊는다. 시와 함께 이야기도 마무리된다.

　　금강에 내리는 가을비 명정에 젖어드는데
　　아름다웠던 사람, 이별하며 흘리는 눈물인지….

이야기, 다시 생각하며 읽기

사실에서 이야기로

　　현재 심희수 묘는 부인 광주 노씨의 묘와 함께 경기도 고양시 덕양구에 모셔져 있다. 무덤은 1983년에 고양시 향토유적 37호로 지정되었다. 〈일타홍 이야기〉에서는 일타홍이 과거 공부를 하던 심희수에게 정실을 맞도록 권하는 내용이 있다. 이를 준신하면 노 씨는 그때 맞이한 여인일 터다. 노 씨는 노극신盧克愼의 딸이다. 노극신이 누구인가? 선조 때에 영의정을 지낸 노수신盧守愼의 동생이다. 심희수가 노수신의 문하생이란 점을 고려하면, 혼인 역시 정략적으로 이루어졌을 개연성이 높다. 역사적 실재는 이야기에서처럼 단지 일타홍의 권유와 다른, 보다 복잡한 사연이 있을 터다.

심희수 부부를 모신 무덤에서 조금 아래쪽으로 가면 비석 하나와 마주하게 된다. 빗돌에는 '일타홍금산이씨지단一朶紅錦山李氏之壇'이 새겨져 있다. '금산 이씨 일타홍의 제단'이란 뜻이니, 일타홍만을 위한 비석이다. 비석 뒤쪽에는 심희수가 금강에서 지었다는 시와 함께 일타홍의 유시遺詩가 함께 쓰여 있다. 〈달을 보며賞月〉란 시다.

맑고 고요한 초승달, 유난히 밝은데〔靜靜新月最分明〕
한 줄기 달빛은 천년만년 푸르겠지.〔一片金光萬古淸〕
가없는 세상, 오늘밤 우러러 보면서〔無限世界今夜望〕
인생의 슬픔과 기쁨을 느끼는 이 몇이런가.〔百年憂樂幾人情〕

제단 옆에는 무덤 한 기가 있다. 일타홍의 무덤이라 하진 않았지만, 정황상 그녀의 무덤으로 인지케 한다. 제단이 있고, 일타홍의 것으로 추정하는 무덤이 있는 데다, 그녀가 썼다는 시도 남아있다. 이런 정보는 일타홍이 역사적으로 실재한 인물임을 증명한다. 그런데 '정말' 일타홍은 실존 인물인가?

결론부터 말하자면 실존 인물이 아니다. 빗돌에 각인된 시도 그녀의 것이 아닌 전라남도 장성 지방에서 활동했던 기생 취련翠蓮의 것이다. 〈일타홍 이야기〉가 널리 퍼지다 보니, 여러 유사 정황을 부회하여 허구적 인물을 실존 인물로 만들었다는 혐의에서 자유롭지 못하다. 이런 결정적인 증거가 있음에도 일타홍을 마냥 가짜라고 단정할 수 없다. 〈일타홍 이야기〉의 큰 줄기가 사실에 기초하기 때문이다. '사랑하는 기생과 함께 부임지로 갔지만, 그곳에서 기생이 죽자 가슴속에 그녀를 담아두고 한평생을 살았던' 심희수의 일화는 실재한 일이기 때문이다. 심희수의 실제 모습은 김명시가 편찬한 『무송소설』에서 만날 수 있다.

　심희수는 이름난 기생 부생을 데리고 있었는데, 부생은 유강俞絳의 별실과 담장 하나를 사이에 두고 지냈다. 부생과 별실은 모두 젊었던 지라, 서로가 서로를 매우 애틋하게 여기며 지냈다.
　금산 수령이 된 심희수는 부생을 데리고 갔다. 하지만 부임하고 얼마 지나지 않아 부생은 병으로 죽고 말았다. 심희수는 슬퍼해 마지않았다. 한 해의 마지막 날. 심희수는 유강의 별실에게 음식을 보내 부생의 제사를 지내도록 했다. '부생이 살아있을 때 애틋해하던 마음을 지금도 차마 소홀히 할 수 없어서 보낸다'라는 말도 덧붙였다. 가슴 아픈 그리움은 시간이 많이 흘러갔지만 사그라지지 않았던 것이다.
　임진년[1592] 6월, 심희수는 주청사奏請使로 평안도 함종 지방에 이르렀다. 그곳에서 눈길을 주었던 기생에게 써준 시가 있는데, 그 내용은 이렇다. '전란 중인 세상에서 하찮기만 한 내가 / 유월 더운 날씨에 만 리 길을 나섰다오. / 흰머리 이 내 몸이 즐겨 머물 곳 없더니 / 함종에 도리어 부생의 후신이 있었네.' 시를 보면, 세월이 흘렀음에도 그는 부생을 잊지 못했음을 가히 짐작할 수 있다.

『무송소설』은 1676년에 편찬된 잡록으로, 남인 입장에서 쓴 야사에 가깝다. 그러다 보니 이야기보다 실재한 사실을 압축적으로 정리한 기록물에 가깝다. 이 글이 〈일타홍 이야기〉와 사뭇 다른 느낌을 주는 이유도 여기에 있다. 그래도 '심희수가 기생을 사랑해 부임지로 데려갔고, 거기에서 그녀가 죽었지만, 그는 평생토록 그녀를 마음에 품고 살았다'는 이야기의 주지는 변함없다. 『무송소설』의 기록을 토대로 해서 심희수와 기생의 진짜 사랑 이야기를 재구성해 보자.

　기생 '부생'을 사랑한 심희수. 그는 충청도 금산 수령에 제수되었을 때에도 그녀를 데리고 임지에 나아간다. 잠시도 떨어져 지낼 수 없을 만큼 사랑했기 때문이다. 하지만 부생은 금산에서 병으로 죽는다. 부생이 죽고 일 년이 지났다. 심희수는 부생이 살아있을 때 그녀와 친했던 유강의 별실에게 음식[祭饌]을 보낸다. 그녀의 제사를 부탁하기 위함이다. 1년이란 시간이 지났지만, 심희수는 부생을 끝내 지우지 못했다.

　그 후, 다시 많은 시간이 흘렀다. 임진왜란이 발발했고, 다급해진 조선 조정에선 원군을 요청하기 위해 명나라로 사신을 보낸다. 중국어에 능통했던 심희수가 그 임무를 맡았다. 곧장 명나라로 향한 그는 평안도 함종 지방에 이른다. 함종에서 기생의 수청을 받았는데, 그녀를 보고 심희수는 시 한 편을 짓는다.

　전란 중인 세상에서 보잘 것 없는 내가[干戈天地一身輕]

유월 더운 날씨에 만 리 길을 나섰다오.〔六月炎程萬里行〕

흰머리 이 내 몸이 즐겨 머물 곳 없더니〔白首歡娛無處着〕

함종에 도리어 부생의 후신이 있었네〔牙城還有後負生〕

어느덧 심희수도 흰머리가 성깃성깃해졌다. 이젠 심장을 쿵쾅거리게 하는 설렘도 느낄 수 없는 나이가 되었다. 그런데 함종에서 마주한 기생을 보자마자, 그의 심장은 심하게 요동친다. 기생이 오래전에 죽은 부생과 퍽 닮았기 때문이다. 몸과 마음이 모두 늙어 즐거운 일이라곤 하나 없던 그에게, 부생은 그렇게 뜻하지 않게 다가왔다. 모두 다 잊고 아무렇지 않게 생활했건만, 심희수는 단 한순간도 그녀를 잊지 않았다. 마음속에 떼어둔 방엔 언제나 부생이 자리하고 있었다.『무송소설』을 쓴 김명시도 이를 분명히 알았기에 "세월이 흘러도 부생을 잊지 못했음을 짐작할 수 있다"라고 단언했던 것이다. 이것이 실재한 〈심희수 일화〉다.

『고양이 대학살』의 저자인 역사학자 로버트 단턴은 비합리적인 이야기에서 실재한 역사의 조각을 찾는 작업을 진행한 적이 있다. 역으로, 이는 실재한 역사적 사건이 상황 맥락에 따라 이야기로 변전할 수 있음을 뜻한다. 앞서 본 〈일타홍 이야기〉가 만들어진 과정도 다르지 않다. 사랑하는 기생을 잊지 못해 마음속에 꽁꽁 담아둔 채 살았던 심희수. 실재한 이 일화는 여러 사람들의 입에 오르내렸다. 이야기가 회자되는 도정에서 다양한 평가도 생겨났다. 정욕에 마냥 긍정적일 수 없었던 사람들은 심희수의 행태가 달가울 리 없다. 『이야기책』의 평가는 더욱 신랄하다.

> 심하도다, 여색이 사람을 움직임이여! 상국〔심희수〕은 문장과 학문이 높은 명재상이다. (중략) 대신大臣이란 존귀한 자리에 있으면서 창기를 위해 추도하는가 하면, 나이 어린 선비를 붙잡고 꿈 이야기를 하면서도 세상의 웃음거리가 된다는 것을 깨닫지 못했구나. 심하도다, 여색이 사람을 움직임이여! 모든 남자들은 경계하지 않을 수 없을진저!

사회적 명망과 지위를 갖춘 인물이 기생에게 온 마음을 준 게 불편했던 것일까? '일개' 기생 하나 때문에 명사 체면을 구긴 심희수를 대놓고 조롱한다. 실연의 아픔조차 사회가 정한 기준틀에서 벗어나지 말라! 작가는 경고한다. 그들에게 심희수의 사랑은 단지 치기 어린 행위였을 뿐이다.

그러나 『이야기책』과 달리 심희수와 일타홍의 사랑에 호기심을 드러낸 작품도 있다. 아니, 그런 작품이 훨씬 더 많다. 심희수의 사랑에 관심을 보인 사람들은 심희수의 실재한 사랑 이야기를 주고받는 데서 멈추지 않았다. 그들은 여기에 새로운 질문을 던졌다. '그럼, 두 사람은 어떻게 만났지?'라는.

『무송소설』에서는 두 사람의 만남을 들려주지 않았다. 들려주지 않은 빈칸. 당시 사람들은 그 빈칸을 '창작'해서 기워 넣었다. 『교거쇄편』이란 책에는 둘의 만남을 이렇게 창작했다.

심희수가 어렸을 때다. 푸른색 도포에 쓰개를 쓰고 스승에게 나아가 학문을 익혔는데, 길을 오가는 도중에 어느 날은 고운 얼굴 푸른 머리를 한 여인이 나아와 말을 걸었다.

"그대는 심 낭군이 아니신지요?"

"내가 맞소. 어째서 묻는 게요?"

"낭군의 명성을 익히 들어서, 정성을 다해 모시고자 한 지 오랩니다. 욕되겠지만, 첩의 집으로 왕림해 주십시오."

스승에게 나아가 공부하고 돌아오는 길에 어떤 여인이 불쑥 다가와 말을 건다. 『무송소설』에 없던 두 사람의 만남이 이렇게 '생산'되었다. 만남이 생산되고, 이 삽화가 다시 회자되면서 이들의 만남은 사실로 굳어졌다. 창작된 만남은 좀 더 극적으로 바뀐다. 『천예록』에서는 『교거쇄편』에서 창작한 두 사람의 만남에 앞서 새로운 삽화를 추가했다. 어느 대가大家의 문희연聞喜宴에서 우연히 만난 두 사람이 서로 눈짓을 주고받았다는 에피소드다. 이렇게 변개함으로써 일타홍이 심희수에게 불쑥 다가간 행위가 우발적인 게 아니라, 사랑에 이끌린 청춘남녀의 의도된 행동으로 바뀌었다. 이렇게 이야기에 유기성을 부여한 『천예록』은 〈일타홍 이야기〉의 표준이 되었다. 사람들은 이제 〈일타홍 이야기〉라고 하면 당연히 『천예록』에 실린 이야기로 인식했다.

하지만 시간이 지나면서 표준도 바뀐다. 『동패락송』이 『천예록』을 밀어내고 새로운 표준이 되었다. 우리가 앞서 보았던 이야기다. 모범생 대신 방탕한 심희수가 만들어졌고, 일타홍도 그런 심희수의 내면을 엿보아 적극적으로 대처하는 캐릭터가 되었다. 사람들의 욕망이 이야기 안에 틈입되면서 두 사람의 만남은 그럴듯한 현실이 되었다. 그리고 그들의 만남은 당대 사람들에게 새로운 역사적 사실로 각인되었다.

『무송소설』에 없던 만남이 창작됨과 동시에 두 사람의 '이별' 서사와 '재회' 서사도 함께 생산되었다. 먼저 표준으로 정착한 『천예록』에서는 두 사람의 이별 장면이 밋밋하다. 일타홍이 심희수에게 '당신의 과거 급제를 위해 떠난다'는 일방적인 이별 통보뿐이다. 극적 효과가 적고, 흥미롭지도 않다. 그래서일까?『동패락송』에서는 이별 장면을 극적으로 재구성했다. 학업을 아무리 권해도 따르지 않는 심희수를 자극하기 위한 마지막 카드가 이별이었다는 내용으로 개작했다. 이별의 괴로움을 알면서도, 그를 위해 애써 떠나야만 하는 일타홍의 복잡한 심리를 담은 것이다. "나를 그대의 가슴에 새겨주오. 그러면 사랑은 죽음과 같이 강해지리니"라는 니체의 말처럼, 이별은 그들의 사랑을 퍽 단단하게 만들었다. 심희수는 일타홍을 가슴에 새겼고, 두 사람의 사랑은 죽음처럼 강해졌다. 이별이 아프고 강렬하기에 재회 역시 애틋했을 터.

노재상의 집에서 두 사람이 재회하는 장면도 새로 만들어졌다. 이 장면은『무송소설』에서 보았던 유강의 별실 삽화가 여러 형태로 변이되다가 종국에는 노재상으로 정착되면서 생성된 것이다.

유강의 별실이 다른 형태로 향유된 정황은 『이야기책』에서도 볼 수 있다. 이 책에서는 일타홍〔여기에서 그녀의 이름은 보미란이다.〕이 송응개宋應漑의 첩으로 되어 있다. 이로써 심희수는 기생에게 미혹된 수준을 넘어, 남의 첩을 넘본 몰염치한 인물이 되었다. '일개' 기생에게 미혹된 심희수를 비판하고 조롱하기 위해 유강의 별실을 송응개로, 부생을 송응개의 첩으로 바꾼 것이다.

그러나 이런 부정적 시각은 극히 적고, 대부분은 심희수와 일타홍에게 애정 어린 눈길을 보냈다. 송응개라는 부정적 요소를 지우고, 그 자리에 새로운 캐릭터를 창출해 냈다. 노재상은 그렇게 만들어진 캐릭터였다. 독자들의 기대지평이 노재상을 생산했고, 이로써 두 사람의 재회도 노재상의 집에서 자연스럽게 성사될 수 있었다. 심희수와 일타홍의 만남-이별-재회는 독자의 기대지평에 따라 창작되고 변형되면서 또 다른 현실이 되었다.

일타홍, 떠난 사람이 들려주는 이야기

〈일타홍 이야기〉는 사랑하는 연인을 떠나보낸 후 그리움으로 한평생을 살았던 심희수의 실재한 일에서부터 출발했다. 그리움은 떠나보낸 사람이 져야 할 몫이다. 『천예록』은 이런 입장에서 이야기를 꾸몄다. 이야기 시작을 늙고 병든 심희수의 등장으로 설정한 뒤, 이어서 그를 방문한 젊은 후배에게 지나간 자기의 이야기를 회고하는 방식을 취한 것도 '그리움'을 강조하기 구도라 할 만하다. 죽음을 목전에 둔 노인의 입에서 구술되는 '청년과 재기발랄한 소녀와의 풋풋했던 사랑 이야기.' 이 장치로 인해 우리는 그가 들려주는 과거로 자연스럽게 스며든다.

이야기 앞부분과 뒷부분에는 노인·죽음·과거를, 이야기 중심에는 청년·삶·미래를 배치함으로써 상반된 이미지를 연출했다. 노인의 들려주는 쓸쓸한 분위기와 회고담 안에서 찬란하게 빛나는 청춘남녀의 재기발랄함. 떠나보낸 사람에 대한 그리움은 심희수가 노인이 되어 죽음을 맞이하는 그날까지 지속되었다. 반짝거리던 젊은 시절의 찬란함은 마침내 노인의 눈에서 떨어지는 마지막 눈물 한 방울과 함께 조용히 사라진다. 오랫동안 짊어진 아픈 그리움도 이제 비로소 끝이 났다. 『천예록』에서 주목한 핵심이다.

반면 『동패락송』에서는 이야기 주체를 바꿨다. 떠나보낸 사람이 아닌, 떠나가는 사람의 입장으로 이야기를 재편했다. 보낸 사람이야 떠난 사람을 가슴에 묻어둔 채 한평생을 그리워하며 살면 그만이다. 하지만 떠나는 사람은 그럴 수 없다. 내게 주어진 무거운 짐을 어떻게든 정리해야 한다. 무엇을 어떻게 내려놓을까? 『동패락송』의 일타홍은 자기가 떠나면 자신으로 인해 고통스러워 할 사람들이 갖게 될 상처를 가장 버거워했다. 사랑하는 연인, 그리고 부모와 친족들…. 그들이 조금은 덜 아플 수 있도록, 그녀는 최선의 이별 방법을 찾는다.

『동패락송』에서 심희수가 천방지축으로 날뛰는 '미친 아이'로 설정된 것도 이 때문이다. 『천예록』에서 진중하게 그려진 심희수와 달리, 『동패락송』의 심희수는 다른 사람들에게 손가락질당하기 일쑤인 캐릭터다. 정반대의 캐릭터를 설정한 것은 이야기 주체를 떠나는 사람에게 맞춘 결과다. 천방지축 철부지 남편을 두고 떠나는 아내의 마음은 자기 앞가림을 잘하는 남편에 비해 더 안쓰러울 수밖에 없다. 그래서 떠나야 하는 일타홍이 짊어진 무게가 더 무겁다. 모질다 할 만큼 학업을 권면했던 이유도 여기에 있다. 철부지 남편이 사회적으로 성공해 자립한다면 떠나는 사람의 마음도 조금은 가벼워지기 때문이다. 그녀가 조바심을 내면서까지 심희수의 성공에만 매달렸던 이유도 분명해졌다. 그것은 사랑하는 사람이 조금은 덜 아프기를 바랐던 일타홍의 이별 방식이었다.

그녀가 택한 최선의 이별 방법은 고향의 부모와 친족에게도 적용된다. 심희수를 권해 애써 고향으로 돌아온 일타홍은 그들에게 가장 찬란한 모습을 보여준다. 경제적인 도움도 준다. 부모와 친족들이 본 일타홍은 제일로 아름답고, 최고로 고귀한 마누라님이었다. 그렇게 자신을 각인시킨 일타홍은 매몰차달 만큼 냉정하게 그들과 벽을 쌓는다. 자신의 부재를 알고서 고통을 받는 것보다, 매정하고 야속한 딸이 그래도 어디선가 행복하게 잘 살고 있다고 믿는 것이 덜 아프리라 생각했기 때문이다. 이처럼 『동패락송』에 담긴 일타홍의 삶은 사랑하는 사람들과 이별하는 과정이었다. 남아있을 사람들, 그녀에게 그들은 떠난 나 때문에 눈물을 흘리기에는 너무도 소중한 사람들이었다. 눈물 한 방울도 아까운 사람들. 그들을 위해 일타홍은 그렇게도 모진 행동을 했던 것이다.

『천예록』과 『동패락송』에 실린 〈일타홍 이야기〉는 모두 널리 향유되었다. 하지만 이 중에서 더 인기가 있었던 쪽은 후자다. 남겨진 사람의 애틋한 그리움보다 떠나는 사람의 살뜰한 마음에 매료된 결과라 할 만하다. 사람들은 왜 후자에 더 이끌렸던가?

정답은 없겠지만, 그래도 시공을 초월하여 존재하는 연인의 이별을 생각하면 그에 대한 이유도 어느 정도는 짐작할 수 있다. 떠난 사람과 남은 사람은 서로 다른 공간(세계)에 놓인 채로 살아가기 때문이다. 남은 사람의 기억은 순전히 자신에게 유리하게 재구성된 것이다. 그러나 진실은 그렇지 않다. 떠난 사람의 마음은 내가 아무리 발악해도 알 수 없는 상실된 세계이기 때문이다. 그런데도 상실된 세계를 나는 내 기억의 틀에 맞춰 조정하고 왜곡한다. 내가 만든 왜곡되고 조정된 진실. 그것은 어느새 진실로 둔갑한다. 아무리 발악해도 알 수 없었던 상대의 기억은 어느새 내가 만든 세계의 중심에 와서 자리 잡는다. 상대와 무관하게 존재하는, 내가 일방적으로 만든 세계는 너무 아름다운 기억이 되어 틈틈이 그것과 마주한다. 그리움이란 것이 그렇다.

왜곡된 그리움을 간직하며 사는 나. 나는 어느새 잔인하고 가혹한 현실에 맞서 안간힘을 쓰며 싸우는 사랑의 전사가 되었다. 그러면서 새로운 희망도 품는다. 떠난 사람과 만날 수만 있다면, 이렇게 고통스럽게 참아온 그리움에 대한 보상이 되지 않을까 하는. 미숙하기만 했던 내 청춘에 대한 보상이 되지 않을까 하는 믿음. 그것으로 바뀐다. 상실된 세계는 어느 순간 찬란했던 청춘을 함께한 빛나는 세계로 바뀌었다. 그리움은 시간이 만들어낸 왜곡된 미화, 그 자체가 아니었던가?

그리움을 안고 사는 사람들의 모습은 우리 주변에서 비교적 자주 만난다. 그들이 들려주는 그리움도 모두 아프다. 그러나 정작 떠난 사람의 실재는 어디에도 없다. 내게만 존재하는 허구일 뿐이다. 그럼에도 부재한 그 사람의 마음을 엿보고 싶다. 그래야만 내 상처도 위로가 될 듯하다. 미숙하기만 했던 내 청춘과 다시 만날 수 있다면, 지금까지 품고 살아온 내 아픈 상처도 치유될 수 있으리란 기대심리. 어쩌면 『동패락송』의 일타홍이 『천예록』의 일타홍보다 더 매력적으로 보인 이유도 이런 복잡한 심리가 내재된 까닭이 아닐까?

▶작품 읽기 275쪽

옥소선
사랑과 조건, 그 모두를 품고서

생이 산사에 있는 방에서 글공부를 하던 어느 날 밤이었다. 쏟아져 내리던 눈이 그치고, 밝은 달빛이 뜰에 가득히 내려앉았다. 생은 홀로 난간에 기대어 사방을 돌아보았다. 모든 소리도 멈춰 선 듯 온 숲이 고요했다. 간혹 무리를 잃은 한 마리 학이 구름 사이에서 구슬피 울며 날아가고, 짝을 찾는 잔나비는 바위굴 안에서 짝을 부르며 서글피 울어댔을 뿐이다.

생의 마음도 우울해졌다. 불현듯 옥소선이 떠올랐다. 그녀의 곱고 아리따운 자태와 단아하면서도 고운 얼굴이 눈앞에 뚜렷하여, 마치 눈앞에서 잡힐 것만 같았다. 그리움이 샘솟는 듯하여, 아무리 잊으려 해도 떨쳐지지 않았다. 도저히 견딜 수가 없었다. 이에 일어나 앉아 새벽종이 울리기만을 고통스럽게 기다렸다. 종이 울리자, 주위 사람들도 모르게 짚신을 신고 약간의 여비만 지닌 채, 천천히 절 문을 빠져나왔다. 그러고는 곧장 큰길을 따라 평안도로 떠났다.

개인의 욕망과 사회의 제약을 넘어서

어느 시대 어느 공간에서든 사랑은 늘 아팠다. 그래서일까? 사랑의 아픔은 문학 작품의 주요 소재였다. 고전소설도 다르지 않다. 죽어야만 만날 수 있었던 운영과 김 진사〔운영전〕, 자신은 칼을 쓰고 있으면서 초라한 모습으로 찾아온 낭군을 보며 더욱 아파하던 춘향〔춘향전〕, 죽음을 눈앞에 두고 자기의 바람을 하나하나 써내려가던 여인〔심생전〕…. 사랑은 늘 심한 통증과 마주한다. 그래서 아름다운 이야기는 언제나 눈물을 짓게 한다.

가부장적 질서가 강력하게 작동했던 조선 후기 사회에서 자유연애는 쉽지 않았다. 마치 에트나 화산으로 뛰어들던 엠페도클레스처럼 사랑은 죽음을 감내할 만한 신념이 있어야만 가능했던 위험한 모험이었다. 그러나 자유연애가 쉽지 않았기에 비극적 종말을 그대로 담아내기가 싫었을까? 대부분의 고전소설에서는 행복한 결말로 사랑의 결실을 맺었다. 소위 해피엔딩이라는 방식이다. 기실 해피엔딩은 무라카미 하루키의 말마따나 책을 읽으면서 상처받은 사람들의 영혼을 위로하는 차원에서 이루어진 보상심리가 작동한 결과일 터다. 현실이 너무 아프면 그 고통을 있는 그대로 재현할 수 없는 법이다. 고전소설에 담긴 행복한 사랑 이야기가 오히려 시리고 애틋한 이유도 여기에 있다.

개인의 욕망과 사회의 제약이 이율배반적으로 존재하는 상황에서 한 여인을 떠올린다. 운명처럼 주어진 기생이란 직분에 맞춰

살라는 중세 사회의 요구를 과감히 거부했지만, 자기가 몸담은 세상의 질서를 송두리째 거부할 수 없었던 여인. 그녀는 나를 인정하지 않는 사회로부터 인정을 받기 위해 자기를 사회에 맞추는 방법을 택했다. '내가 바꿀 수 없는 사회라면…. 그래, 그렇다면 당신들이 요구하는 조건에 나를 맞추마.' 그렇게 맞섬으로써 사랑과 조건을 모두 얻은 여인, 그 이름을 조용히 불러본다. 기생 옥소선.

이야기 따라 읽기

사랑을 이루기까지

〈옥소선 이야기〉는 크게 두 파트로 나뉜다. 전반부에서는 옥소선이 평안감사 아들[이하 '생(生)'으로 약칭함]과 사랑을 이루며, 후반부는 생을 과거에 급제시킴으로써 가문의 번창을 이끌게 한다. 전자는 개인의 욕망 성취에 집중했다면, 후자는 사회의 요구에 맞서 대응하는 인물의 면모를 보인다. 한 이야기 안에 두 개의 욕망을 투사시켰기에 옥소선의 캐릭터로 달리 그려졌다. 전반부의 순수하고 재기발랄한 성격이, 후반부에선 차분하며 주도면밀한 성격으로 바뀐 이유도 여기에 있다. 사회 이념과 맞서는 장면을 연출하기엔 재기발랄한 옥소선 캐릭터만으로는 부족하다고 본 까닭이리라.

옥소선은 평양 기생이다. 1730년에 평양도 관찰사를 역임한 윤유尹游(1674~1737)가 편찬한 『평양속지平壤續志』에는 영기營妓가 45명, 부기府妓가 39명이라 했다. 이를 준신하면 옥소선은 부기 39명 중의 한 명이었을 터다.* 그러던 어느 날, 새로운 평양감사가 부임해 왔다. 감사는 옥소선에게 열두 살 동갑내기 아들을 모시게 한다. 옥소선은 곁에서 잔심부름도 하고, 차도 올렸다. 공부할 때에는 먹도 갈아 바쳤고, 무료할 때에는 말벗이 되어 함께 수다도 떨었다. 그것은 어린 기생에게 주어진 임무였다. 옥소선 역시 태생적으로 주어진 신분 '기생'의 역할을 알기에, 사회 규범에 맹목적으로 순종했다. 그러나 사람의 일이 어디 뜻대로 되던가? 6년을 주종主從 관계로 함께 지내는 동안에, 두 사람은 서로가 서로에게 길들어 있었음을 전혀 인지하지 못했다.

어느덧 평안감사는 임기를 마치고 서울로 체직遞職되었다. 생도 아버지를 따라 상경한다. 6년 동안 한시도 떨어져 지낸 적이 없었지만, 생은 옥소선과의 이별에 의연하다. 오히려 '일개' 기생과 이별하는 것뿐인데 연연할 게 무에 있겠냐고 장담까지 늘어놓

---

* 일찍이 이능화가 쓴 『조선해어화사』에 따르면, 평양에 예속된 관기는 400~500명에 달한다고 했다. 아마도 이 기록은 과장된 것으로 보인다. 윤유의 읍지 기록처럼 적어도 18세기 초중반까지는 평양의 기생 수는 아무리 많아도 100명을 웃돌 수 없었다. 옥소선은 평양 감영에서 별도로 두었던 영기가 아니라, 관에 예속된 부기에 속했을 가능성이 높다.

는다. 물론『청구야담』처럼 "차마 떠나지 못해 손을 잡고 서로 울며 이별"했다고 한 텍스트도 있지만, 생은 천연히 떠났을 것이다.『천예록』에서 "둘은 오륙 년을 같이 지내면서 하루도 떨어져 있어본 적이 없었기에 이별이라는 것을 알지 못했다. 그래서 쾌활하게 말하며 쉽게 이별했다"라고 했듯이, 이별을 경험한 적이 없는 사람은 그 아픔을 전혀 모르기에 쾌활하게 떠나는 법이다. 천진난만하게 이별을 말하는 생과 이별을 순순히 받아들이는 옥소선. 두 사람은 그렇게 '쉽게' 헤어졌다.

이별과 '진짜로' 마주한 옥소선. 생에 대한 그리움이 간절했으리라. '하지만 기생 팔자에 그리움이 다 무어란 말이냐. 이별가 한 곡조에 부디 몸조심하란 인사만 나누면 그만인 것을…. 그리 마음먹지만, 그럼에도 불쑥 재현되는 임의 뒷모습. 해처럼, 달처럼, 별처럼, 먼지처럼 보이다가 끝내 떠나간 임. 그럴 때마다 어느새 아롱진 눈물이 온 세상을 나풀거리게 하지만, 그럼에도 나는 기생이 아니던가?' 그렇게 다짐하며 옥소선은 관례대로 새로 부임한 수령의 수청을 든다.

모든 야담집에서는 옥소선이 새로 부임한 수령의 수청을 들기 위해 관아로 들어간다. 그런데 이런 행위가 일부 독자들에겐 불만스러웠던 모양이다. 고려대 도서관에 소장된 소설『월하선전』이나 1930년『동아일보』에 연재된 〈옥소선〉에서는 옥소선을 탐학貪虐한 봉건 질서에 맞서 사랑을 쟁취하는 캐릭터로 바꾸어 놓았다. 마치 변학도의 수청 명령에 저항했던 '춘향'처럼, 옥소선도 새 사또에 맞선다. 이런 설정은 당시 독자들의 기대지평을 좇은 결과다. 하지만 옥소선은 그렇지 않았다. 그녀는 자신이 기생이란 사실을 누구보다도 잘 알았다. 서글픔이 없지 않았겠지만, 그렇다고 해서 '쉽게' 이별한 풋사랑에 대한 불확실한 믿음 때문에 자신에게 주어진 숙명을 내던질 만큼 어리석진 않았다. 수청을 들기 위해 옥소선은 순순히 관아로 나아갔다.

주어진 운명에 순응하는 삶은 행복했다. 자신을 예뻐하는 신관 사또, 그로 인해 편안하게 지내는 어머니. 기생으로서 더 이상 바랄 게 없다. 그러던 어느 날, 그녀의 마음을 온통 뒤흔드는 사건이 발생한다. 아버지를 따라 상경했던 생이 찾아온 것이다.

옥소선과 '쉽게' 이별하고 상경한 생은 서울 인근 산사에 머물면서 과거 공부에 매진했다. 몹시 추운 어느 겨울날, 그리움을 감당하지 못한 그는 산사에서 무작정 뛰쳐나와 평양을 향해 걷고 또 걸었다. 멀고 험한 길을 가느라 거지 몰골이 되었다. 온갖 고초를 겪으며 옥소선의 집을 찾아왔지만, 그녀의 어머니는 참 냉랭하다. 반갑게 맞이하는 대신 문전박대하고 쫓아낸다. 그런 수모에도 옥소선을 향한 그리움만은 지워지지 않는다. 단 한 번이라도 그녀를 보겠다는 마음으로, 그는 관아에서 눈을 쓰는 막일꾼으로 위장한다. 그렇게 천민으로 위장해서 옥소선이 머무는 처소로 찾아간 것이다.

귀한 집에서 나고 자란 도련님이 언제 비질을 해보았으랴? 서툰 비질은 구경하는 사람들의 웃음을 산다. 깔깔대는 웃음소리가 방 안에 있던 옥소선의 귀에도 들린다. 무슨 일인가 싶어 조심히 창문을 연다. 그와 동시에 창문 밖에 서서 물끄러미 자기를 쳐다보는 얼굴. 그 사람은 못내 그리워하던 생이었다. 마주보는 두 사람은 눈빛이 애틋하다. 하지만 그도 아주 잠깐. 옥소선은 연 창문을 급하고도 매몰차게 닫는다.

창문의 닫힘. 그것은 지금까지 기생을 내 운명이라 여기면서 사회 규범에 순순했던 자신의 삶에 대한 단절이었다. 사랑은 그리움으로 묻어두는 게 아닌가 보다. 적극적으로 찾아나서야 한다. 생이 모든 것을 버리고 나를 찾아왔듯이, 나도 그를 위해 모든 것을 버리리라. 옥소선은 '처음으로' 기생으로 태어나 기생으로 살다 죽어야 하는 자신의 운명을 부정한다.

관아에서 빠져나가야 한다. 그가 산사에서 빠져나왔듯이. 수를 써서 거짓 눈물을 흘린다. 의아한 사또의 물음에 애처롭게 대답한다. 오늘이 아비 제삿날이니, 아비 무덤가에 쌓인 눈이라도 쓸고 오게 해달라고…. 자신에게 빠진 사또를 속이는 일은 그리 어렵지 않다. 사또는 그녀의 말에 동감하며 허락하였고, 옥소선은 바삐 집으로 돌아왔다. 하지만 집에 있으리라 여겼던 그 사람. 그 사람이 보이지 않는다.

"그는 어디에 있나요?"

어머니가 그를 박대해 쫓아냈음을 안다. 소리를 지른다. 사람이 해서는 안 될 잘못을 저질렀다며 악을 쓴다. 옥소선의 절규. 그것은 단지 어머니의 박정함에 대한 원망만이 아니었다. 지금까지 아무 생각 없이 기생이란 직분에 순응하며 살아온 자신을 향한 뼈저린 회환이자 통곡이기도 했다.

생이 있을 만한 곳을 떠올린다. 두 사람의 추억이 서린 곳, 거기엔 언제나 그 사람이 있다. 옥소선은 서둘러 그곳으로 간다. 두 사람은 그렇게 만났다. 『천예록』에서는 두 사람이 아무 말도 하지 않은 채 서로 손을 마주 잡고 눈물만 흘렸다고 했다. 그랬으리라. 오랜 그리움 끝에 이루어진 만남에는 아무 말도 할 수 없는 법이니….

잠시 후 옥소선은 술상을 차려가지고 왔다. 그리고 조심스레 한마디 말을 건넨다.

"내일이면 다시 볼 수 없을 텐데, 어떻게 할까요?"

옥소선은 관아에서 빠져나올 때까지만 해도, 어쩌면 그 다음날에 돌아갈 생각을 했는지 모른다. 하지만 생과 마주한 후 생각을 바꾼다. '벗어나자, 나를 옭아맨 이곳에서…. 이제 기생이란 이름도 던져버리자. 그 사람과 함께라면 뭘 하든 못 살까?' 옥소선은 집으로 돌아가 가벼운 귀중품을 챙긴 후, 생과 함께 평안도 동쪽에 위치한 양덕陽德과 맹산孟山에 있는 깊은 산골로 달아난다.

생의 부모는 며칠 동안 산사에서 갑자기 사라진 아들을 찾다

넀다. 하지만 도무지 행방을 알 수 없다. 마침내 호랑이에게 잡아먹혔다고 생각하며 더 이상의 수색을 중단한다. 평양 감영에서도 옥소선을 수소문했지만 찾을 수 없었다. 결국 찾기를 포기한다. 그렇게 생과 옥소선은 자신들이 살아온 세상, 자신들이 속해 있던 집단에서 완전히 사라진 존재가 되었다. 그들이 살아 숨 쉬던 일상 공간에서 달아남으로써 두 사람은 사랑을 쟁취했다.

그러나 사랑을 얻은 대신, 두 사람은 세상에서 완전히 지워진 존재로 살아야만 했다. 그것은 전혀 생각지 못한 고통이었다.

사랑을 넘어서서

모든 것을 내던지고 달아남으로써 그들만의 울타리를 마련한 생과 옥소선. 세상을 등지고 얻은 사랑에 두 사람은 행복했을까? 근대전환기에 만들어진 〈옥소선 이야기〉에서는 생과 옥소선이 깊은 산골에 들어가서 필부필부匹夫匹婦로 살며 백년해로했다는 식으로 이야기를 끝냈다.

두 사람은 걸음을 재촉하여 양덕 맹산의 깊은 산골로 도망갔다. 그 곳에 이르러 소년은 나무를 하고 옥소선은 품을 팔아 자생하였는데, 밤이면 꺼질 듯이 깜박이는 등불 아래서 사랑을 속삭이며 평안히 백년을 같이 살았다.

'가난했지만 두 사람은 사랑을 속삭이며 행복하게 살았답니다'라는 결말 구조를 취했다. 전형적인 해피엔딩 구조다. 이런 결말 구조는 1930년대 『동아일보』에 실린 〈옥소선〉이나 1934년에 출간된 『병자임진록』에 담긴 〈옥소선〉에도 동일하게 나타난다. 두 사람이 동화 속 주인공들처럼 살아가기를 바랐던 근대 사람들의 욕망을 엿볼 수 있다. 하지만 이야기는 여기에서 멈출 수 없다. 사랑을 쟁취했지만, 그래도 옥소선은 운명의 강한 굴레를 벗지 못했기 때문이다. 진짜 해야 할 숙제가 남았다.

기생의 삶을 당연시하며 살아온 옥소선. 그녀는 자기에게 주어진 운명을 거부한다. 모든 것을 다 포기하고 오직 자기를 보겠다며 평양까지 찾아온 사람. 온갖 박대에도 사랑하는 사람의 얼굴 한 번 보겠다며 천민 역할도 기꺼이 받아들인 양반집 아들. 그런 생을 보고 옥소선은 무슨 생각을 했을까? 생과 마주친 순간, 그녀가 마주한 것은 생의 얼굴만이 아니었다. 더 중요한 것은 생을 그리워하면서도 기생이라는 이유로 가슴에 꼭꼭 감춰두어야만 했던 자신이었다. 처음으로 자신이 살아온 삶을 돌아본다. 아무 저항 없이 기생으로 살아온 자신의 삶. 후회한다. 후회는 실행으로 이어졌다. 생이 그랬듯이, 옥소선도 자기가 가진 모든 것을 버리고 그와 함께 산골로 달아났다. 두 사람은 사랑을 성취했고, 행복한 삶을 일군다. 그렇게 두 사람의 사랑을 위한 행위는 아름다운 한 편의 동화가 되었다.

그러나 동화를 읽으며 갖게 되는 의문이 〈옥소선 이야기〉에도 그대로 적용된다. '그래서 두 사람은 정말로 행복하게 살았을까?' 이 질문에 긍정적인 답변을 듣기 어렵다. 두 사람은 중세를 살았기 때문이다. 이들이 얻은 아름다운 사랑의 성취도 잠시뿐. 그들을 옭죄는 고통은 다시 시작되었다.

두 사람은 자신이 가진 모든 권리를 버림과 동시에 세상과 완벽하게 단절된다. 사회적으로 죽고 없는 유령이 되었다. 현실은 언제나 이상과 이율배반적으로 존재한다고 했던가? 그들이 얻은 사랑은 두 사람 모두에게 가혹한 대가를 요구했다. 사회에는 존재하지 않는 허상으로 살아야 했다. 나는 이렇게 존재하는데, 어느 누구도 나를 보지 못하는 잔혹한 형벌이 주어졌다. 여기에서 벗어나기 위해서는 돌아가는 길밖에 없다. 잘못된 선택이었던가? 무슨 수든 내야 한다.

"당신은 재상집 독자인데, 창기에게 미혹되어 부모까지 버리고 궁벽한 산골로 도망하였으니 불효막심합니다. 지금처럼 이곳에서 그저 늙을 수도 없고, 그렇다고 뻔뻔하게 집으로 돌아갈 수도 없지요. 낭군께서는 장차 어찌 하시려는지요?"

어느 날 옥소선이 생에게 묻는다. 사랑을 이룬 대가로 파생된 사회적 죽음의 고통이 너무 크다. 산골에서 늙을 수도 없고, 그렇다고 이 상태로 집에 돌아갈 수도 없는 처지가 되었다. '우리 이제 어떻게 하죠?' 옥소선의 물음에 생은 그저 눈물만 흘린다. 답이 없다. 부나방과 같은 열정으로 불속까지 뛰어들어 사랑을 쟁취했지만, 그 대가로 마주한 현실의 고통이 너무 아프다. 정말 어떻게 해야 하나? 울고 있는 생을 대신하여 옥소선이 나선다. '그 사람 곁에서 다소곳이 차를 올리고 먹을 갈던 열두 살의 나, 기생을 숙명으로 받아들였던 나, 그리고 그와 함께 모든 걸 포기하고 달아난 나는 잊어야 한다.' 이제 그녀에겐 사회적으로 매장된 낭군을 부활시키는 새로운 과제가 주어졌다.

옥소선은 사회가 요구하는 것이 무엇인지 알고 있었다. '내가 이 세상을 바꿀 순 없다. 그렇다면 이 세상이 요구하는 방식에 나를 맞추리라. 내가 직접 할 수 없다면 낭군을 통해 이루리라.' 생에게 단호하게 말한다. '과거에 급제하여 당신이 이름을 떨쳐야만 우리가 다시 세상으로 돌아가는 유일한 길'이라고….

뛰기 시작한다. 사방으로 다니며 책을 구한다. 책값은 묻지도 않는다. 책은 단지 과거시험을 준비하는 도구가 아니었다. 두 사람이 세상에 다시 설 수 있는 유일한 탈출구였다. 그리고 옥소선이 거부한 운명에 대한 정당성을 증명케 하는 희망이었다. 다시 세상에 서기 위해 옥소선은 뛰고 또 뛰었다. 노력이 가상해서였을까? 과거 공부에 적합한 책을 구한다.

생이 책을 읽을 때마다 옥소선은 곁에서 물레를 돌렸다. 그 모습은 평양 감영에서 차를 올리고 먹을 갈던 때와 퍽 닮았다. 그때는 희희낙락하던 열두 살 어린아이였는데, 지금은 자못 성숙해졌다. 공부하다가 짜증내는 모습도 과거와 다르지 않다. 과거에는 짜증내는 생을 달래느라 갖은 애교를 부렸지만, 지금은 그렇게 할 수 없다. 학업에 조금이라도 게으른 태도를 보이면 버럭 화를 낸다. 핀잔을 주며 꾸짖기도 한다. 과거시험에 합격하는 것이 사회로 복귀하는 유일한 숨통인지라, 지금은 생의 어리광을 받아줄 작은 여유도 가질 수 없었기 때문이다.

3년의 시간이 흘렀다. 생의 학업성취도가 높아졌다. 과거시험 날짜도 전해졌다. 소식을 들은 옥소선이 여행 보따리를 꾸린다. 보따리 안에 돈과 곡식도 잊지 않고 챙겨 넣는다. 보따리를 받아 들고 생은 서울로 떠난다. 평안감사 아버지를 따라 상경하던 생과의 이별이 엊그제 같은데, 오늘 또 다시 후미진 산골에서 그를 떠나보낸다. 그런데 오늘은 그때처럼 힘들거나 아프지 않다. 시간이 그녀를 조금은 성숙하게 만들었나 보다. 떠나는 낭군을 바라보는 옥소선의 모습이 오히려 당당하다.

생은 과거에 급제한다. 급제한 후 대궐에서 아버지도 만난다. 죽은 줄로만 알았던[실제로 생은 죽은 상태였다. 생물적 죽음이 아닌, 사회적 죽임이지만.] 아들을 만난 아버지는 임금의 윤허 아래 '불효자' 아들을 용서한다. 과거 합격은 가문의 번창을 담보하기에, 돌아온 탕자에게 지난 죄를 묻기에는 기쁨이 더 컸다. 오히려 돌아온 탕자는 가문의 자랑이 되었다. 옥소선이 구상했던 것처럼, 사회 구성원들이 바라는 과거에 급제함으로써, 생은 사회적 죽음에서 부활해 다시 제자리로 되돌아올 수 있었다.

옥소선도 복귀한다. 파문멸족으로 갈 수 있던 집안을 다시 일으키게 한 옥소선에게 임금은 정실부인의 자리를 허락한다. 사대부가의 정실이 된 옥소선. 그녀는 꿈에 그리던 가마를 타고 상경한다. 철저하게 사회에서 매장된 그녀가 화려하게 다시 살아나는 순간이자, 평생토록 자신을 옭아맨 기생의 굴레에서 벗어나는 순간이었다. 낭군을 통해, 그녀는 세상을 조금씩 바꾸고 있었다. 아니다. 어디 낭군을 통해서인가, 세상을 바꾼 주체는 옥소선 그 자신이었다.

이야기, 다시 생각하며 읽기

소시민 옥소선, 혹은 인민의 꿈 옥소선

옥소선은 조선시대 사람들의 많은 사랑을 받았던 캐릭터 중 하나였다. 야담집에 실린 숱한 작품들 중에서도 〈옥소선 이야기〉는 최상위의 출현 빈도수를 보인다고 할 만큼, 옥소선은 당시 사람들의 욕망을 잘 반영했다고 평가할 만하다. 〈옥소선 이야기〉와 쌍벽을 이루는 〈일타홍 이야기〉도 이본에 따라 부정적인 평가를 드러낸 사례가 있지만, 옥소선은 어디에서도 부정적으로 그려진 적이 없다. 그야말로 조선 사람들이 가장 사랑한 캐릭터라고 말할 수 있음 직하다. 낭만적 사랑과 사회적 요구를 모두 획득한 독보적인 존재였다.

그런데 근대로 전환하는 도정에서 옥소선의 인기는 시들해져 갔다. 이유는 당시 야담 작가들이 옥소선의 두 가지 욕망 중에 옥소선이 사랑을 얻는 전반부에만 집중한 데 있다. 근대전환기에 소개된 대부분의 〈옥소선 이야기〉는 두 사람이 사랑을 쟁취하는 전반부로 끝맺었다. 실제 〈옥소선 이야기〉를 개작한 이은상, 이종수, 윤백남 등은 모두 옥소선의 사랑에만 주목했다. 전반부의 애정 성취와 후반부의 가문 번창이라는 두 파트 중 앞부분에만 집중한 결과다. 이는 당시 시대적 분위기에 편승한 결과일 터다.

식민지시대를 살았던 당시 지식인들은 선조의 삶을 부정하는 데에 목소리를 높이는 경향이 강했다. 가족제도도 마찬가지다.

ABC생: 조선의 가족제도는 부로父老 중심의 가족제도다. 한 가정에서 나이 많이 먹은 할아버지 아버지는 전제군주專制君主 이상의 전제 세력을 가지고 있다. 그의 말 한마디는 국가의 법률 이상의 절대 권력을 가지고 있는 것이니 (중략) 이것은 현대 개인 사상이 극도로 발달된 이때에 있어서 아무리 혈족 관계인 가정에 있어서도 도저히 용납할 수 없는 좋지 못한 일이다.

해주 장탄생: 사람은 '사랑' 없이 살 수 없다. 이 사랑을 맛보고 구할 수 있는 곳은 오직 가정이 있을 뿐이다. 그러나 우리들의 가정은 어떠한가? (중략) 문안에 들어서면 들리는 언쟁言爭, 보이는 것은 쓰러져가는 집, 게다가 아내 되는 사람은 왔느냐 하는 수인사도 없다. (중략)

서사청루西肆青樓에서 창기를 농희弄嬉하는 타락한 청년들의 행동도 과연 무리가 아니다. (중략) 노골적으로 말하면 부모들은 자식에게 강간생활을 배워주며 이혼을 배양한 것이다. 길게 말할 것도 없이 부부를 단위로 한 가정을 형성하자. 가장에게 희생된 타락의 생활을 개혁하자. 이것이 우리 사회의 최대 개조거리가 아닐까?

실명 대신 'ABC생'과 '해주 장탄생海州長歎生'이란 필명을 쓴 분이 1926년과 1924년에 각각 『조선일보』와 『동아일보』에 게재한 글의 일부분이다. 이들이 본 조선의 가정은 남자 어른을 중심으로 절대 권력이 행사되는 수직적 공간이자, 사랑 없는 타락한 공간일 뿐이다. 이들에게 대가족 제도는 자신의 정체성마저 잃게 만드는 잔혹한 적폐였다. 그런지라, 대가족 제도의 폐해를 막으려면 '사랑'을 전제로 한 부부 중심의 수평적 가정을 일궈야 한다는 논리다. 심지어 청루를 찾아다니며 기생과 어울려 다니는 청년도 대가족 제도가 만들어낸 희생양으로 해석한다. 〈옥소선 이야기〉의 뒷부분을 제거한 이유도 이런 분위기와 맥을 같이한다. 두 사람의 사랑으로 쟁취한 수평적 가정 안에서, '그리하여' 행복하게 잘 사는 모습이야말로 이들의 주장에 부합하지 않는가. 대가족 제도 안으로 애써 회구하는 후반부는 필요치 않다.

중세를 지나 근대로 이행하면서 사람들의 가치관은 크게 변한다. 대가족에서 떨어져 나갔던 개인이 다시 그 체제 안으로 돌아와 가문을 번창시킨다는 내용은 당시 분위기에선 진부하고 공허한 논리로 비춰졌다. 오직 자유연애에 기초한 애정의 완성만이 '신新' 시대에 적합한 주장으로 인지되었다. 부계로 이어지는 수직적 가족 및 가문 중심의 이야기보다 남녀가 연대한 수평적 애정 성취에 관심이 집중되었다. 당시에 개작된 〈옥소선 이야기〉에서 철저하게 후반부를 거세시킨 것도 이런 분위기에 편승된 결과였다.

그러나 시대가 변했다 해서 사람들의 가치관이 한꺼번에 모두 바뀌진 않는다. 여전히 전근대에 머물러 있기도 한다. 당시 사람들도 그랬다. 그것은 마치 결혼 조건으로 '사랑'과 '조건'이란 전제를 제시한 뒤, 그중에 어느 쪽을 선택할 것인가를 묻는 것과 같다. 사람의 가치나 기호를 전제로 한 문제에는 정답이 존재하지 않는 법이다. 그럼에도 당시 지식인들은 근대 매체를 활용하여 계몽이란 미명 아래 애써 정답을 강요했다. 근대 매체와 지식인들이 만들어 놓은 사회적 분위기는 사람들로 하여금 사랑만이 정답임을 세뇌시켰다. 그러는 사이에 가혹한 세상에 맞서 자기의 꿈을 투사시켰던 옥소선은 지워져 갔다. 옥소선의 성취를 마치 내 성취인 양 바라보며 행복해하던 조선 인민들의 응원의 목소리도 희미해졌다. 지워지고 희미해진 자리에는 자기의 사랑을 성취하기 위한 '소시민 옥소선'이란 캐릭터만 남았다. 낭만적 사랑과 사회적 요구를 모두 쟁취하며 조선 인민들의 욕망을 대변했던 그녀의 캐릭터가 자기의 행복만을 추구하는 소시민으로 형상화되면서, 옥소선도 사람들의 기억에서 조금씩 멀어져 갔다.

옥소선. 그녀는 조선 사람들의 사랑과 욕망이 틈입된 캐릭터였다. 비천하게 태어난 운명, 그것이 내게 주어진 천명이기에 굴복하며 사는 것을 당연시했던 옥소선. 그녀는 어느 순간 자신에게 씌워진 운명을 거부한다. 무거운 짐을 벗어 탈주한다. 탈주, 그것은 희망을 찾아 나선 모험이었다. 그녀의 모험은 주어진 운명을 순순히 받아들이는 절망을 넘어서겠다는 의지의 표현이지만, 그것은 생물학적 죽음으로 이어지는 위험천만한 선택이었다. 죽음에 이르는 독약이라도, 옥소선에게 사랑은 그조차 감당하고픈 위대한 유혹이었다. 유혹이란 말은 잘못이다. 사랑은 아직은 내가 살아 있다는, 혹은 살고 싶다는 엄청난 삶의 욕망이기 때문이다. 내 선택이 절망을 넘어 죽음에 이를 가능성이 높다 해도, 희망을 찾아 그 길을 가는 사람들. 옥소선의 모험은 결코 끝난 것이 아니다.

다행히 옥소선은 사랑을 얻었다. 그러나 그녀는 거기서 머물 수 없었다. 자신을 옭아맸던 세상으로 다시 돌아가야 했다. 세상은 옥소선이 싸워 이길 수 있는 대상이 아니었다. 그녀가 감당할 수 없을 만큼 거대한 괴물이었다. 그럼에도 그녀는 회피하지 않는다. 바뀌지 않는 세상이라면, 내가 거기에 맞춰 조금씩 변화를 만들어 가리라. 그 결과 옥소선은 작은 변화를 이끌어냈다. 기생이 정실부인의 자리까지 올랐다는 옥소선의 신분 상승은 표면적인 변화일 뿐이다. 〈옥소선 이야기〉가 들려주는 옥소선의 진짜 전리품은 자신을 죽음으로 내몬 사회에서 인간의 존엄성을 지켰다는 자기 위안이 아니었을까?

일찍이 루쉰은 인형의 집을 나온 로라가 선택할 수 있는 길을 세 가지뿐이라고 했다. 첫째, 타락. 둘째, 다시 집으로 돌아가기. 셋째, 굶어 죽기. 여성이 꿈을 실현하려면, 먼저 자기가 처한 현실을 직시하라는 취지에서 한 말이다. 규범이 강력하게 작동하는 사회는 달아난 탕녀에게 희망의 틈도 주지 않는다. 사회에서 달아나 봐야 더 타락하거나, 잘못했음을 시인하고 용서를 구해 집으로 돌아오거나, 비참하게 죽는 길밖에 없다. 옥소선인들 여기에서 얼마나 다른 삶의 예시가 있었을까? 자신을 옭아맨 굴레를 거부하고 사랑을 좇아 달아났지만, 이후의 고통은 더욱 가혹했다. 사회적 죽음은 생물학적 죽음보다 더 잔혹한 형벌로 다가왔다. 결코 '그리하여 두 사람은 행복하게 오랫동안 잘 살았답니다'로 끝날 문제가 아니었다. 루쉰이 제시했듯이, '타락, 귀가, 아사餓死'로 이어지는 보복성 비인간화의 순환 고리를 끊어야만 '그 후로 오랫동안 행복하게 잘 살았습니다'라는 결말 구조도 성립할 수 있으리라.

　사람의 심리로 보면, 옥소선은 사랑 때문에 모든 것을 포기한 자신의 선택에 회의를 가졌음 직도 하다. 그러나 그녀는 그렇지 않았다. 오히려 당당했다. '내가 바꿀 수 없는 사회라면…. 그래, 그렇다면 당신들이 요구하는 조건에 나를 맞추마.' 비인간화의 악순환을 끊는 것은 거기서부터 출발한다. 사회적 죽음을 선고한 세상으로부터 인정받기 위해, 그녀는 사회가 요구하는 틀에 자기를 맞췄다. 두 사람만의 비밀스러운 사랑의 완성을 넘어선 사회로부터 공인된 사랑. 암묵적이든 명시적이든 그 길은 생의 과거 급제뿐이었다. 견고한 사회적 편견에 맞섬으로써, 두 사람은 비로소 세상에 다시 설 수 있었다.

두껍게 쌓아올린 편견과 금기를 부수는 것은 우리 사회를 이끌어가는 건강한 힘이다. 옥소선은 그 힘을 보여주었다. 조선 사람들이 그녀를 아끼고 사랑한 이유도 여기에 있다. 상상하지만 선뜻 나설 수 없는 사회규범이라는 괴물과 맞선 옥소선을 응원한 이유다. 브라이언 헤어가 『다정한 것이 살아남는다』에서 말했듯이, 행동의 변화가 태도의 변화를 가져오는 법이다. 편견을 당연시하는 문화를 지우려면, 그 문화 안으로 들어가야만 바꿀 수 있다. 그런 작은 움직임이 사회적 편견을 바로잡고, 사회적 약자와 더불어 살아가며, 사회의 희망을 만들어가는 것이 아니었던가. 과거, 루쉰은 소설 〈고향〉에서 희망은 길과 같다고 했다. 애초에 길은 없다. 하지만 누군가가 그 길을 가고, 이어서 다른 사람들이 거기를 좇으면 자연스레 길이 생겨나지 않던가. 희망도 마찬가지다. 누군가가 먼저 희망을 품고 시작하면, 그것이 어느 날에는 현실로 다가와 있으리라. 지금 다시 옥소선을 부르는 이유도 여기에 있다.

▶작품 읽기 284쪽

작품 읽기

무운

　무운은 강계* 기생이다. 얼굴과 기예로, 그 시대에 이름을 떨쳤다.

　서울에 사는 성 진사가 우연한 일로 강계에 왔다가, 무운과 잠자리를 나누고 나서 정이 매우 깊어졌다. 서울로 돌아가게 되자, 두 사람은 서로 미련이 남아 차마 떨어지지 못하였다.

　성 진사를 보낸 뒤, 무운은 죽어도 다른 마음을 두지 않겠다고 스스로 다짐했다. 그래서 양쪽 허벅지에 쑥뜸을 놓아 화상 자국을 만들어놓고, 악성 종기가 있다는 핑계를 댔다. 이런 변명이 통했는지 전임 수령 및 후임 수령의 수청에서 벗어날 수 있었다.

　대장 이경무가 새 수령으로 부임하였다. 그는 무운을 불러들여 가까이하려 했다. 그러자 무운은 옷을 풀어 상처 난 곳을 보여주며 말하였다.

　"첩에게는 나쁜 병이 있습니다. 어찌 감히 가까이 모실 수 있겠습니까?"

　"그렇다면 너는 가까이 있으면서 잔심부름이나 하는 게 좋겠구나."

　그로부터 무운은 날마다 동헌 마루에서 명령을 기다리다가, 밤이 되면 관아를 떠나 집으로 돌아갔다. 그렇게 네댓 달이 지났다. 어느 날 밤이었다. 무운이 갑자기 경무 앞으로 다가가 말하였다.

---

* 강계(江界): 평안북도 북동부에 있었던 군. 지금의 강계시.

"오늘 밤에는 첩이 잠자리 시중을 들었으면 합니다."

"너는 이전에 나쁜 병이 있다고 하지 않았느냐? 그런데 어떻게 잠자리 시중을 든단 말이냐?"

"첩은 성 진사에게 수절을 하려고 했습니다. 그래서 쑥뜸을 놓음으로써, 다른 사람의 잠자리 요청으로 인한 괴로움에서 벗어날 수 있었습니다. 그런데 대청에서 시중을 드는 몇 달 동안에 첩은 사또의 이런저런 모습을 살펴볼 수 있었는데, 사또야말로 대장부더군요. 첩이 이미 기생의 몸으로 살고 있거늘, 어찌 감히 사또 같은 대장부를 무심히 바라만 보고 가까이 모시지 않을 수 있겠어요?"

경무가 웃으며 말했다.

"그렇다면 잠자리에 들자구나."

그렇게 두 사람은 사랑을 나누었다.

어느덧 경무는 임기가 차서 돌아가게 되었다. 무운이 따라가려고 하자, 경무가 말하였다.

"내겐 첩이 둘이나 있다. 너까지 따라나서면 몹시 번거롭다."

"그렇다면 첩은 마땅히 수절하겠습니다."

경무가 웃으며 말했다.

"네가 말한 수절이란 게 성 진사에게 수절한다고 했던 말과 같은 것이더냐?"

그러자 무운은 얼굴을 붉히며 버럭 화를 내더니, 이내 차고 있던 작은 칼을 꺼내 왼쪽 네 번째 손가락을 잘라냈다. 경무가 깜짝 놀라 데려 가겠다고 했지만, 무운이 따르지 않았다. 그렇게 두 사람은 작별을 하였다.

그로부터 10년이 지났다. 경무는 훈련대장으로 성진에* 파견되었다. 무릇 조정에서는 성진 지방에 새로 진을 설치했는데, 군사 지식이 풍부하면서도 두터운 명망을 가진 관리를 보내 다스리게 한 까닭이다. 경무는 식솔을 데리지 않고 홀로 부임하였다.

성진군은 강계군과 맞붙은 경계 지방이지만, 고을 간의 거리는 300리 남짓이나 되었다. 하루는 무운이 성진으로 찾아왔다. 경무도 반갑게 맞이했다. 두 사람은 그동안 쌓인 회포를 풀고 함께 잠자리에 들었다. 밤이 되자, 경무가 무운을 가까이하려 했다. 그러자 무운은 죽기로 작정한 듯이 애써 거부했다. 경무가 물었다.

"왜 그러느냐?"

무운이 대답하였다.

"사또를 위해 수절하는 것입니다."

"나를 위해 수절한다고 하면서, 무엇 때문에 나를 거부한단 말이냐?"

"이미 남자를 가까이하지 않겠다고 마음속으로 굳게 맹세했으니, 비록 사또라 해도 가까이할 수 없습니다. 한 번 가까이하면, 그것이야말로 훼절하는 것과 다를 바 없지요."

그러면서 끝내 거절하였다. 무운은 경무와 1년 남짓한 기간을 함께 지냈지만, 끝내 가까이하지 않았다. 경무가 돌아갈 때가 되었다. 무운은 함께 가자는 경무의 요청도 거절하고 자기 집으로 돌아갔다.

그 후에 경무의 아내가 죽었다. 무운은 급히 달려가 서울에 머물렀다. 그리고 장례가 끝나자, 다시 고향으로 돌아왔다. 경무가 죽었을 때도 또한 그렇게 하였다. 무운은 스스로를 '운대사'라 부르며 지내다가, 마침내 늙어서 죽었다.

-『기문총화』

---

* 성진(城津): 함경북도 남쪽의 도시. 지금의 함경북도 성진군.

매화

　매화는 곡산* 기생으로, 얼굴이 퍽 예뻤다. 나이 많은 재상이 황해
도 관찰사가 되어 여러 고을을 순시하다가 그녀를 보고 사랑에 빠졌
다. 재상은 매화를 해주 감영에 데려다 두었는데, 그녀에 대한 총애가
다른 무엇과도 비교할 수 없을 정도였다.

　당시에 어떤 이름난 선비가 곡산부사가 되었다. 부임 의식을 행하는
과정에서 그는 매화의 곱고 아름다운 자태를 슬쩍 보았는데, 그 순간
부터 마음속으로 그녀를 소유하고 싶다는 욕망이 싹텄다.

　의식이 끝난 뒤에 부사는 매화의 어미를 불러 후하게 음식을 내어주
었다. 그 뒤로는 아무 때라도 관아에 출입할 수 있도록 했는데, 어미가
올 때마다 쌀과 돈, 고기와 비단 등을 내려주었다. 이렇게 한 게 몇
달 동안 계속되었다. 매화 어미는 몹시 괴이하고 이상하다고 생각했
다. 그러다가 하루는 부사에게 물었다.

　"쇤네처럼 미천한 것을 이렇게까지 사랑해 주시니 황송하여 몸 둘
바를 모르겠습니다. 사또께옵서는 제게 무슨 볼 일이 있어서 이렇게까
지 하시는지요?"

　"자네가 비록 늙었다지만, 본래는 이름난 기생이었잖느냐. 그런 까
닭에 자네와 더불어 적적함을 달래려 했던 것이네. 그동안에 나도 모르

---

* 곡산(谷山): 지금의 황해북도 곡산군.

게 저절로 친숙하게 느껴져서 그리했던 것이지 뭐…. 무슨 다른 이유가 있어서 그러는 게 아니네."

며칠이 지나 곡산 어미가 또 물었다.

"사또께서는 필시 쇤네를 어딘가에 쓰려고 이리도 살갑게 대하고 있을 텐데, 어찌하여 분명히 가르쳐주지 않습니까? 쇤네가 지금껏 받은 은혜는 끝도 없지요. 그런지라 비록 끓는 물에 들어가라거나 불 속에 뛰어들라 해도 마땅히 따라야 할 뿐, 마다할 수가 없지요."

마침내 곡산부사가 조심스레 말을 꺼냈다.

"내가 해주 감영에 갔을 때 일이네. 거기서 자네 딸을 보았는데, 사랑에 빠진 것인지, 아무리 해도 머릿속에서 떠나질 않더군. 생병이 나서 죽을 지경이네. 만약에 자네가 딸을 불러들여, 다시 한번만 그녀의 얼굴을 볼 수 있게 해준다면, 나는 죽어도 한이 없을 것 같네."

매화 어미가 웃으며 말했다.

"그야 아주 쉬운 일인데…. 어찌하여 좀 더 일찍 말씀해 주지 않으셨습니까? 조만간에 분명히 데리고 옵지요!"

어미는 집으로 돌아가 매화에게 편지를 써서 보냈다.

'내가 알 수 없는 병에 걸려 지금 몹시 위태로운 지경에 놓였구나. 너를 보지 못하고 죽으면 장차 눈을 감을 수 없을 것 같구나. 어서어서 말미를 얻어서 내려오너라. 얼굴이라도 보고 이별을 하자꾸나.'

그렇게 써서, 심부름하는 사람을 사서 급히 알렸다. 편지를 본 매화는 울면서 관찰사에게 사연을 말씀드린 후, 곡산에 다녀올 수 있도록 말미를 달라고 청했다. 관찰사는 허락해 줄 뿐 아니라, 각종 물품들도 아주 후하게 챙겨서 보내주었다.

매화가 곡산에 돌아와 어미에게 보이니, 어미는 전후사연을 말한 후 매화와 함께 곡산 관아로 들어갔다. 당시 곡산부사의 나이는 고작 서른 살 남짓이었다. 풍채도 호탕했다. 관찰사의 용모가 늙고 추한 것에 비교하면, 마치 신선과 속인처럼 현격한 차이를 드러냈다. 매화도 한번 보더니 사모하는 마음이 생겨나서, 이날부터 바로 잠자리 시중을 들었다. 두 사람의 애정도 흡족하게 스며들어갔다.

한 달이 지나 허용된 말미가 다 찼다. 매화는 다시 해주 영문으로 돌아가야 했다. 곡산부사는 미련이 남아 차마 보낼 수 없었다.

"이제 헤어지고 나면, 뒷날 다시 만난다는 기약도 할 수 없겠지. 어떻게 해야 좋을지…."

매화도 눈물을 뚝뚝 떨어뜨리며 말했다.

"저는 이미 사또를 모시겠다고 결정했습니다. 이번 걸음에는 해주에서 벗어날 계책도 함께 가지고 갑니다. 그리 오래 걸리지는 않을 것입니다. 얼른 돌아와서 사또를 모시렵니다."

그러고는 길을 떠났다. 해주에 도착하여 관찰사를 뵈니, 관찰사는 '어머니 병환이 어떤가?' 물었다. 매화가 대답했다.

"병세가 위독하였는데, 다행히 좋은 의원이 잘 돌봐줘서 지금은 많이 나아졌습니다."

매화는 다시 예전처럼 관찰사의 잠자리 시중을 들었다.

그로부터 10여 일이 지난 뒤였다. 매화에게 갑자기 병이 생겼다. 잠도 못 자고, 밥도 못 먹었다. 앓는 신음 소리만 날마다 계속될 뿐이다. 관찰사가 온갖 약물을 다 쓰며 시험했지만 효험이 없었다. 그렇게 누워 지낸 지 거의 10여 일이 되었을 때다. 갑자기 자리에서 벌떡 일어난 매화는 머리를 헝클어뜨리고 얼굴을 잔뜩 더럽힌 채, 발을 구르며 손뼉을 쳐댔다. 그러고는 미친 듯이 소리를 질러대다가, 간간히 울기도 하고 웃기도 했다. 징청헌* 위로 올라가 제멋대로 날뛰면서 관찰사의 이름도 거리낌 없이 불러댔다. 사람들이 말리려고 하면, 발길질하거나

물어뜯으면서 자기 곁으로 다가오지 못하게 했다. 바로 미친병이었다.

관찰사는 뜻밖의 일에 놀라 매화를 밖으로 내쳤다. 그리고 다음날 매화를 결박한 채 가마에 태워 곡산 친정으로 돌려보냈다. 무릇 매화의 병은 거짓으로 행세한 미친병이었으니, 어찌 차도가 없겠는가? 집으로 돌아온 그날, 매화는 즉시 관아로 들어갔다. 곡산부사에게 정황을 자세히 들려준 뒤, 매화는 관아에 딸린 작은 방에서 머물러 지냈다. 두 사람의 애정은 나날이 돈독해져만 갔다.

이렇게 지내는 동안에 소문이 퍼져나갔다. 관찰사라고 어찌 그 소문을 듣지 못했겠는가? 그 뒤에 곡산부사가 해주 감영에 들어갈 일이 생기자, 관찰사가 물었다.

"곡산에 있던 기생을 내가 수청기로 삼았는데, 몸에 병이 생겨서 잠시 친정으로 돌려보낸 일이 있네. 근래에 그 아이의 병세가 어떤가? 가끔씩 불러서 보기도 했겠지?"

"병세는 조금 차도가 있다고 들었습니다. 그러나 해주 감영에서 수청 들던 기생을, 저처럼 낮은 벼슬아치가 어찌 감히 불러서 볼 수 있겠습니까?"

관찰사는 싸늘하게 비웃으며 말하였다.

"바라건대, 부사는 나를 생각해서라도 잘 돌봐주시게."

곡산부사는 이런저런 상황을 짐작하고, 말미를 얻어 서울로 올라갔다. 그러고는 사헌부에 소속된 대관臺官을 부추겨 관찰사를 논박케 함으로써, 결국 파직을 시켰다. 그 후로는 매화를 데리고 편안히 지낼 수 있었다. 이후에 임기가 만료되자, 부사는 매화를 데리고 함께 서울

---

* 징청헌(澄淸軒): 해주 감영에 있던 건물.

로 올라갔다.

병신[1776]년에 옥사가 발생하였다. 전임 곡산부사도 범죄 사실에 연루되어 옥에 갇히자, 그의 부인이 울며 매화에게 말하였다.

"지아비가 지금 이 지경에 이르렀으니, 나는 이미 마음속으로 결정한 것이 있다. 너는 젊은 기생이라, 군이 여기에 있을 필요가 있겠느냐? 네 고향집으로 돌아가는 게 좋겠다."

매화도 울며 말하였다.

"천한 첩이 영감님의 은혜와 사랑을 받은 지도 이미 오랩니다. 번창하고 화려했을 때에는 함께 영화를 누렸지요. 그런데 지금 이런 때를 당했다고, 어떻게 차마 그를 등지고 집으로 돌아간단 말입니까? 죽음만이 있을 뿐입니다."

며칠 뒤, 죄인은 형장을 맞고 죽었다. 그의 아내도 목을 매고 죽었다. 매화는 손수 부인의 시신을 염습하고 입관까지 해두었다. 이후에 죄인의 시신을 내어주자, 매화는 다시 초상을 치렀다. 그리고 부부의 관을 조상의 무덤 아래에 함께 묻어주었다. 그러고 난 뒤에 매화는 무덤 근처에서 스스로 목숨을 끊어 지아비의 뒤를 따라갔다.

그녀의 절개가 참으로 열렬하도다. 처음에는 관찰사에게 꾀를 씀으로써 자신의 책임에서 벗어났고, 나중에는 곡산부사에게 절개를 세움으로써 의롭게 죽었다. 그 역시 여자 중에서 예양豫讓이라 할 만하지 않은가?

-『기문총화』

양사언의 어머니

봉래 양사언의 아버지는 음관으로 전라도 영암 군수를 지냈다. 당시 그가 휴가를 얻어 서울에 올라갔다가 다시 임소로 돌아올 때였다. 영암 군에서 하룻길 정도 못 미친 데서 묵고, 새벽에 다시 길을 나섰다.

객점까지는 아직 미치지 못했는데, 사람들과 말이 모두 지쳐하자, 길가의 여염집에서라도 점심을 먹을 요량을 했다. 그러나 그때는 농사철이어서 사람들이 모두 들에 나가 마을은 텅 비어 있었다. 그중 어느 시골집에 여자아이가 있었는데, 나이는 열한두 살 정도로 보였다. 일행을 본 그녀가 하인에게 말하였다.

"제가 밥을 지어 올릴 테니, 잠깐 저희 집에 들어오시지요."

하인이 말하였다.

"너처럼 어린 아이가 어떻게 밥을 지어서 대감 행차를 대접한단 말이냐?"

"그런 일은 걱정할 게 없습니다. 행차를 모셔 오기나 하세요."

군수 일행은 부득이하여 그 집으로 들어갔다. 아이는 방을 깨끗이 청소하고 자리를 깔아 일행을 맞았다. 그러고 난 후 하인에게 말했다.

"행차께서 드실 쌀은 우리 집에서 준비하겠습니다. 그러나 다른 분들은 각자의 양식을 내어주시면 좋겠습니다."

군수가 여자아이를 자세히 보니, 용모가 단정한데다 말씨도 밝고 맑아 조금도 시골 처녀의 태가 없었다. 마음속으로 그저 기특하게만 여겼다.

이윽고 점심이 나왔는데, 정결하고 소담하여 평소에 먹던 것과 달랐다. 일행도 모두가 혀를 차며 칭찬하였다. 군수는 그녀를 가까이 불러 물었다.

"네 나이가 몇이나 되었느냐?"

"열두 살입니다."

"네 아비는 무엇을 하시는고?"

"이 고을 장교로 계신데, 아침에 어머니와 함께 김을 매러 들에 나섰습니다."

군수는 아이가 몹시 기특하고 사랑스러워, 상자에서 청색 부채와 홍색 부채 각각 한 자루씩을 꺼내주며 농담조로 말하였다.

"이것은 내가 네게 보내는 예물이다. 신중하게 받아라."

여자아이는 그 말을 듣자마자 곧장 방 안으로 들어가더니, 상자에서 붉은 보자기를 꺼내가지고 나왔다. 그리고 보자기를 앞에 펼쳐 놓은 뒤에 말하였다.

"부채를 이 보자기 위에 놓아주십시오."

양공이 까닭을 묻자, 아이가 대답했다.

"이것은 정혼이 되었다는 납폐로 주시는 것인데, 막중한 예물을 어찌 감히 손으로 주고받겠습니까?"

상하를 막론하고 일행들 모두가 기특하다며 칭찬하였다. 이윽고 군수 일행은 문을 나서 길을 떠났다. 영암군에 도착해서는 그 일을 까맣게 잊고 살았다.

몇 년이 지난 뒤였다. 문지기가 들어와 아뢰었다.

"이웃 마을 아무 곳에 사는 장교 아무개가 와서 사또를 뵙겠다고 명함을 들였습니다."

군수가 들어오라 해서 보니, 한 번도 만난 적이 없는 사람이었다.

"자네는 이름이 무엇이며, 무슨 일로 나를 보러 왔는가?"

그는 바닥에 엎드려 절을 한 뒤에 말하였다.

"소인은 아무 고을의 장교입니다. 사또께옵서는 재작년에 서울에서 돌아오시다가 소인의 집에서 점심을 드셨다는데, 그때에 여자아이 하나가 밥을 지어 대접한 적이 있었는지요?"

"있었지."

"혹시 그때 여자아이에게 신물을 주셨습니까?"

"그것은 신물이 아니네. 그 아이가 똑 부러지게 행동하는 것이 사랑스러워 색깔 있는 부채를 상으로 주었을 뿐이네."

"그 아이가 바로 소인의 딸입니다. 올해 열다섯 살이 되었습죠. 그래서 혼인을 의논하려고 하면, 딸아이는 '제가 영암 수령에게 혼인을 약속하는 예물을 받았으니, 한사코 다른 사람에게 시집을 갈 수 없습니다'라고 합니다. 소인은 '한때의 농담을 어찌 믿으려 드느냐'며 생각을 바꾸도록 했지만, 아이는 죽기로 작정하며 따르지를 않습니다. 온갖 방법으로 달래도 봤지만, 그 마음을 돌리기가 어려웠습니다. 그래서 부득이 찾아와서 고하는 것입니다."

군수가 웃으며 말하였다.

"네 딸의 호의를 내가 어찌 차마 저버리겠는가? 자네는 모름지기 날을 받아 오게. 나도 마땅히 맞이하겠네."

혼인날이 되자, 예를 갖춰 맞이해 와서 소실로 앉혔다. 당시 군수는 마침 홀아비로 지내고 있었다. 그래서 그녀를 안채 정당에 거처하게 하여 집안 살림을 주관토록 했더니, 음식과 의복이 군수의 마음에 들지 않는 게 없었다.

임기가 끝나자 군수는 본가로 돌아왔다. 소실은 본부인의 자식을 돌보고 사랑하는 것이 매우 독실하였다. 비복을 다스리는 데에도 상황에 따른 적절한 도리를 벗어나지 않았다. 그래서 문중과 친척들 모두에게 환심을 살 수 있었다. 그녀를 칭찬하는 소리는 집 안팎에서 자자할 정도였다.

소실은 한 아들을 낳았는데, 그가 곧 봉래다. 풍채가 뛰어나고, 용모가 수려하여 그야말로 신선의 풍채와 도인의 골격을 갖췄다.

몇 년이 지나 군수가 작고하였다. 소실은 슬퍼하고 애통해하는 것을 예법에 맞게 행하였다. 성복하는 날이 되자, 일가친척들도 모두 모였다. 소실은 한바탕 통곡을 하고나서 그들이 있는 자리로 나아갔다.

"오늘은 여러 어른들이 모두 모여 계시고, 상제들도 모두 자리에 있습니다. 이 자리에서 제가 부탁드릴 일이 한 가지 있습니다. 들어주시겠습니까?"

상제들이 말하였다.

"서모님은 현숙하신 분이십니다. 부탁하시는 것을 저희들이 어찌 따르지 않겠습니까?"

일가친척들의 대답도 한결같았다. 소실이 말하였다.

"첩에게는 아들이 하나 있는데, 사람 됨됨이가 어리석지 않습니다. 그러나 예전부터 내려오는 우리나라 풍속에 따르면, 서자로 태어나면 비록 성인이 된들 어디에 쓰일 수 있겠습니까? 여러 도련님들께서 베풀며 사랑해 주시는지라, 지금은 적서의 구별을 느끼지 못하지요. 그러나 제가 죽으면 도련님들은 서모의 상복을 입으셔야 합니다. 적자와 서자의 구분도 분명히 드러나게 되지요. 그렇게 되면 이 아이는 어떻게 사람 도리를 하며 살아갈 수 있겠습니까? 첩은 오늘 자결하려 합니다. 만약 대상 중에 섞여 임시로 제 장례까지 치르게 되면 적서의 구분도 드러나지 않겠지요. 바라건대 여러 도련님들께서는 장차 죽으려 하는 사람을 불쌍히 여기시어, 저승에 가서도 한을 품지 않게 해주십시오."

모든 사람들이 입을 모아 말하였다.

"그 일을 우리들이 도리로 맞는 좋은 방법을 의논해서 차등이 없도록 하면 됩니다. 어쩌자고 꼭 죽음으로써 기약하시려 합니까?"

"여러분들의 마음에 감사드립니다. 비록 그렇다 해도, 어떤 방법이든 한 번 죽는 것만은 못 할 것입니다."

말을 마치자, 품 안에서 작은 칼을 꺼내 양공의 관 앞에서 자결하였다. 모든 사람들은 몹시 놀라 슬픔에 겨운 탄식을 하였다.

"현숙한 성품을 가진 사람이 죽음으로써 이렇듯이 애써 부탁하였는데, 죽어가면서 했던 부탁의 말을 차마 저버릴 수 없네."

마침내 상의하여, 적자 형들은 서자 봉래를 친동생처럼 돌보며 조금도 차등을 두지 않고 지냈다.

봉래가 장성한 뒤에는 높은 벼슬을 두루 역임하였다. 명성도 온 나라에 자자했다. 그렇지만 사람들은 그가 서자 출신이란 것을 알지 못했다고 한다.

-『기문총화』

과부가 된 딸

한 재상의 딸이 시집간 지 얼마 되지 않아 남편을 잃고 친정 부모 곁에서 지냈다.

하루는 재상이 사랑채에 있다가 안채로 들어가다가 우연찮게 아랫 방에서 지내는 딸을 보았다. 예쁜 옷으로 한껏 꾸미고 화장도 곱게 한 딸은 거울을 마주하고 앉아 자신을 비춰보고 있었다. 잠시 후, 딸은 거울을 내던지더니 얼굴을 감싸 안고 흐느껴 울었다. 그 모습을 엿본 재상은 마음이 몹시 아팠다. 가던 발길을 돌려 사랑채로 돌아와 나와 여러 식경 동안 아무 말도 않고 멍하니 앉아만 있었다.

그럴 즈음에 마침 잘 알고 지내는 무변이 문후를 여쭙겠다며 찾아왔다. 그는 재상의 문하에 드나드는 사람으로, 젊고 건장했지만 아직까지 집도 없고 아내도 맞이하지 못한 자였다. 재상은 주변에 있는 사람들을 모두 내친 뒤에 말을 꺼냈다.

"자네 신세가 이렇게 어렵고 궁핍한데…. 자네, 내 사위가 되면 어떻겠나?"

무변은 갑작스러운 재상의 말에 황공하여 몸을 잔뜩 움츠린 채로 대답했다.

"그게 무슨 말씀이신지…. 소인은 가르치시는 의도가 어떠한 것인지 몰라, 감히 명을 받들지 못하겠습니다."

"나는 농담하는 게 아닐세!"

그러더니 궤 안에서 은이 담긴 봉지 하나를 꺼내주며 말하였다.

"이것을 가지고 가서 튼실한 말과 가마를 준비해 놓고 대기하게. 대기하고 있다가 오늘 밤 파루를 치자마자 곧장 우리 집 뒷문 밖에 와서 기다리게. 절대로 때를 어기면 안 될 것이야."

무변은 반신반의하면서 은이 담긴 봉지를 받았다. 그리고 재상이 지시했던 말마따나 가마와 말을 준비하여 뒷문 밖에서 기다렸다. 어둠 속에서 재상이 한 여인을 이끌고 왔다. 그는 여인에게 가마에 올라타게 한 뒤에 두 사람에게 훈계하였다.

"곧장 함경도로 가서 터를 잡고 살아 보거라."

무변은 무슨 이유가 있어서 그러는지도 모른 채, 그저 가마의 뒤를 좇아 성 밖으로 나갔다.

그들을 보낸 재상은 안채에 있는 아랫방으로 들어갔다. 그러고는 곡을 하며 외쳤다.

"내 딸이 자결하였구나!"

집안사람들은 놀랍고 당황했다. 이에 머리를 풀고 곡을 하며 발상하려 했다. 재상이 그들을 막아서며 말하였다.

"내 딸은 평소에 사람들을 만나려고 하지 않았다. 그러니 염습도 내가 직접 할 것이다. 비록 딸아이의 오라비라 해도 절대로 들여보내지 말라."

재상은 이불을 가져다가 그것을 돌돌 말고 꽁꽁 묶어서 시신 모양처럼 만들어 놓았다. 그 위에는 이불을 덮어두고 난 뒤에 비로소 딸의 시댁에도 그녀의 죽음을 알렸다. 그리고 나서 시신처럼 만든 것을 관 속에 넣고, 그것을 운구하여 시댁의 선산 아래에 묻었다.

그로부터 몇 년이 지났다. 재상의 아들 아무개가 암행어사로 함경도 지방을 돌아보게 되었다. 함경도 곳곳을 살피던 그는 한 곳에 이르러 어떤 사람의 집으로 들어갔다. 그 집 주인이 그를 맞으려고 일어서는

데, 마침 두 아이가 주인 곁에서 책을 읽고 있었다. 아이들의 얼굴은 산뜻하고 수려했는데, 그들의 모습이 자기의 얼굴과 퍽 닮아 있었다. 마음속으로만 이상하다고 생각하였다.

이미 날이 저물고 몸까지 피곤했던 터라, 어사는 아예 그곳에서 하룻밤을 머물렀다. 밤이 무척 깊어졌을 무렵이었다. 안채에서 갑자기 한 여인이 나오더니, 어사의 손을 잡고 눈물을 흘리는 게 아닌가? 어사는 놀랍고도 괴이하여 여인의 얼굴을 자세히 쳐다보았다. 그녀는 곧 이미 죽은 자기 여동생이었다. 몹시 의아하여 사연을 물으니, 여인이 '아버지의 명령에 따라 여기에 와서 터를 잡고 살면서 이미 두 아들도 낳았는데, 아까 봤던 아이들이 그들이다'는 뜻으로 대답하였다. 어사는 입을 굳게 다문 채 한참 동안 말없이 있었다. 그러다가 그간에 쌓인 회포를 대강 말한 뒤에 새벽이 오기만을 기다렸다가 작별하고 곧장 그곳에서 나왔다.

그 후, 임무를 마친 어사는 서울로 돌아와 임금님께 업무 경과를 보고한 뒤에 집으로 돌아갔다. 밤이 되자, 그는 아버지를 모시고 곁에 앉아 있었다. 마침 시간도 퍽 조용하였다. 그가 나지막한 소리로 말을 꺼냈다.

"이번 걸음에서 참으로 괴이하고 이상한 일이 있었습니다."

그러자 재상은 눈을 크게 떠서 그를 노려보기만 할 뿐, 어떤 말도 하지 않았다. 그 모습을 본 아들은 감히 더 이상의 말은 꺼내보지도 못하고 조용히 물러났다.

재상의 이름은 기록하지 않는다.

-『청구야담』

옥계 기생

옥계 노진은 일찍 아버지를 여읜 데다 집도 가난했다. 남원에서 살았는데, 나이가 장성해도 혼처를 구할 데가 없었다. 그러던 중 무관으로 벼슬길에 나아간 당숙이 선천* 부사가 되었다. 어머니는 옥계에게 '선천으로 가서 혼수를 빌어 오라'고 권했다. 그는 머리를 길게 땋아 늘인 채로 인마도 없이 길을 나섰다.

선천에 이르러 관아로 찾아갔지만, 문지기는 문을 굳게 닫아걸고 안으로 들여보내지 않았다. 옥계는 길 위에서 어찌지도 못하고 방황할 뿐이었다. 그때였다. 마침 곱고 산뜻한 옷차림을 한 어린 기생이 그 앞을 지나다가 걸음을 멈춰 섰다. 그녀는 옥계를 빤히 쳐다보며 물었다.

"도령께서는 어디서 오셨소?"

옥계가 사실대로 대답하자, 기생이 말하였다.

"제 집은 어느 고을 몇 번째 집이랍니다. 여기에서 멀지 않은 곳이니, 도령께서는 모름지기 우리 집을 숙소로 정하시지요."

옥계는 그렇게 하겠다고 했다. 기생이 떠난 뒤, 옥계는 겨우 관아에 들어갈 수 있었다. 그가 당숙을 뵙고 찾아온 사연을 들려주자, 당숙은 얼굴을 찌푸리며 말했다.

"내가 부임한 지 얼마 되지 않은데다 관아의 부채도 산적한지라,

---

* 선천(宣川): 평안북도 서해안 중부에 위치한 고을.

참 난처하구나."

말이 아주 쌀쌀맞다. 옥계는 당숙에게 나가서 숙소를 잡겠다는 뜻을 내비치고 관아를 빠져나왔다. 그러고는 아까 만났던 어린 기생의 집으로 찾아갔다. 기생은 반갑게 맞이하며, 어머니께 저녁 식사를 정성껏 준비해서 내오게 했다. 밤에는 옥계와 잠자리도 같이 했다. 기생이 말했다.

"제가 보건대, 본관사또는 그릇이 매우 작습디다. 비록 친척 간이라 해도 혼수를 넉넉하게 준비해 줄지 모르겠습니다. 제가 도령의 기골과 용모를 보니, 훗날에 크게 현달하실 상이더군요. 무엇 때문에 스스로 걸객 행세를 자처하십니까? 제게는 개인적으로 모아둔 은 500냥 남짓이 있습니다. 그러니 여기에 며칠 동안 머물러 계시다가, 다시 관아에 들를 것도 없이 은만 가지고 곧장 고향으로 돌아가시는 게 좋을 듯합니다."

옥계는 그렇지 않다는 뜻으로 말하였다.

"행동거지를 그리 가볍게 하면 당숙께서 꾸짖지 않겠느냐?"

"도령께서는 친척 간의 정리를 믿으려 하시지만, 가까운 친척이라 한들 어찌 다 믿을 수 있겠습니까? 만약 여러 날 머물러 계신다면, 피곤해하는 사람의 얼굴빛만 보게 되겠지요. 그러다가 돌아간다고 하면, 선물이랍시고 고작 몇십 냥을 내어주겠지요. 그 돈을 장차 어디에 쓰시렵니까? 차라리 여기에 있다가 곧장 떠나는 게 더 낫지요."

그러나 옥계는 듣지 않고, 며칠 동안 낮에는 관아에 들어가 당숙을 뵙고, 밤에는 돌아와 기생의 집에서 잠을 잤다.

어느 날 밤이었다. 기생이 등불 아래에서 행장을 꾸렸다. 모아둔 은도 꺼내 보자기에 쌌다. 새벽이 되자, 마구간에서 말 한 필을 끌고 와 행장을 싣더니 옥계에게 떠날 것을 재촉했다.

"도령께서는 10년이 못 되어 반드시 귀하게 될 것입니다. 그때까지 저는 조신하게 기다리렵니다. 우리가 다시 만날 기약은 오직 이 한 가닥 길밖에 없으니, 부디부디 보중하십시오."

기생은 눈물을 펑펑 흘리면서 문 밖에 나와 전송하였다. 옥계는 어쩔 수 없이 당숙에게 인사도 드리지 못한 채로 길을 떠났다.

뒷날, 당숙은 옥계가 떠났다는 말을 듣고, 그의 태도가 망령됨을 괴이하게 생각했다. 그러나 마음속으로는 돈푼 냥이나마 허비하지 않을까 하는 걱정에서 벗어난 것이 다행이라 여겼다.

집으로 돌아온 옥계는 기생이 준 은으로 아내를 맞아 집안 살림을 꾸리니, 먹고사는 데에 구차함이 없었다. 이에 마음을 다잡고 공부하여 사오 년 뒤에는 과거에 급제하였고, 임금으로부터 크게 인정도 받았다.

얼마 지나지 않아 옥계는 어사가 되어 관서 지방을 안렴하게* 되었다. 그는 곧장 기생의 집으로 달려갔지만, 집에는 기생의 어미만 있었다. 옥계를 알아본 어미는 그의 소매를 붙들고 울며 말하였다.

"내 딸이 당신을 보내던 그날, 걔는 어미도 버리고 훌쩍 떠나 버렸수. 어디로 갔는지조차 알지도 못한 채 살아온 지도 벌써 몇 년째인지…. 이 늙은이는 밤낮으로 걔 생각에 눈물 마를 때가 없다우."

옥계는 망연자실하여 홀로 생각하였다.

'내가 여기에 온 것은 오직 옛사람과 만나기 위함이거늘, 지금은 그림자조차 볼 수 없으니 가슴이 무너져 내리는구나. 그러나 저는 반드시 나를 위해서 자취를 감추었을 게다.'

이에 다시 물었다.

---

* 안렴(按廉): 관리가 백성들을 보살피고 어루만지며 다스리는 일.

"할멈의 딸이 한 번 나간 뒤로, 살았다든지 죽었다든지 하는 말조차도 듣지 못했소?"

"요새 들은 말에는 제 딸이 성천* 지역 어느 산사에 의탁했다고는 하던데, 종적을 감추고 있어서 얼굴을 본 사람이 없다고 합디다. 풍문으로 전하는 말이니 도대체 믿을 수가 있어야죠. 이 늙은이는 나이가 많고 기력도 없는데다가 또 집에는 사내도 없는지라, 소문의 진상을 따져보지를 못했습죠."

말을 들은 옥계는 곧장 성천 지방으로 갔다. 가서 그곳 사찰을 모두 탐방해 가며 샅샅이 뒤졌다. 하지만 그녀의 형적은 끝내 드러나지 않았다.

그러던 중에 어느 한 절로 찾아들게 되었다. 절 뒤로는 천 길은 족히 됨 직한 깎아지른 절벽이 있었고, 그 절벽 위에 작은 암자가 있었다. 암자는 가파르고 험악한 곳에 있어서 발붙일 곳조차 없어 보였다. 옥계는 칡덩굴과 등나무 줄기를 더위잡으며 겨우겨우 위로 올라갔다. 올라가서 보니 서너 명의 중이 있었다. 그들에게 물으니, 이렇게 답했다.

"사오 년 전 즈음이었습니다. 스무 살 정도 되어 보이는 한 여인이 찾아왔는데, 그녀는 예불을 맡은 수좌에게 은냥 얼마를 맡기면서 아침저녁으로 공양을 바치는 비용으로 쓰도록 했지요. 그러고는 부처님 연화좌 아래에 엎드리더니 머리를 풀어 얼굴을 가리더군요. 그 후로 아침저녁 공양은 창틈으로만 받았지요. 간혹 뒷간에 갈 때 잠깐 나오긴 했지만, 곧장 들어갔고요. 그렇게 지낸 지도 벌써 몇 년이 되었습니다. 소승들은 그녀를 모두 생불이나 보살로 여겨 감히 가까이 가지도 못

* 성천(成川): 평안도 평양 근처에 있는 고을.

했습니다."

옥계는 마음속으로 그녀가 기생임을 알아차렸다. 이에 수좌에게 창틈으로 말을 전하게 했다.

"남원에 사는 노 도령이 지금 낭자를 보기 위해 여기까지 왔는데, 어찌하여 문을 열고 나와 맞지 아니하는가?"

여인도 중을 통해 물었다.

"노 도령이 만일 오셨다면 과거 급제는 하셨소? 못 하셨소?"

옥계는 과거에 급제한 뒤 어사가 되어 여기까지 왔노라고 운운하니, 여인이 말하였다.

"첩이 몇 년 동안 이렇게 자취를 감추고 고생을 자처한 것은 오로지 낭군을 모시기 위함입니다. 그러니 어찌 아니 기쁘겠습니까? 당장 나가서 맞이하고 싶지요. 그러나 몇 년 동안 귀신같은 형상으로 지냈기에, 이 몰골을 낭군께 보일 수 없습니다. 낭군께서 저를 위해 10여일만 더 머물러 주신다면, 저는 삼가 몸과 머리를 단정히 하고 화장 거울도 매만져서 본래의 모습으로 되돌리겠습니다. 그렇게 한 뒤에 보는 게 좋겠습니다."

옥계는 그 말을 좇아 머물렀다. 과연 10여 일 뒤에 여인은 곱게 화장하고, 옷도 맵시 있게 갖춰 입고 나와 옥계를 만났다. 둘이 손을 마주 잡으니 기쁨과 슬픔에 한데 몰려왔다. 승려들은 그제야 여인의 내력을 알고, 서로 감탄하지 않는 자가 없었다.

어사는 성천 고을 수령에게 기별을 보내 가마를 준비해 와서 기생을 태워 선천으로 보내게 함으로써 기생의 어미와도 만나게 했다. 어사의 임무를 끝내고 임금에게 보고를 마친 후, 옥계는 비로소 사람과 말을 보내 기생을 집으로 데려왔다. 그리고 평생토록 두 사람은 사랑하며 살았다고 한다.

-『기문총화』

물 긷는 여종, 수급비

  병사 우하형은 평산* 사람으로, 집이 가난했다. 그가 무과에 급제한
뒤에 관서 지방의 강변에 있는 고을로 수자리를 살러 갔을 때였다.
그곳에서 관아 수급비로 일하다가 면역된* 여인을 만났다. 그녀의 생
김새가 그리 못나지 않은 터라, 하형은 그녀와 함께 살았다. 하루는
그녀가 하형에게 물었다.
  "선달님께서 나를 첩으로 삼았는데, 앞으로는 무엇으로 입고 먹을
비용을 충당하시렵니까?"
  "내 집안이 본디 가난하네. 더구나 천리타향의 나그네 신세거늘,
손에 쥐고 있는 게 뭐가 있겠나? 내가 이왕에 자네와 함께 사는 것은
그저 때 묻은 옷이나 빨아주고 떨어진 버선이나 기워줬으면 하는 바람
때문이네. 자네에게까지 미칠 만한 게 무에 있겠느냐?"
  "첩도 잘 알고 있습니다. 제가 이미 몸을 허락해 첩이 되었으니,
선달님의 옷가지들일랑은 제가 마련해 보지요. 아무 걱정 마세요."
  "그런 것까지는 바라지도 않네."
  그날 이후로 그녀는 부지런히 바느질하고 길쌈을 하여, 먹고 입는
것을 빠트리지 않았다.
  어느덧 수자리 복무 기한이 다 찼다. 하형이 돌아가려 하자, 그녀가

---

* 평산(平山): 지금의 황해북도 평산군.
* 면역(免役): 몸으로 치르는 노역을 면제하는 일.

물었다.

"선달님이 이곳을 떠나 돌아가면, 서울에 가 머물면서 벼슬자리를 구하시렵니까?"

"가진 것 하나 없는 빈털터리 신세인데다 서울에는 아는 사람도 하나 없네. 무슨 돈과 무슨 양식으로 서울에 머물 수 있겠나? 그런 것은 바랄 수는 없는 일이지. 이 길로 고향에 내려가 살다가, 그렇게 늙어 죽게 되면 선산 아래에 묻히는 게 계획이라면 계획이지 뭐."

"제가 보건대 선달님의 풍채와 기상이 결코 예사롭지 않습니다. 앞으로 족히 병마절도사는 되실 것입니다. 사내대장부가 이왕에 무엇인가 할 수 있는 기회가 주어졌는데, 어찌하여 재물이 없다는 이유만으로 주눅 든 채 초야에 묻혀 지낼 생각을 하십니까? 너무도 한탄스럽고 애석합니다. 제게는 몇 년 동안 모아둔 은화가 있습니다. 대략 600냥 정도는 될 듯한데, 그 돈을 선물로 드리지요. 말과 안장을 준비하고, 노자로도 쓸 수 있을 것입니다. 바라건대 고향으로 돌아가지 말고, 곧장 서울로 올라가 벼슬자리를 구해 보십시오. 10년을 기한으로 잡고 구한다면, 가능할 것입니다. 저는 천민인지라, 선달님을 위해 수절하고 지낼 수는 없습니다. 어디든 몸을 맡겼다가 선달님께서 이 고을 수령으로 오시면, 그날 당장에 찾아가 뵙겠습니다. 수령이 되어 오시는 날, 그날이 바로 우리가 다시 만나는 날로 기약을 삼겠습니다. 바라옵건대 선달님은 몸을 잘 보중하시고, 또 보중하십시오."

뜻밖에 재물을 얻고 나니, 하형은 고맙고 다행스러운 일이라고 생각했다. 이윽고 하형은 눈물을 흘리며 작별하고 길을 떠났다.

하형을 보내고 난 뒤, 그녀는 고을에서 홀아비로 사는 어떤 교관의 집을 수소문하여 찾아갔다. 교관은 그녀가 영리한 것을 보고 아내로 삼아 함께 살았다. 교관의 집은 자못 부유한 편이었다. 어느 날 그녀가 교관에게 말했다.

"전 부인이 쓰고 남은 재물이 얼마나 되나요? 모든 일은 명백하게 하지 않을 수 없지요. 곡식이 얼마나 되고, 돈과 비단 및 베와 무명이 얼마나 되고, 그릇과 잡동사니 물건들은 얼마나 되나요? 이름과 수효를 모두 나열한 가계 문서를 만듭니다."

"부부 사이에는 있으면 같이 쓰고, 없으면 같이 마련하는 게 옳은 일이오. 무슨 거리낌이 있고, 무슨 의심이 있기에 이런 짓까지 한단 말이냐?"

"그렇지 않습니다."

간청해 마지아니하였다. 결국 교관이 그녀의 말대로 써서 주었더니, 그녀는 그것을 받아 옷상자 안에 깊이 감춰두었다.

이후로 부지런히 살림을 꾸려나가니, 집안은 나날이 부유해졌다. 그녀가 교관에게 말했다.

"저는 글을 조금 이해하는데, 서울에서 나오는 조보에* 실린 정치 관련 이야기를 읽는 게 좋더군요. 저를 위해, 매일 관아에서 조보를 빌려다가 볼 수 있도록 해 주시겠어요?"

교관은 그녀의 말처럼 해주었다.

몇 년 동안 인물 동정을 보면서, 그녀는 선전관으로 있던 우하형이 경력 벼슬을 거쳐, 부정 벼슬로 승진한 뒤, 곧바로 관서 지방의 어느 풍요로운 고을 수령으로 제수되었음을 알았다. 그 뒤로부터 그녀는 조보만 들여다보다가, '아무개 달, 아무개 날, 아무 고을 수령으로 떠나기 위해 우하형이 하직 인사를 하였다'는 사실을 확인하였다. 이에

---

* 조보(朝報): 우리나라의 전근대적 신문의 하나. 승정원에서 처리한 일을 날마다 아침에 적어 반포했던 관보.

교관에게 말하였다.

"처음에 왔을 때부터 저는 여기에 오랫동안 머물러 살겠다고 생각하지 않았습니다. 이 시간부로 영원한 이별을 하렵니다."

교관이 깜짝 놀라 이유를 물었다. 그녀가 대답했다.

"일의 자초지종을 묻지 마십시오. 저는 가야할 곳이 있으니, 당신도 미련일랑 두지 마세요."

그리고 지난날에 각종 물품을 적어둔 가계 문서를 꺼내놓고, 그 문서를 보이며 다시 말했다.

"육칠 년 동안 저는 당신의 아내로 살면서 집안 살림을 다스렸습니다. 만약 그중에 하나라도 지난날과 대비해 줄어든 게 있다면, 떠나는 사람의 마음이 어찌 편안하겠습니까? 지금의 살림을 지난날의 살림과 견주어 보면, 다행히 줄어든 것이 없더군요. 오히려 어떤 것은 두 배, 세 배, 네 배까지 불어났으니, 떠나는 제 마음도 시원합니다."

교관과 작별한 그녀는 심부름꾼을 사서 짐을 지도록 하고, 자기는 남자 옷으로 갈아입은 뒤에 패랭이를 썼다. 그러고는 한 걸음 한 걸음씩을 걸어 마침내 우하형이 부임한 고을에 도착하였다. 그때는 하형이 태수로 부임한 지 고작 하루가 지난 때였다.

송사할 일이 있다며 관아의 마당으로 들어간 그녀가 말했다.

"아뢸 일이 있사오니, 섬돌 위로 올라가서 청원 문서를 드리겠습니다."

괴이한 생각이 든 하형은 처음엔 허락하지 않다가, 끝내 허락해 주었다. 그러자 그녀는 또 다시 문 앞까지 갈 수 있게 해달라고 요청했다. 하형은 더더욱 이상히 여기면서도 허락해 주었다. 문 앞에 이른 그녀가 물었다.

"사또께서는 소인을 모르시겠습니까?"

"내가 이제 막 부임하였는데, 이 고을 백성을 어떻게 알겠느냐?"

"아무 해 아무 고을에서 수자리 살며 같이 살던 사람도 기억하지 못하십니까?"

하형이 그녀를 빤히 쳐다보더니, 갑자기 벌떡 일어났다. 그리고는 그녀의 손을 붙잡고 방 안으로 데리고 들어갔다.

"네가 어떻게 이런 꼴을 하고 여기에 왔느냐? 내가 부임한 바로 뒷날, 네가 또한 여기에 왔으니 참으로 기이한 만남이로구나!"

두 사람은 기쁨을 억제하지 못한 채 그동안에 쌓인 회포를 서로 풀어나갔다. 당시 하형은 부인과 사별해 있었다. 이에 그녀로 하여금 관아 안채인 정당에 있으면서 집안 살림을 도맡아 처리하도록 했다. 그녀는 본부인이 낳은 아들을 사랑으로 돌보았고, 하인들을 부리는 데에도 모두 예법과 제도에 따랐다. 온화함과 위엄을 함께 갖춰서 다스리니, 관아 안채에 속한 사람들도 모두 흡족해하면서 그녀를 칭찬하였다.

그녀는 항상 하형에게 '비변사 서리에게 돈 몇 냥을 쥐어주고서라도 매달 나오는 조보를 얻어다 볼 수 있도록 부탁해 달라'고 요구했다. 조보를 보면서 당시 세상이 돌아가는 소식을 미루어 헤아렸던 것이다. 당시 벼슬아치들 중에서 아직은 이조판서나 병조판서가 되지 못했지만, 조만간에 될 수 있을 것 같은 사람에게는 반드시 후하게 대접하곤 했다. 이렇게 한 까닭에 그 벼슬아치가 정권을 잡게 되면 적극적으로 하형이 지닌 장점을 억지로 부풀리면서까지 추천해 주었다. 그래서 우하형은 네 군데 모두 풍족한 고을에서 수령을 역임할 수 있었고, 그런 이유로 인해 집안 살림도 점점 더 풍요로워졌다. 살림이 늘어남에 따라 관료들에게 보내는 선물도 더욱 후해졌다. 후해진 만큼, 승진도 빨라 벼슬이 절도사에까지 이를 수 있었다. 하형은 여든 살에 가까워질 때까지 장수하다가 고향집에서 삶을 마쳤다.

소실은 예법에 따라 장례를 치렀다. 성복을* 마친 후, 그녀는 본처의 큰아들을 불렀다.

"영감은 시골의 무변 출신으로 벼슬이 아장에* 이르렀으니, 할 수 있는 벼슬은 다 한 셈이죠. 연세도 일흔을 넘기셨으니, 살 수 있는 만큼 장수도 한 셈이고…. 무슨 유감이 있겠소? 또 내 처지로 말할 것 같으면, 지어미가 되어 지아비를 섬기는 것은 당연한 도리라. 자랑할 게 뭐가 있겠소? 그렇긴 하지만, 여러 해 동안 지극정성으로 벼슬자리를 구할 수 있는 방법을 조언함으로써 지금에까지 이를 수 있게 했지요. 그렇게 한 데서 내 책임은 이미 다한 셈이지요. 나는 먼 시골구석의 천한 사람이라오. 그런 사람이 무변 재상이 된 영감의 소실이 되어 여러 고을을 다니며 후한 대접을 받았으니, 내 영화도 또한 지극한 데까지 이르렀다 할 수 있지요. 그러니 무슨 원통하고 억울한 마음이 있겠소? 영감이 세상에 계실 때에는 내게 집안 살림을 주관하도록 했었지요. 그것은 어쩔 수 없어서 그렇게 한 것뿐이지요. 지금은 상주도 이렇게 장성하셨으니, 족히 집안일을 주관할 수 있을 게요. 적자의 큰며느리가 집안 살림을 주관하는 게 마땅한 일이고요. 그래, 오늘부터 집안 살림의 주도권을 큰며느리에게 돌려주리다!"

큰아들과 며느리는 울면서 사양했다.

"우리 집안이 지금처럼 될 수 있었던 것은 모두 서모님의 공입니다. 저희들은 그저 서모님께 의지하여 말씀을 따르며 성공하기만 바랄 뿐입니다. 서모님은 지금 무슨 이유로 갑자기 이런 말씀을 꺼내십니까?"

---

* 성복(成服): 초상이 난 뒤에 상제와 상인들이 처음으로 상복을 입는 일.
* 아장(亞將): 무관 계통의 차관급 벼슬.

"마땅히 이렇게 해야 하는 게 집안을 다스리는 법도이기 때문이지요."

소실은 이내 크고 작은 물건들과 그릇, 돈과 곡식 따위를 문건으로 만들어, 그 모든 것을 한꺼번에 넘겨주었다. 그리고 큰며느리에게 안채 정당에 거처하게 하고, 자기는 스스로 단칸짜리 건넌방으로 옮겨갔다.

"저 방에 한 번 들어가면 다시는 나오지 않을 것이오."

그러고는 안으로 들어가 문을 닫아걸고 곡기를 끊었다. 그렇게 며칠 만에 죽었다. 본처의 아들들은 모두 애통해하며 말하였다.

"우리 서모님은 평범한 사람이 아니네. 어찌 기존 관례대로 모실 수 있겠느냐?"

그래서 본처의 아이들은 소실이 운명하고 졸곡할 때까지 석 달을 기다렸다가 장사를 지냈다. 게다가 특별히 사당도 세워서 제사를 지냈다.

우하형의 장례 날짜가 다가왔다. 시신을 모신 관을 운구해 묘지로 가기 위해 발인할 때였다. 상여를 매는 사람들이 관을 들어 올리려는 데, 아무리 애를 써도 관이 들리지 않았다. 수십 명 수백 명이 달려들었 지만, 관은 도무지 움직이지 않았다. 여러 사람들이 말하였다.

"혹시 소실에게 마음이 매어 있어서 그런 것이 아닐까?"

그러고는 소실의 상여와 함께 발인했다. 그랬더니 우하형의 관도 가볍게 들리면서 비로소 떠날 수 있었다. 사람들은 모두 기이하게 생각 하였다.

우하형은 평산 땅 큰 도로변에 장사를 치렀다. 서쪽을 향한 것이 우하형의 무덤이고, 그 오른쪽으로 열 걸음 남짓한 곳에 동쪽을 향한 것은 소실의 묘라고 한다.

-『기문총화』

시전상인의 며느리

남대문 밖 도저동에* 사는 권 사문은 성균관에서 공부하고 있었다. 어느 날 권 사문은 승보시를* 치르기 위해 새벽녘에 길을 나서서 성균관으로 가는 도중에 소나기를 만났다. 마른 신발을 신은 데다 갈모도* 없는지라, 위는 내리는 비를 고스란히 맞고 아래는 튀는 빗물로 옷이 젖었다. 이에 길가에 있는 초가의 처마 아래로 급히 몸을 피했다. 하지만 한참이 지나도 비는 그치지 않았다. 말 그대로 진퇴양난의 처지였다.

"불이라도 있으면 담배나 태울 텐데….."

권 사문이 혼잣말로 중얼거렸다. 그때 머리 위로 들창 열리는 소리가 들렸다. 고개 들어 올려보니, 젊은 여인이 불씨를 내어주며 말하였다.

"어떤 양반께서 담뱃불 걱정을 하셨나요? 여기 불씨를 보내니 담배를 태우시구려."

권 사문이 받아 담뱃불을 붙였다. 잠시 후, 여인이 다시 들창을 밀고 말했다.

---

* 도저동(桃渚洞): 지금의 서울역 앞.
* 승보시(陞補試): 성균관 대사성이 서울의 사부학당(四部學堂)의 유생(儒生)들을 대상으로 매년 10월에 보던 시험.
* 갈모: 비올 때 갓 위에 쓰던 고깔처럼 생긴 모자. 비에 젖지 않도록 기름종이로 만들었다.

"빗줄기가 그칠 줄을 모르네요. 꿉꿉한 데에 우두커니 서 있지 말고, 잠깐 안으로 들어오시지요. 주저할 것 없이."

권 사문은 그러잖아도 심란하던 차에 여인의 제안도 방해될 게 없어 문을 밀치고 안으로 들어갔다. 여인은 스물네다섯 살 정도 되어 보였는데, 소복을 입은 게 정결하고, 용모도 단정한데다, 말씨와 행동거지가 온화하고 민첩했다. 게다가 더불어 말을 주고받는데도 부끄러워하는 기색이 조금도 없었다.

이윽고 비가 그치고 날이 개었다. 권 사문이 몸을 일으키자, 여인이 말하였다.

"지금 시험장에 갔다가 돌아오면 필시 날이 저물어 있을 것입니다. 남대문도 닫혀서 댁으로 돌아갈 수 없을 듯하니, 차라리 여기로 바로 오심이 어떠하신지요?"

"그리하지요."

권 사문이 시험장에 갔다가 그 집으로 돌아왔더니, 여인은 이미 저녁상을 차려놓고 기다리고 있었다. 이에 밥을 먹고 머물러 자게 되었다. 권 사문은 젊은 사내였다. 한밤중에 젊고 예쁜 여인과 마주하고 있는데다, 주변에는 사람들도 없었다. 풍정이 일어나는데 어찌 허랑하게 보냈겠는가? 그렇게 두 사람은 사랑을 나누었다. 하지만 여인은 특별히 기뻐하는 얼굴색도 없었다. 그저 한숨을 내쉬며 쓸쓸해 할 뿐이었다. 권 사문이 이유를 물어도, 여인은 끝내 속내를 털어놓지 않았다.

이후 권 사문은 그 집을 왕래하였고, 그렇게 오간지도 몇 달이 되었다. 그러던 어느 날이었다. 그가 여인의 집으로 들어가려는데, 금관자에 학창의를 입은 한 노인이 문턱에 걸터앉아 있었다. 사뭇 의아하여 권 사문은 주저하며 감히 안으로 들어가지 못했다. 그때였다. 노인이 권 사문을 보더니, 급히 몸을 굽혀 예를 갖춰 말하였다.

"행차는 도저동에 사는 권 서방님이 아닙니까? 어째서 방황하며 들어오지 않으십니까?"

그러면서 권 사문을 이끌어 방으로 들인 후에 말하였다.

"서방님이 이 집에 오가는 것을 알고 있었소이다. 그러나 나는 시전의 장사치라, 사는 데 골몰하느라 집에 붙어 있질 못했지요. 오늘에서야 비로소 인사를 드리게 되었으니 결례가 큽니다."

"그나저나 이 집 부인과는 어떤 관계이신지요?"

"내 며느리외다. 내 아들이 열다섯 살 때 혼인했는데, 미처 합궁하기도 전에 아들이 죽고 말았습죠. 저 아이는 올해 벌써 스물네 살입니다. 비록 혼인했다 해도 여태껏 음양의 이치도 몰랐지요. 제 마음속에는 항상 측은한 생각이 떠나지 않더군요. 무릇 천지가 만물을 냄에 미물들도 모두 그 이치를 알게 했거늘, 유독 저 홀로 몰랐던 게지요. 그래서 나는 항상 며느리에게 개가를 권했지요. 하지만 저 아이는 자기가 만약에 다른 데로 가면 늙은 내 의지가지가 없어진다고 끝내 따르지 않더군요. 그렇게 지금까지 8~9년을 수절해 왔지요. 그러다 서방님이 왕래한다는 말을 저 애가 하더군요. 나도 소원을 이룬 게 반가워 한번 뵙고자 한 지가 오랩니다. 그런데 오늘에서야 뵙게 되었으니, 만남이 퍽 늦었지요."

이날 이후로 권 사문은 아무 거리낌 없이 이 집을 왕래할 수 있게 되었다.

그러던 어느 날, 권 사문의 아내가 죽었다. 그는 장례 관계 물건들을 각 시전상인에게 외상으로 빌려다 썼다. 외상대금을 제때에 갚을 수 없었던 터라, 그는 좀 더 시간을 두고 돈을 마련해서 시전에 갔다. 그런데 시전상인들은 동지 어르신이 돈을 흩고 떠났다고 운운하였다.

"얼마 전에 아무 마을에 사는 동지 어르신께서 돈을 가지고 와서

귀하의 외상값이라면서 모두 갚았습니다."

　다시 3년이 지났다. 아무개 동지가 병으로 죽었다. 염습과 초종범절은 권 사문이 몸소 주관했다. 교외에 장사를 치르고, 졸곡제가 겨우 지났을 무렵이었다. 여인이 갑자기 처참한 얼굴색을 지었다. 권 사문은 매우 이상하여 조용히 물었다. 물음에 여인이 대답한다.

　"이 세상에 태어나 음양의 이치도 모른다며 시아버님께서는 항상 제게 개가를 권하셨지요. 그 때문에 부득이 서방님을 모셨던 것입니다. 이왕에 음양의 이치를 알았으니 그날로 죽어도 한이 없지요. 그러나 시아버님은 다른 자녀 없이 오직 저 하나에게만 의지했지요. 만약 제가 죽고 보면 시아버님은 지극히 불쌍하고 가엾게 되는지라, 그저 누르며 참다 보니 지금에 이르렀답니다. 이제 시아버님께서 천수를 다하시고 장례도 마쳤으니, 제가 다시 무슨 바람이 있어서 이 세상에 머물러 있겠어요? 이제 서방님과도 영원한 작별을 하고자 합니다."

　권 사문이 놀랍고 경악스러워 곡진히 타이르고 달랬지만, 끝내 여인의 마음을 돌리지 못했다. 여인은 끝내 권 사문이 없는 틈을 타서 목을 매어 죽었다.

-『청구야담』

종이가게 딸

　부제학을 지낸 최창대는 문장이 뛰어나 명망이 세상에 떨쳤을 뿐 아니라, 용모도 출중하여 사람들의 눈길을 사로잡았다.

　그가 과거에 급제하기 전의 일이다. 어느 늦은 봄에 알성시를* 보인다는 왕명이 나왔다. 최창대는 마침 볼일이 있어서 나귀를 타고 나왔다가 시전 거리를 지나는데, 갑자기 어떤 사람이 나귀 앞으로 뛰어나와 고개 숙여 절을 했다.

　"뉘신가? 나는 기억이 없는데….'

　"소인은 종이가게 상인 아무개올시다. 여태 한 차례도 문안을 드린 적이 없사오나, 간곡하게 아뢸 말씀이 있사옵니다. 조용한 곳이 아니면 속내를 털어놓을 수 없습니다. 소인의 집이 바로 여기입니다. 몹시 황송한 일인 줄 압니다만, 감히 청하오니 잠시만 들어오시지요."

　그의 말이 몹시 이상했지만, 최창대는 나귀에서 내려 사랑채로 들어갔다. 사랑방은 깨끗하고 정결하고, 사방의 벽에는 온갖 서화가 걸려 있었다. 최창대가 자리에 앉자, 상인은 몸을 굽혀 예를 표하며 앞으로 나아와 말하였다.

　"소인에겐 딸내미가 있는데, 나이가 이제 갓 열여섯 살입죠. 자색이 어느 정도는 되고, 문식도 대략은 갖췄습지요. 그런 저 아이의 평생소

---

* 알성시(謁聖試): 임금이 성균관에 거둥하여 문묘(文廟)에 참배하고 보이는 과거.

원이 젊은 문인의 부실이 되는 것이랍니다. 그런 까닭에 여태 혼처도 정하지 못했습죠. 그런데 어젯밤 딸내미의 꿈에 정초지* 한 장이 홀연 하늘로 솟구치더니 황룡으로 변해 구름 속으로 들어갔다더군요. 깜짝 놀라 깨어난 딸내미는 용으로 변했던 정초지를 찾아내서 열 번이나 꽁꽁 싸매더군요. 그러면서 '이번 과거시험에서는 이 종이에 답안을 쓰는 사람이 장원급제하리라'고 확신하며, 자기가 직접 그럴 만한 자격이 있는 사람을 골라 정초지를 드린 후에 그의 소실이 되겠다고 하더군요. 소인의 집은 마침 대로변에 있지요. 딸내미는 새벽부터 대로가 보이는 행랑방 하나를 깨끗이 청소한 후, 밖에서는 안이 보이지 않도록 창문에 발을 쳐놓고 앉아 종일토록 오가는 사람들을 훔쳐보았답니다. 그렇게 지켜보던 중 서방님의 행차를 보더니 딸내미가 급히 소인을 부르더군요. 서방님을 모셔오라면서요. 그래서 이렇게 당돌하지만 서방님을 모셔온 것입니다."

잠시 후 큰상이 나왔는데, 차려진 음식이 몹시 호사로웠다. 이윽고 상인의 딸도 나왔는데, 꽃 같은 용모와 달 같은 자태가 참으로 경국지색이라 부를 만했다. 얼굴이 수려하고 행동거지도 우아한 게 여염의 천한 여인들과 같은 선상에 두고 비교할 수 없었다. 시전상인은 정초지 한 장을 가져와 무릎 꿇고 최창대에게 바쳤다.

"이것이 소인의 딸내미가 꿈속에서 본 종이랍니다. 시험 날짜가 얼마 남지 않았습니다. 서방님께서 여기에 써서 정권하시면* 반드시 장원급제하실 것입니다. 합격자를 발표하면, 미천한 것이라 혐의치 마시고 곧장 가마를 보내 딸내미를 데려가 주십시오. 가서 기추를* 받들게

---

* 정초지(正草紙): 과거시험에 쓰는 질 좋은 종이.
* 정권(呈券): 시험 답안지를 시험 감독관에게 바치는 일.

함으로써 딸내미의 평생소원도 이루어 주시기를 간절히 바라고 또 바라옵니다."

최창대는 여인의 용모가 출중한데다 또 예사롭지 않은 몽조에 흡족하여 단단히 약속하고 떠났다.

과거시험 날이 되었다. 최창대는 정초지를 가지고 시험장에 들어가 생각을 짜낸 후 일필휘지로 순식간에 글을 써서 바쳤다. 결과는 장원급제. 임금님 앞에서 호명을 듣고 나아가니, 어사화를 꽂고 풍악도 내려주었다. 그의 아버지는 정승으로 있었기에 후배로* 나왔다. 풍악 소리가 하늘에 울리고, 영광은 온 누리에 빛났다. 집에 이르자 초헌들이 문 앞을 메웠고,* 하객들은 집안에 가득했다. 노래하는 아이들과 춤추는 여인들이 앞뒤로 벌여 있고, 진수성찬은 좌우로 빽빽하게 차려져 있었다. 관악기와 현악기가 기쁨을 돋우고, 광대들은 재주를 뽐냈다. 구경하는 사람들이 마당과 문 앞에 장사진을 이루고 있었다.

어느덧 날이 저물어 가고, 손님들도 하나둘씩 흩어졌다. 최창대는 얼마 전에 정녕으로 맺은 약속을 잊지 않았다. 하지만 아무래도 젊은 사람이 한 일이라 생각이 치밀하지 못해 차마 부친께 사연을 아뢰지 못했다. 또 몹시 바빴다. 부모를 모시는 처지에 달리 주선할 방법도 없었다. 그저 망설이며 한탄하던 차에, 갑자기 대문 밖에서 애절한 통곡소리가 들렸다. 그러면서 어떤 사람이 가슴을 치고 통곡하면서 대문 안으로 마구잡이로 들어오려고 했다. 하인들이 애써 몰아냈지만, 그는

---

* 기추(箕箒): 청소하는 일. 남의 아내를 겸손하게 이르는 말.
* 후배(後拜): 과거에 급제한 자와 함께 나아가 임금께 인사를 드리는 일.
* 초헌은 2품 이상의 고급관리들만 타는 가마다. 축하하는 고위관료들이 많았음을 비유적으로 말한 것이다.

울고불고하며 '억울한 일이 있어서 선달님께 아뢰려 한다'고 외친다. 죽인다며 엄포를 놓아도 한사코 들어가려 한다. 최창대의 부친이 그 소리를 들으니 몹시도 해괴했다. 이에 그 사람에게 울음을 그치고 앞으로 다가오게 했다.

"무슨 원통한 일이기에, 우리 집에 경사가 있는 날을 골라 이처럼 해괴망측한 일을 벌이느냐?"

그 사람은 다시 절을 한 뒤, 울음을 머금은 채로 대답했다.

"소인은 종이가게 상인이옵니다. 성명은 아무개입니다."

그러고는 자기 딸이 용꿈을 꾼 일이며, 최창대와 서로 약속할 일들을 갖추어 하나하나 아뢰었다. 그리고 다시 말하였다.

"소인의 딸은 과거시험을 치르는 날이 되자 아침부터 밥도 먹지 않고 오직 방이 나기만을 기다렸습니다. 계속해서 서방님의 등과 여부를 묻기에 소인도 빈번하게 탐문했습니다. 과연 서방님이 장원급제했다는 확실한 정보를 접했고, 기쁜 소식을 딸에게 얼른 전했습니다. 딸은 몹시 기뻐하며 오직 가마를 갖춰 데려가겠다는 소식이 오기만을 고대했습니다. 하지만 날이 저물어 가도 소식이 없었습니다. 딸내미는 누웠다 일어났다를 반복하며 마치 실성한 사람처럼 있더니, 어느 순간부터는 아무 말도 하지 않고 그저 긴 한숨만 내쉬더군요. 그 형상을 차마 볼 수 없던 소인은 온갖 방법으로 달래며 말했습니다. '방이 나는 날은 으레 바쁘고 어수선하단다. 하객들이 많이 찾아오니 그들을 응대하는 것만으로도 몹시 번거로울 텐데, 한만한 일에까지 어디 생각이 미치겠느냐? 서방님이 잠깐 잊고 있는 것도 이상한 일이 아니지. 혹 잊지 않았다 해도, 너무 바빠 일을 주선하지 못했을 테니 괴이해 하지 말아라. 내가 그 댁에 가서 축하를 드린 후 서방님의 동정을 살피고 와도 늦지 않을 게다.' 이렇게 달랬더니, 딸이 말하더군요. '마음속에 담아두고 있다면 어떻게 망각할 수가 있겠어요? 그리고 애정이 있다면 아무리 바빠도 가마를 준비해 보내라는 것은, 고작 분부 한번이면 되는데 어찌 그럴 겨를도 없겠어요? 서방님의 마음에는 벌써 제가 지워졌기에 여태까지 소식이 없는 게지요. 그 사람이 이미 나를 잊고 데려갈 마음도 없는데, 우리가 먼저 탐문하는 것도 부끄러운 일이지요. 설령 우리 때문에 억지로 데려간다고 해요. 그 또한 재미라고 할 게 무에 있겠어요? 백 년을 함께 행복하려면 믿음과 사랑이 있어야지요. 꽃다운 맹세가 채 식기도 전에 이처럼 변하였으니, 훗날에 다시 뭘 기대할 수 있겠어요? 저는 이미 결정한 게 있으니 다시 다른 말씀은 마세요.' 그러더니 곧장 방으로 들어가 목을 매 죽었습니다. 소인의 비통함은 가슴에 맺히고 원통함은 하늘에 사무치는지라, 감히 이렇게 정신없이 아룁니다."

최 정승이 들으니, 몹시 놀랍고 해괴한데다 참혹함과 불쌍함을 견딜 수가 없었다. 한참 동안 말없이 있다가 이내 아들을 불러 꾸짖었다.

"이 얼마나 큰일이냐? 네가 이미 저와 서로 약속하고 이렇게 저버렸으니, 세상에 어찌 이다지 풍류 없고 신의 없는 사람이 있단 말이냐? 박정함이 심하고, 적원함이 이를 데 없구나. 나는 애초 네가 원대한 성취를 이룰 큰 인물이 되리라 기대했건만 이번 일로 보건대 더 이상 볼 게 없구나. 네가 무슨 일을 판단하며, 네가 무슨 벼슬을 감당할 수 있겠느냐?"

그렇게 혀를 찼다. 그리고 다시 말하였다.

"당장 제수를 풍성하게 갖추고 제문을 지어 네 잘못을 빌어라. 제문에는 네 죄와 함께 몹시 후회하는 마음을 낱낱이 적어 시신 앞으로 나아가 곡을 해라. 그리고 염습하고 입관하는 제반 절차를 네가 직접 행함으로써 유감이 없도록 해라. 그렇게 해서라도 약속을 저버린 죄를 빌고, 억울해서 눈도 감지 못하는 원혼을 위로하는 게 맞겠다. 그게 지극히 옳겠다!"

그러고는 관곽과 수의와 이불 등 제반 장례 물품을 넉넉히 마련하여 후하게 장사 지내게 했다. 그 후, 최창대는 벼슬이 부제학에 이르렀지만, 이른 나이에 죽었다.

-『청구야담』

일타홍

　일송 심희수는 아버지를 일찍 여의어서 글을 배우지 못했다. 어릴 때부터 하는 일마다 거친데다 밤낮 없이 기생집에 드나들기 일쑤였다. 지체 높은 공자와 왕손이 베푸는 연회나 노래하고 춤추는 기생이 나오는 모임이 있다면 반드시 찾아갔다. 흐트러진 더벅머리에 깨진 나막신과 다 해진 옷⋯. 그러고서도 조금도 부끄러워하지 않으니, 사람들은 모두 그를 '미친 아이'라 하였다.

　하루는 권 재상 댁에서 베푸는 잔치에 갔다. 거기에서도 기생들 틈으로 끼어 들어갔다. 사람들이 침을 뱉고 욕을 해도 돌아보지 않고, 두드려 패도 자리를 뜨지 않았다.

　기생들 중에는 어린 나이에 명기로 소문난 일타홍이란 자가 있었다. 그녀는 금산에서 올라왔는데, 용모는 물론 춤과 노래까지 당대에 독보적이었다. 심희수도 그녀의 명성을 흠모해서 일타홍이 있는 자리로 가서 바싹 붙어 앉았다. 그런데도 일타홍은 싫다거나 귀찮아하는 기색이 조금도 없었다. 오히려 이따금 추파를 보내며 그의 동정을 살폈다. 그러더니 측간에 가는 척하며 일어나더니 손짓으로 심희수를 불러냈다. 심희수도 일어나 얼른 뒤따라가니, 일타홍이 귓속말로 물었다.

　"당신의 집은 어디에 있나요?"

　심희수는 어느 동네 몇 번째 집이라고 자세히 대답했다. 일타홍이 다시 말했다.

　"당신은 먼저 댁으로 가 계십시오. 그러면 나도 곧장 뒤따라가겠습니다. 가서 잠시만 기다리세요. 믿음을 저버리는 일은 없을 테니….”

심희수는 기대했던 것보다 더 큰 기쁨을 얻은지라, 얼른 집으로 돌아가 집안 청소까지 해놓고 일타홍이 오기만을 기다렸다.

날이 아직 저물지 않았을 때다. 정말로 일타홍이 찾아왔다. 심희수는 기쁨을 억제하지 못해 가까이 다가가 무릎을 바짝 대고 말을 붙였다. 이때 어린 여종이 안채에서 나오다가 그 모습을 보고, 곧장 되돌아가서 모부인께 알렸다. 그러잖아도 부인은 아들이 지나치게 방탕한 것을 걱정하던 터라, 그를 꾸짖기 위해 불렀다. 일타홍은 심희수에게 여종을 불러 말을 전하게 했다.

“제가 대부인을 뵙겠다고 전해 주세요.”

심희수는 여종을 불러 그 말을 전했다. 잠시 후 일타홍은 안채로 들어가 섬돌 아래에서 절을 한 뒤에 말하였다.

“저는 금산에서 새로 올라온 기생 일타홍입니다. 오늘 권 재상 댁 연회석상에서 우연찮게 이 댁 도령님을 뵈었습니다. 모든 사람들이 미친 아이라며 손가락질하는데, 제 어리석은 소견에는 크게 귀인이 될 기상을 지녔더군요. 그러나 기상이 너무 거친지라, 마치 ‘여자에 굶주린 귀신’이라 부를 만했습니다. 만일 지금 제압하지 않는다면 장차 사람 노릇도 못하는 지경에 이를 것입니다. 뻗쳐오르는 기세를 좋은 방향으로 이끄는 게 필요하지요. 그래서 저는 오늘부터 도령님을 위해 노래하고 춤추는 화류계에서 자취를 감추려고 합니다. 함께 여러 방면으로 글공부에 힘쓰도록 주선하다 보면, 성공할 수 있는 길도 기대해 볼 수 있겠지요. 부인 마님 생각은 어떠하신지요? 이런 말씀을 드리는 게 혹시라도 첩의 정욕에서 비롯되었다고 생각하신다면, 하필이면 굳이 가난한 과부댁의 미친 아이를 첩이 선택했겠습니까? 첩이 비록 곁에서 모신다 해도 결코 정욕에 빠져 몸을 상하게 하는 일이 없을 것이니, 그는 염려치 마십시오."

"내 아들은 일찍이 아비를 여의어서 학업에 힘쓰지 못했네. 방탕한 일만 일삼고 다녀도 이 늙은이가 제지할 수 없었네. 그저 밤낮으로 걱정만 했지. 그런데 오늘은 어떤 좋은 바람이 불어서 이렇게 아름다운 사람을 싣고 왔는지! 우리 집 미친 아이가 공부만 하게 된다면 이보다 더 큰 은혜가 어디 있겠나? 내가 뭘 꺼리고 뭘 의심하겠느냐? 그러나 우리 집은 본디 가난하여 아침저녁 끼니조차 잇는 게 어렵네. 자네처럼 호사롭게 생활하던 기녀가 어떻게 추위와 굶주림을 참으면서 여기에 머물 수 있겠느냐?"

"그것은 조금도 꺼릴 게 못 됩니다. 염려하지 않으셔도 됩니다."

마침내 그날부터 기생집에 발길을 끊고 심희수의 집에 몸을 감추었다. 그러면서도 머리 빗고 몸을 꾸미는 일은 게을리하지 않았다.

일타홍은 심희수에게 해가 뜨면 책을 가지고 이웃집에 가서 글을 익히게 하고, 집에 돌아온 뒤에는 책상에 앉아 새벽까지 학업에 힘쓰도록 권했다. 학업 과정도 엄격하게 세웠다. 조금이라도 게으른 기미가 보이면, 얼굴빛을 고쳐 화를 내면서 떠나려는 뜻을 내비침으로써 심희수의 마음을 붙잡았다. 사랑하기에 헤어지는 게 두려웠던 심희수는 공부를 게을리할 수 없었다.

어느덧 심희수의 혼사 문제를 의논할 때가 되었다. 심희수는 일타홍이 있기에 장가를 들려고 하지 않았다. 일타홍은 그의 마음을 알고 결혼하지 않으려는 이유를 따져 물은 뒤에 호되게 꾸짖었다.

"당신은 명문가 자제로 앞길이 만 리나 되거늘 어찌하여 천한 기생 하나 때문에 인륜의 큰 도리를 폐하려 하십니까? 첩은 결단코 첩 때문에 집안을 망하게 하고 싶지 않습니다. 첩은 이제 여기를 떠나겠습니다."

심희수는 어쩔 수 없이 결혼하였다. 이후 일타홍은 마음을 가라앉히고 목소리를 부드럽게 하고, 삼가 공경하며 신중하게 신부를 모시는데, 그 모습이 마치 시어머니를 섬기는 것 같았다. 또한 날을 정해 4~5일은 안방에 들어가게 하고, 자기 방에는 하루만 들어오게 했다. 만일 정한 기한을 어기면 반드시 문을 닫아걸고 들어오지 못하게 했다.

이렇게 한 지 몇 년이 지났다. 일송은 공부에 대한 싫증이 예전보다 더욱 심해졌다. 급기야 어느 날에는 일타홍 앞에 책을 내던지고 드러누워 말했다.

"네가 학문에 힘쓰라고 애써 권해도, 내가 하기 싫은데 어쩌라고?"

일타홍은 태만해진 그의 마음가짐이 입씨름을 해서 고칠 수 있는 게 아님을 알았다. 이에 심희수가 밖으로 나간 틈을 타서 노부인께 아뢰었다.

"낭군께서 책 읽기에 싫증을 내는 증세가 요즘에 와서 더욱 심해졌습니다. 첩이 비록 성의를 다한다 해도 어떻게 할 수 없습니다. 그래서 첩은 이제 하직하려고 합니다. 첩의 이런 행동이 곧 낭군의 마음을 움직여 다시금 글공부에 매진케 하는 계책이 될 것입니다. 첩이 비록 문을 나간들, 그게 어디 영원한 하직이겠습니까? 과거에 급제했다는 소식을 들으면 곧장 돌아오겠습니다."

그러고는 일어나서 절하였다. 부인은 일타홍의 손을 붙들고 울며 말하였다.

"네가 우리 집에 온 뒤로부터 마구잡이로 생활하던 아이에게 마치 엄한 스승이 생긴 것 같더구나. 요행히 몽학이나마* 깨친 것도 모두 자네의 힘이네. 그런데 지금 글 한 번 읽기 싫어했다는 하찮은 이유 때문에 우리 모자를 버리고 떠나겠다는 게냐?"

* 몽학(蒙學): 어린아이의 공부.

일타홍이 일어나 다시 절하고 말했다.

"첩이 목석이 아닌데 어찌 이별의 괴로움을 모르겠습니까. 그러나 낭군의 마음을 움직여 다시 글공부에 매진토록 하는 방법은 오직 이 길 하나뿐입니다. 낭군께서 만약 첩이 떠나며 하는 말, 즉 '반드시 과거에 합격해야만 다시 만날 수 있다고 약속했다'는 말을 듣게 되면 반드시 발분하여 학문에 힘쓸 것입니다. 멀면 6~7년, 가까우면 4~5년 사이의 일일 뿐입니다. 그동안 첩은 몸을 깨끗이 하여 낭군께서 과거에 급제하는 날만을 기다리겠습니다. 요행히 이 뜻이 낭군에게 울림으로 전해지는 것, 그게 제 바람입니다."

인하여 개연히 문을 나왔다. 집에서 나온 후, 아내를 잃고 홀로 지내는 노재상의 집을 두루 탐문해서 한 곳을 찾아냈다. 발견한 집으로 간 일타홍은 주인인 노재상을 뵙고 아뢰었다.

"저는 죄로 인해 화를 입은 집안의 자손으로, 몸을 의탁할 곳이 없습니다. 바라옵건대 비복들 틈에 끼어 작은 정성이나마 보일 수 있게 해주십시오. 옷을 짓고 음식 만드는 일 등을 두루 돌아보며 살피겠습니다."

노재상은 일타홍의 용모와 행실이 단정한데다가 총명하고 지혜로워 보였다. 이에 불쌍히 여겨 자기 집에 머물도록 허락해 주었다. 그날부터 일타홍은 부엌에 들어가 음식을 만들었다. 음식 맛은 매우 좋아 노재상의 입맛에도 잘 맞았다. 노재상은 일타홍이 기특하고 사랑스러웠다.

"기구한 운명을 지닌 이 늙은이가 요행히 너 같은 사람을 만났구나. 의복과 음식이 모두 내 몸과 내 입에 딱 들어맞는구나. 이제는 마음을 놓고 의지할 데가 생겼어. 나는 이미 마음으로 너를 받아들였고, 너 또한 정성을 다하는지라. 이제부터는 부녀의 정을 맺어 지내는 게 좋겠구나."

그러고는 안채에서 지내게 하고, 일타홍을 딸이라 불렀다.

심희수가 집에 돌아와 보니, 어디로 갔는지 일타홍이 보이지 않는다.

이상하여 물어보니, 어머니는 일타홍이 떠나며 했던 말을 전한 뒤 꾸짖어 말하였다.

"네가 글공부를 싫어한 탓에 이 지경에까지 이르렀구나. 장차 무슨 낯으로 세상에 선단 말이냐? 그 아이는 네가 과거에 급제한 날이 다시 만나는 날이라고 했다. 걔의 사람됨을 보면 식언할 리 만무할 터. 네가 만일 과거에 급제하지 못한다면, 이생에서는 그 아이를 다시 만날 기약도 없을 게다. 이제는 네 마음대로 하려무나."

말을 들은 심희수는 순간 무엇인가를 잃어버린 것처럼 멍해졌다. 며칠 동안 경성 안팎으로 두루 다니면서 일타홍을 찾아다녔지만, 끝내 그녀의 종적은 찾지 못했다. 그러다가 마음속으로 굳게 다짐했다.

'내가 한 여자에게 버림을 받고서 무슨 얼굴로 사람들을 마주한단 말인가? 저 사람은 과거에 급제한 뒤에 상봉을 약속했다지. 내 마땅히 마음에 새겨 놓고 공부하리라. 그것이 정인과 만날 수 있는 길이라면…. 만약 과거에 이름을 올리지 못해 약속처럼 되지 않는다면, 살아 뭘 하겠나?'

마침내 문을 닫아걸고 찾아오는 손님들도 사절한 채 밤낮으로 글공부에 매진했다. 그렇게 한지 불과 몇 년 만에 심희수는 과거에 장원급제할 수 있었다.

심희수가 신은으로 유가하던 날이었다. 그는 선배들을 두루 찾아뵈었다. 노재상은 곧 심희수 부친과 친구 사이여서, 지나는 길에 인사를 하려고 들러야 했다. 노재상은 몹시 기뻐하며 맞았다. 근황을 서로 물은 후, 거기에 잠깐 머물게 한 후 조용히 이야기를 나누었다.

이윽고 안채에서 음식상이 나왔다. 상에 차려진 음식을 본 심희수는 갑자기 얼굴빛이 바뀌면서 슬픈 표정을 지었다. 노재상이 괴이히 여겨 까닭을 묻자, 심희수는 일타홍과의 사연을 처음부터 끝까지 털어 놓았다. 그러고서 다시 말했다.

"시생이 마음에 새겨두면서까지 공부하며 과거 급제를 고대했던 것은 옛사람과 만날 수 있는 길이 그게 유일했기 때문입니다. 지금 차려진 음식을 보니, 그 사람이 만들던 솜씨와 빼닮았더군요. 그래서인지 저절로 마음이 아파왔던 것입니다."

노재상은 그녀의 나이와 용모를 묻고 말하였다.

"내가 수양딸 하나를 두었는데, 그 아이의 근본은 모르네. 혹여 그 아이가 자네가 말한 아이가 아닌가 싶기도 한데….."

말이 다 끝나기도 전이었다. 갑자기 뒷문을 열리면서 한 여인이 들어와 심희수를 껴안으며 흐느꼈다. 심희수가 일어나 노재상에게 절을 하고 말하였다.

"어르신께서는 어쩔 수 없이 따님을 제게 보내야 하겠습니다."

"죽을 때가 다 된 내가 요행히 이 아이를 얻었던지라. 걔에게 의지해 사는 게 내 운명이려니 생각했거늘….. 지금 만약 자네에게 보내버리면 이 늙은이는 마치 양손을 모두 잃는 것과 같을 것이네. 일이 몹시 난처하군. 그러나 그 만남이 기이하고, 그 사랑이 이러한데 내 어찌 허락하지 않을 수 있겠느냐?"

심희수는 일어나 다시 절하고, 몇 번인지 셀 수 없을 만큼 자주 고맙다는 인사를 올렸다.

날은 이미 어두워졌다. 심희수는 일타홍과 함께 말에 올라탔다. 횃불로 앞길을 밝게 하여 집으로 향했다. 집 문 앞에 이르자, 심희수가 급히 어머니를 부르며 외쳤다.

"일타홍이 왔습니다!"

부인도 기쁨을 이기지 못해 신발을 신어 중문 밖까지 뛰어나왔다. 일타홍의 손을 잡고 계단으로 함께 올라오는데 기쁨이 집안 가득히

넘쳐났다. 집안 분위기도 이전에 좋았던 때로 되돌아왔다.

그 후 심희수는 이조 정랑이 되었다. 어느 날 저녁이었다. 일타홍은 옷깃을 여미며 말했다.

"제 한 조각의 마음은 오직 나리의 성취 여부에 있었지요. 그러니 다른 데에 마음을 쓸 여지가 없었습니다. 고향에 계신 부모님 안부조차 확인할 겨를이 없었지요. 그래서 첩은 밤낮으로 가슴을 치곤 했답니다. 나리께서 이제는 하실 수 있으리라 봅니다. 첩을 위해 금산 지방 수령을 청함으로써 첩으로 하여금 살아생전에 부모님을 뵐 수 있게 할 수 있음을…. 그러면 제 지독한 슬픔도 끝이 나겠지요."

"그야 매우 쉬운 일이지!"

심희수는 지방 수령으로 내려가기를 요청하는 상소를 올렸고, 과연 금산 수령이 되었다. 일타홍을 데리고 부임한 날에 바로 그녀의 부모 안부를 여쭈었는데, 과연 모두가 무양하였다.

사흘이 지나자 일타홍은 관아의 부엌에서 술과 안주를 성대하게 장만하였다. 그리고 친정으로 가서 부모님께 인사를 올렸다. 친척들을 모아 사흘 동안 잔치도 크게 벌였다. 의복과 일상에서 쓰는 물건들도 넉넉하게 마련해서 부모님께 드렸다. 그렇게 하고 난 뒤에 일타홍이 말했다.

"관청이란 데는 일반 가정과 다르답니다. 관아 안채에 있는 사람은 다른 사람들보다 더욱 분별이 있어야 한답니다. 부모와 형제가 혹시라도 연줄이 있다는 이유로 빈번하게 출입하면 다른 사람들의 입에 오르내릴 것이고, 관아 행정에도 누를 끼치게 될 것입니다. 이제 저는 관아에 들어가렵니다. 한 번 들어가면 다시는 나오지 않을 것입니다. 또 서로 연락할 필요도 없습니다. 제가 서울에서 지냈을 때처럼, 그렇게 알고 지내십시오. 다시는 왕래도 하지 말고, 연락도 하지 마세요. 그렇게 내외의 분별을 엄히 지켜주세요."

하직 인사를 하고 관아로 돌아갔다. 그 후 일타홍은 단 한 번도 밖에
다 소식을 전하지 않았다.

반년이 지난 어느 날이었다. 안채에 있던 여종이 관아로 나와 '잠깐
안으로 들어오시라'는 일타홍의 말을 전했다. 심희수는 마침 공적인
일이 있어서 즉시 일어서지 못했다. 그런데도 여종은 계속해서 안으로
들어오도록 독촉했다. 이상하게 여긴 심희수는 찾는 이유나 묻고자
하여 안채로 들어갔다. 가서 보니 일타홍은 새로 지은 옷을 입고, 새로
만든 이부자리를 펴놓고 있었다. 병이 난 것 같지 않은데, 얼굴에는
슬픈 빛을 띠고 있었다.

"오늘은 첩이 나리와 영원히 이별하고 멀리멀리 떠나는 날입니다.
바라옵건대 나리는 몸을 잘 돌보셔서 오랫동안 부귀영화를 누리십시
오. 첩 때문에 오랫동안 아파하지도 마십시오. 제 유해를 나리의 선영
아래에 묻어주시면…. 그게 제 소원입니다."

말을 마치자, 갑자기 숨을 거뒀다. 심희수는 서글피 통곡하고서 말
했다.

"내가 지방으로 내려온 것은 오직 일타홍 때문이거늘…. 지금은 저
가 이미 죽었는데, 무엇 때문에 나 혼자 여기에 남는단 말이냐?"

그러고는 사직 단자를 올려 벼슬을 그만두었다. 그리고 상여와 함께
떠났다. 상여가 금강에 이르렀을 때, 심희수는 일타홍의 죽음을 애도하
는 시를 지었다.

금강에 내리는 가을비 명정에 젖어드는데   錦江秋雨銘旌濕

아름다웠던 사람, 이별하며 흘리는 눈물인지   疑是佳人泣別時

-『계서잡록』

옥소선

예전에 한 재상이 평안도 관찰사가 되었을 때, 외아들을 데리고 갔다. 당시 그곳에는 아들과 동갑인 예쁜 기생이 있었다. 아들은 그녀와 가깝게 지내는 동안에 애정이 산처럼 높고 바다처럼 깊어졌다.

어느덧 관찰사의 임기가 다 차서 집으로 돌아가게 되었다. 관찰사 부부는 아들이 기생과의 정을 끊지 못할까 걱정이 되어 물었다.

"네가 아무개 기생과 더불어 정이 들었는데, 오늘 당장 정을 끊고서 결연하게 집으로 돌아갈 수 있겠느냐?"

"이는 그저 한때의 풍류와 호사일 뿐입니다. 어떻게 사랑에 끌렸느니 어쩌느니 하는 말들을 하겠습니까?"

부모는 말을 듣고 기뻐하였다. 떠나는 날에도 아들은 이별 때문에 아파하는 빛이 별로 없었다. 집으로 돌아오자, 부모는 아들에게 책을 짊어지고 산사에 가서 글공부에 전념하도록 했다.

생이 산사에 있는 방에서 글공부를 하던 어느 날 밤이었다. 쏟아져 내리던 눈이 그치고 밝은 달빛이 뜰에 가득히 내려앉았다. 생은 홀로 난간에 기대어 사방을 돌아보았다. 모든 소리도 멈춰 선 듯 온 숲이 고요했다. 간혹 무리를 잃은 한 마리 학이 구름 사이에서 구슬피 울며 날아가고, 짝을 찾는 잔나비는 바위굴 안에서 서글피 울어댔을 뿐이다.

생의 마음도 우울해졌다. 불현듯이 평안도 기생이 떠올랐다. 그녀의 곱고 아리따운 태도와 단아하면서도 고운 얼굴이 뚜렷해서, 마치 눈앞에서 잡힐 것만 같았다. 그리워하는 마음은 마치 샘물이 솟아나는 듯했다. 아무리 잊으려 해도 떨쳐지지 않았다. 도저히 견딜 수가 없었다. 이에 일어나 앉아 새벽종이 치기만을 고통스럽게 기다렸다. 종이 울리자, 주위 사람들도 모르게 짚신을 신고 약간의 여비만 지닌 채, 천천히 절 문을 빠져나왔다. 그러고는 곧장 큰길을 따라 평안도로 떠났다.

이튿날 모든 중들과 같이 공부하던 사람들은 몹시 놀라서 생을 찾았다. 하지만 그는 그림자조차 보이지 못했다. 생의 집에 소식을 알리니, 집안사람들 모두가 놀라 당황하면서 두루 찾아 나섰지만 끝내 찾을 수가 없었다. 마음속으로만 '호랑이에게 물려갔나 보다' 생각할 뿐이었다. 그들이 비통해하고 아파하는 형상은 말로 다 표현할 수 없을 정도였다.

생은 험한 길을 걷고 또 걸어 며칠 만에 가까스로 평양에 이르렀다. 곧장 기생의 집으로 갔다. 그러나 거기엔 기생이 없고, 그녀의 늙은 어미만 있었다. 어미는 초라한 그의 행색을 보더니 쌀쌀한 눈빛을 보냈다. 반기며 맞이하려는 마음도 전혀 없었다. 생이 물었다.

"자네 딸이 어디에 있나?"

"새로 오신 사또 자제분께 수청을 들러 갔수다. 한 번 들어간 후로 아직까지 나온 적이 없수. 그나저나 서방님이야말로 어쩌자고 천 리 길을 걸어서 오셨수?"

"자네 딸에 대한 그리움에 내 여린 창자가 마치 끊어질 것만 같았네. 천 리를 마다하지 않고 온 것도 한 번만이라도 그 사람의 얼굴을 볼까 해서라네."

기생의 어미는 비웃으며 쌀쌀맞게 말했다.

"천리타향까지 공연한 헛걸음을 하셨구려. 내 딸이 이곳에 있긴 하지만, 나도 얼굴 한 번 볼 수가 없다우. 하물며 서방님이 어찌…. 일찌감치 돌아가시는 게 낫겠습니다그려."

말을 마치자마자 도로 방으로 들어가 버렸다. 그를 맞아들이겠다는 생각은 조금도 없었다. 생은 개탄하며 집을 나왔지만 갈 곳이 없었다.

그러다 문득 평양 감영의 이방을 떠올렸다. 이방은 평소에 그와 친했었고, 또한 아버지에게 은혜도 입었던 자였다. 이에 이방의 집을 겨우 겨우 찾아갔다. 이방은 몹시 놀라 일어나서 맞이하고는 자리에 앉힌 뒤에 물었다.

"서방님께서 어인 일입니까? 귀하신 공자께서 천 리나 되는 먼 길을 걸어서 오실 것이라곤 꿈에서조차 생각하지 못했습니다. 감히 여쭙니다. 여기에는 무엇 때문에 오셨는지요?"

생이 이유를 말하니, 이방이 머리를 저으며 말했다.

"참으로 어렵고도 어렵군요. 지금 사또 자제가 그 기생을 몹시 총애하는지라, 곁에서 단 한 걸음도 떨어지지 못하게 한답니다. 만나볼 길이 진짜로 없습니다. 그렇지만 일단은 소인의 집에서 며칠간 머물면서 만나볼 기회를 찾아봅시다."

그러고는 정성껏 대접하였다.

며칠 동안 그 집에 머물러 있던 어느 날이었다. 갑자기 눈이 펑펑 퍼 붓기 시작했다. 이방이 말하였다.

"이제 얼굴을 한번 볼 수 있는 기회가 만들어진 것 같습니다. 하지만 서방님께서 능히 하실 수 있을지 모르겠습니다."

"단 한 번만이라도 그녀의 얼굴을 볼 수 있게 해준다면, 나는 죽음도 피하지 않을 것이네. 하물며 그 밖의 일이야 뭐….'"

"내일 아침이면, 이 고을 장정들을 모아서 관아 마당에 쌓인 눈을 쓸게 할 것입니다. 소인은 서방님을 책방 앞마당에서 눈을 쓸 일꾼으로 충원해 놓겠습니다. 그러면 눈을 쓰는 도정에 잠깐이나마 만날 볼 기회도 있지 않을까요?"

생은 기뻐하며 이방의 말을 좇았다. 그리고 상민이나 천민이 입고 쓰는 옷과 모자로 갈아입고서 눈을 쓰는 일꾼들 무리에 섞여 관아로 들어갔다. 옆구리에 빗자루를 끼고 책실 앞마당을 쓸며, 그는 곁눈질로 대청마루를 올려다보았다. 그렇지만 끝내 그녀의 얼굴은 볼 수 없었다.

한 식경쯤 지나서였다. 방문이 열리더니, 그 기생이 화장을 하고 나와서는 굽은 난간 위에 서서 눈 구경을 하였다. 생은 눈 쓸기를 멈추고 뚫어져라 그녀를 바라보았다. 기생은 갑자기 얼굴색이 바뀌더니 급히 몸을 돌려 방으로 들어가 버렸다. 그리고 다시는 밖으로 나오지 않았다. 생은 마음속으로 몹시 원망하다가 그저 밖으로 나와야만 했다.

이방이 물었다.

"여인을 보았는지요?"

"아주 잠깐 얼굴만 보았네."

그러고는 방으로 들어가 나오지 않았던 정황을 들려주었다. 이방이 말하였다.

"기생이란 게 본래 그런 것이지요. 차고 따뜻한 것을 비교해서 옛사람은 보내고 새 사람을 맞는 것이니…. 어찌 그녀만 탓하겠습니까?"

생이 스스로 자기 행색을 생각해보니, 앞으로 나아가기도 뒤로 물러서기도 어려운 처지인지라 마음속으로만 몹시 민망해할 뿐이었다.

기생은 생의 얼굴을 잠깐 보고, 속으로 그가 자기를 보러 내려왔음을 알아챘다. 당장에 나가서 보고 싶지만, 책방 도령이 잠시도 떨어지지 못하게 하니 어찌할꼬? 마음속으로 빠져나갈 계책을 궁리하였다. 그러더니 갑자기 눈물을 흘리며 슬픔에 괴로워하는 표정을 지었다. 책방 도령이 놀라 물었다.

"왜 이러느냐?"

기생이 얼굴을 가리고 울며 말하였다.

"쇤네에게는 다른 형제가 없습니다. 그런 까닭에 집에 있을 때에는 쇤네가 직접 돌아가신 아버님 무덤 위에 쌓인 눈을 쓸어냈지요. 오늘은 큰 눈이 내렸는데도 눈을 쓸 사람이 없습니다. 그래서 슬퍼한답니다."

"그렇다면 종놈을 보내 네 아비 무덤에 쌓인 눈을 쓸어내라고 하마."

기생이 말리며 말하였다.

"이 일은 관아에서 할 일이 아닙니다. 이렇게 추운 날, 종으로 하여금 부당하게 쇤네 선산에 쌓인 눈을 쓸게 한다면 쇤네와 쇤네의 아비는 분명히 무수한 욕설을 듣게 될 것입니다. 이는 절대로 해선 안 될 일이지요. 쇤네가 잠깐 가서 눈을 쓸고 곧바로 돌아와도 꺼릴 게 없지 않을까요? 또한 아비 무덤은 성 밖에서 10리가 채 안 되는 곳에 있으니, 갔다가 돌아오는 시간이라야 불과 몇 식경 정도밖에 안 될 것입니다."

책방 도령은 그녀의 사정을 불쌍히 여겨 허락해 주었다. 기생은 곧장 어미에게 갔다.

"아무개 서방님이 여기에 오시지 않았어요?"

"며칠 전에 잠깐 왔다가 갔지."

"오셨는데, 어째서 머물러 계시도록 하지 않았나요?"

"너도 없는데다 머물게 한들 뭐 좋을 게 있다고!"

"어느 곳으로 간다고 합디까?"

"나도 묻지 않았지만, 저도 말없이 가버리던데 뭐."

기생은 애써 울음을 참아가며 어미를 책망했다.

"사람의 정리라는 게 참으로 이런 것인가요? 저 분은 재상가의 귀공자임에도 천 리 먼 길을 걸음하심은 오로지 나 하나를 보자고 한 것이거늘…. 어머니는 어찌하여, 그가 가지 못하도록 붙잡고 나서 제게 기별을 하지 않으셨단 말이오? 어머니가 쌀쌀맞게 대하는데, 저분인들 즐겨 여기에 머물러 있고 싶었겠소?"

기생은 눈물만 흘릴 뿐이었다. 생이 있는 곳에 찾아가려 해도 물어볼데가 없었다. 그러다가 문득 지난번 관찰사가 계셨을 때에 그가 책방에서 이방과 친하게 지냈던 일이 뇌리에 스쳤다. '혹시 그 집에 잠시 머물러 있지 않을까?' 바삐 찾아가서 보니, 과연 거기에 그가 있었다. 서로 손을 잡으니, 슬픔과 기쁨이 서로 교차하였다. 기생이 말하였다.

　"첩이 서방님을 뵈오니, 이제는 죽어도 헤어질 마음이 없습니다. 지금 이 길로 손을 맞잡고서 달아나는 게 좋겠어요."

　두 사람은 도로 기생의 집으로 돌아왔다. 마침 집에는 기생의 어미도 없었다. 기생은 상자에 모아두었던 500~600냥의 은자를 꺼냈다. 그녀의 장신구와 패물도 짐 하나로 만들었다. 그런 다음, 사람을 사서 등짐을 져서 따라오게 했다. 이방의 집으로 온 두 사람은 이방에게 돈을 주며 말 두 마리를 빌려오게 했다. 이방이 말하였다.

　"말을 빌리러 오간다면, 그 사이에 금세 종적이 드러날 것입니다. 제게 건장한 말 몇 필이 있으니, 그것을 선물로 드리지요."

　이방은 또 40냥이나 되는 은자를 꺼내 여비로 쓰게 하였다.

　생은 기생과 함께 즉시 길을 떠나 양덕과 맹산의* 경계 지방으로 갔다. 그리고 조용하고 외진 곳에 집을 사서 함께 거주하였다.

　그날, 책방 도령은 기생이 늦게까지 돌아오지 않는 것을 괴이하게 여겨 사람을 보내 탐문케 하였다. 그러나 그림자조차 보이지 않자, 기생의 어미에게 물어보았다. 기생의 어미 또한 놀라며 당황해할 뿐, 간 곳은 알 수 없었다. 사람을 시켜 사방으로 수색도 했지만, 행적은 묘연하기만 했다.

---

* 양덕(陽德), 맹산(孟山): 지금의 평안남도에 위치한 지방으로, 함경남도와 인접해 있다.

집안일을 정돈하고 난 뒤, 기생이 생에게 말했다.

"낭군께서 부모님을 등지고 이런 걸음을 하셨으니 이른바 부모에게 죄를 지은 사람이라 하겠습니다. 속죄하는 길은 오직 과거에 급제하는 데 있고, 과거에 급제하는 방법은 오직 학업을 부지런히 하는 길밖에 없습니다. 입고 먹는 근심은 첩에게 맡기시고 이제부터는 글을 읽고 짓는 데에만 전념하십시오. 공부하는 것을 전보다 곱절로 하신 연후에야 가히 사람 노릇도 할 수 있을 것입니다."

그러고는 생으로 하여금 책을 파는 사람을 두루 찾아 책값은 따지지 말고 구해 오도록 했다. 책을 사와서 학업에 부지런히 힘쓰니, 하루가 다르게 과거 공부도 발전해 갔다.

이렇게 4~5년이 지난 뒤였다. 나라에 큰 경사가 있어서 이제 막 과거시험을 실시해 선비를 구한다고 했다. 그녀는 생에게 과거시험을 보도록 종용한 후, 여비를 마련해 서울로 떠나보냈다.

서울에 올라온 생은 차마 자기 집으로 들어갈 수 없어서 여관에 머물렀다. 날이 되어 시험장으로 들어간 그는 문제가 걸리자마자 일필휘지로 답안을 써서 바쳤다. 그리고는 방이 나기를 기다렸다. 방이 나서 보니 장원급제였다. 임금은 이조판서를 불러 탑전에* 가까이 오게 한 후에 말하였다.

"짐은 일찍이 경의 외아들이 산사에서 글을 읽다가 호랑이에게 물려 갔다는 말을 들은 적이 있다. 그런데 지금 새로 급제한 장원의 시험지를 열어보니, 경의 아들이 분명한지라. 그런데 아비의 직함을 어째서 대사헌이라고 썼는고? 이것이 의아하구나."

---

* 탑전(榻前): 임금의 있는 자리.

이조판서가 바짝 엎드려 아뢰었다.

"신 또한 의아하옵니다. 그러나 신의 아들은 결코 살아 있을 리가 없습니다. 혹 같은 이름을 가진 사람이려니 하고 생각도 해봤습니다만, 아비와 아들의 이름까지 같으니 그 또한 참으로 이상하옵니다. 게다가 조정에서 재상 반열에 오른 사람 중에 신과 같은 이름을 쓰는 사람이 어찌 둘씩이나 있겠습니까? 참으로 무슨 연유인지 모르겠습니다."

그러자 임금이 신은을 불러오도록 명하였다. 이조판서도 탑전 아래에 가만히 엎드린 채로 기다렸다. 마침내 신은이 명을 받들고 입시하니, 과연 그의 아들이었다. 부자가 만나자, 두 사람 모두 남몰래 눈물을 훔치며 차마 떨어질 줄 몰랐다.

임금도 기이하여 신은으로 하여금 가까이 오게 하여 이렇게 된 사연을 자세히 물었다. 신은은 바닥에 엎드렸다가 일어나서 아비를 등지고 달아났던 일, 관아의 마당에서 눈을 쓸던 일, 그리고 기생과 함께 도망하였다가 공부하여 과거에 오른 사연을 하나하나 자세히 아뢰었다. 임금은 책상을 치며 기이하다고 칭찬한 후, 하교를 내렸다.

"너는 패륜아가 아니라 효자로다! 네 첩의 절개와 마음 씀씀이는 다른 사람보다 탁월한지라. 천한 창기 무리에서 이런 인물이 있을 줄을 미처 몰랐구나. 이 사람을 천한 창기로만 대하는 것은 옳지 않으니, 품계를 올려 부실로 삼도록 하라."

그러고는 그날 평안도 관찰사에 명을 내려, 기생의 행장을 꾸며 서울로 올려 보내도록 했다. 신은도 사은하고 물러나와 아비를 좇아 집으로 돌아갔다. 집안사람들이 기뻐하는 모습은 안팎으로 흘러넘쳤다.

시험지 안에 아비의 직함을 대사헌이라고 쓴 것은 산사에 있을 당시에 생의 아버지가 맡고 있던 직책이 대사헌이었던 까닭이었다. 기생의 이름은 자란이요, 자는 옥소선이라고 한다.

-『계서잡록』

참고문헌

무운: 나는 나다

김준형, 『이매창 평전』, 한겨레출판, 2013.

롤랑 바르트, 김희영 옮김, 『사랑의 단상』, 동문선, 2004.

박경리, 『토지』 1~20, 마로니에북스, 2012.

불전간행회, 『숫타니파타』, 민족사, 2005.

빅터 플랭클, 김충선 옮김, 『죽음의 수용소에서』, 청아출판사, 2000.

양귀자, 『나는 소망한다 내게 금지된 것을』, 살림, 1992.

오스만 파묵 외, 『작가란 무엇인가』 1, 다른, 2014.

요한 볼프강 폰 괴테, 『젊은 베르테르의 슬픔』, 민음사, 1999.

유홍준, 『나의 문화유산 답사기 제주편』, 창비, 2012.

이해인, 『민들레의 영토』, 분도출판사, 1976.

표도르 도스토옙스키, 김연경 옮김, 『죄와벌』 1~2, 민음사, 2012.

프렌시스 젠슨·에이미 엘리스 넛, 김성훈 옮김, 『10대의 뇌』, 웅진지식하우스, 2019.

홍상수 감독, 〈오! 수정〉.

조선왕조실록, sillok.history.go.kr

한국고전번역원, www.itkc.or.kr

매화: 사랑이 어떻게 변하니

김혁 외, 『수령의 사생활』, 경북대학교출판부, 2011.

무라카미 하루키·가와카미 미에코, 홍은주 옮김, 『수리부엉이는 황혼에 날아오른 다』, 문학동네, 2018.

사마천·정조, 『사기영선』, 민창문화사, 1992.

알베르 카뮈, 김화영 옮김, 『페스트』, 민음사, 2011.

앤드루 솔로몬, 민승남 옮김, 『한낮의 우울』, 민음사, 2021.

에리히 프롬, 황문수 옮김, 『사랑의 기술』, 문예출판사, 1995.

이상, 권영민 엮음, 『이상 전집 1』, 태학사, 2013.

이해인, 『민들레의 영토』, 분도출판사, 1976.

찰리 채플린 감독, 〈키즈〉.

허진호 감독, 〈봄날은 간다〉.

양사언의 어머니: 어머니, 그 아프고도 아름다운 이름

김경미 외, 『18세기 여성생활사 자료집』 1~8, 보고사, 2010.

김준형, 「야담 수재 어머니와 자식, 주체의 전환과 통증의 깊이」, 『한국고전여성문학
　　　연구』 44, 한국고전여성문학회, 2022.

데이비드 버스, 전중환 옮김, 『욕망의 진화』, 사이언스북스, 2007.

세라 블래퍼 허디, 황희선 옮김, 『어머니의 탄생』, 사이언스북스, 2010.

세라 블래퍼 허디, 유지현 옮김, 『어머니, 그리고 다른 사람들』, 에이도스, 2021.

정출헌·김준형, 「동패락송의 전대 이야기 수용 양상」, 『동양한문학연구』 57, 동양한
　　　문학회, 2020.

조선왕조실록, sillok.history.go.kr

한국고전번역원, www.itkc.or.kr

한국역대인물종합정보시스템, people.aks.ac.kr

과부가 된 딸: 아버지, 그 흐리고 아련한 이름

김경미 외, 『17세기 여성생활사 자료집』 1~4, 보고사, 2006.

김경미 외, 『18세기 여성생활사 자료집』 1~8, 보고사, 2010.

김준형, 「야담 수재 어머니와 자식, 주체의 전환과 통증의 깊이」, 『한국고전여성문학
　　　연구』 44, 한국고전여성문학회, 2022.

루이지 조야, 이은정 옮김, 『아버지란 무엇인가』, 르네상스, 2009.

마크 모펫, 김성훈 역, 『인간 무리, 왜 무리지어 사는가』, 김영사, 2020.

버지니아 울프, 김영주 옮김, 『세월』, 솔, 2019.

프란츠 카프카, 전영애 옮김, 『변신·시골의사』, 민음사, 1998.

리 언크리치 감독, 〈코코〉.

옥계 기생: 그 사람을 기다리며

김혁 외, 『수령의 사생활』, 경북대학교출판부, 2011.

롤랑 바르트, 김희영 옮김, 『사랑의 단상』, 동문선, 2004.

마크 R. 리어리, 박진영 옮김, 『나는 왜 내가 힘들까』, 시공사, 2021.

무라카미 하루키, 홍은주 옮김, 『기사단장 죽이기』 1~2, 문학동네, 2017.

사이토 다카시, 이윤정 옮김, 『사랑하고 있다고, 하루키가 고백했다』, 글담출판사, 2008.

애나 마친, 제효영 옮김. 『과학이 사랑에 대해 말해줄 수 있는 모든 것』, 어크로스, 2022.

오토 프리드리히 볼노, 이기숙 옮김, 『인간과 공간』, 에코리브르, 2011.

한나 아렌트, 이진우 옮김, 『인간의 조건』, 한길사, 2019.

도이 노부히로 감독, 〈지금, 만나러 갑니다〉.

이장훈 감독, 〈지금 만나러 갑니다〉.

물 긷는 여종, 수급비: 그대, 지금 발밑을 보라

김혁 외, 『수령의 사생활』, 경북대학교출판부, 2011.

김현준 옮김, 『법화경』 1~3, 효림, 2018.

박계숙 외, 우인수 옮김, 『부북일기』, 울산박물관, 2012.

빈센트 반 고흐, 신성림·박은영 옮김, 『반 고흐, 영혼의 편지』 1~2, 위즈덤하우스, 2021.

신의경, 『상례비요』.

원오극근, 석지현 옮김, 『벽암록』 1~5, 민족사, 2007.

이광규, 『한국가족의 구조분석』, 일지사, 1975.

정약용, 임형택 옮김, 『목민심서』 1~7, 창비, 2018.

시전상인의 며느리: 무엇을 사랑했을까?

귄터 그라스, 장희창·안장혁 옮김, 『양파 껍질을 벗기며』, 민음사, 2015.

김준형, 『이매창 평전』, 한겨레출판, 2013.

라빈드라나트 타고르, 장경렬 옮김, 『기탄잘리』, 열린책들, 2010.

마리 프랑스 이리고양, 최복현 옮김, 『보이지 않는 도착적 폭력』, 북프렌즈, 2006.

마크 모펫, 김성훈 역, 『인간 무리, 왜 무리지어 사는가』, 김영사, 2020.

전진성, 『빈딘성으로 가는 길』, 책세상, 2018.

정현동, 안대회 옮김, 『만오만필』, 성균관대출판부, 2021.

종이가게 딸: 세상에서 가장 슬픈 것

김준형, 「접촉과 접속, 다른 기억으로 야담 만들기」, 『고전문학연구』 62, 한국고전문
학회, 2022.

레프 톨스토이, 연진희 옮김, 『안나 카레니나』 1~3, 민음사, 2012.

빅토르 위고, 정기수 옮김, 『레미제라블』 1~5, 민음사, 2012.

앙투안 드 생텍쥐페리, 정장진 옮김, 『어린왕자』, 문예출판사, 2019.

정약용, 박석무 옮김, 『다산산문선』, 창비, 2013.

정현동, 안대회 옮김, 『만오만필』, 성균관대출판부, 2021.

조르주 바타유, 조한경 옮김, 『에로티즘』, 민음사, 1999.

표드로 도스토옙스키, 김연경 옮김, 『카라마조프가의 형제들』 1~3, 민음사, 2012.

한국학중앙연구원 장서각, 『시권』, 한국학중앙연구원, 2015.

한나 아렌트, 이진우 옮김, 『인간의 조건』, 한길사, 2019.

일타홍: 내 운명을 알고 있다면

김경미 외, 『18세기 여성생활사 자료집』 1~8, 보고사, 2010.

김준형, 「일타홍 이야기의 형성과 변전, 그리고 소멸」, 『한국문학연구』 31, 동국대
한국문학연구소, 2022.

로버트 단턴, 조한욱 옮김, 『고양이 대학살』, 문학과지성사, 1996.

백두용, 김준형 옮김, 『동상기찬』, 휴머니스트, 2021.

황동규, 『나는 바퀴를 보면 굴리고 싶어진다』, 문학과지성사, 1978.

옥소선: 사랑과 조건, 그 모두를 품고서

가스통 바슐라르, 안보옥 옮김, 『불의 시학의 단편들』, 문학동네, 2004.

김준형, 「근대전환기 옥소선 이야기의 개작 양상과 그 의미」, 『한국고전여성문학연
구』 13, 한국고전여성문학회, 2006.

김준형, 「사랑과 성공, 그 모두를 이룬 여인」, 『우리 고전 캐릭터의 모든 것』 1, 휴머니
스트, 2008.

루쉰, 「노라는 떠난 후 어떻게 되었는가?」, 『루쉰전집』 1, 그린비, 2010.

브라이언 헤어·버네사 우즈, 이민아 옮김, 『다정한 것이 살아남는다』, 디플롯, 2021.

이능화, 이재곤 옮김, 『조선해어화사』, 동문선, 1992.

글을 마무리하며

　조선 후기 야담집에는 전혀 다른 가치관을 지닌 인물 군상이 다양하게 제시되어 있다. 중세 봉건 이념에 맹목적으로 순종하는 인물이 있는가 하면, 그와 정반대로 중세 가치를 완전히 파괴하는 인물도 존재한다. 이런 점이 야담의 특징이자 매력이다. 동양은 서양과 달리 특정한 하나의 관점을 통해 세계를 인식할 수 없다. 다양한 관점이 뒤섞인 전체 집합 안으로 들어가야만 세계를 인식할 수 있다. 그래서 동양의 문학은 특정한 한 영웅이 영웅적 일대기를 서술하는 장편보다 다양한 인물들의 삶을 보여주는 단편이 주류를 이룬다. 한 영웅의 삶을 무조건적으로 쫓기보다 우리의 일상에서 만날 수 있는 다양한 인물의 삶을 엿봄으로써 독자 스스로 자기의 삶을 반추하라는 의미다.

　일상에서 살아 숨 쉬는 다양한 사람들을 보여주어야 하기 때문에, 야담에는 상반된 가치를 담은 작품들이 수록될 수 있었다. 눈물과 웃음, 삶과 죽음, 고통과 즐거움, 상승과 하강, 사랑과 이별 등 다채로운 삶의 모습을 그린 개별 작품을 보여주고, 독자는 그 작품을 읽으면서 스스로 자신의 삶의 방향을 정하도록 했던 셈이다. 결코 작가가 답을 정하지 않는다. 작가는 여러 모습의 인물을 보여주면서 스스로 어떠한 가치를 추구할 것인가를 생각하고, 독자는 그 작품을 읽으면서 자신의 가치에 맞는 인물을 좇는 열려진 사유의 공간을 만들었던 것이다.

이 책에서 그런 일군의 야담 작품들 중에 여성이 주동 인물로 등장하는 열 편을 뽑았다. 열 편은 모두 사랑에 대해 생각해 볼만한, 우리나라 사랑 이야기의 대표 야담이다. 여기에 담은 여성 인물들도 조선 후기를 살았던 수많은 인물 군상들 중의 하나이고, 여기에 등장하는 사랑도 당시를 살았던 수많은 사랑 방식 중의 하나일 뿐이다. 이 작품들을 나는 수백 번도 더 읽었는데도, 읽을 때마다 아팠다. 이 책에 쓴 내용은 내가 읽은 하나의 방법일 뿐이다. 그들을 바라보고 이해하는 방식에는 정해진 답이 없다. 내 해석역시 그들을 바라보는 사람들의 숱한 평가 중 하나라고 치부하면그만이다. 야담 작품에 등장하는 인물을 어떻게 바라보고, 그들의사랑법을 어떻게 읽을 것인가는 전적으로 독자의 몫이기 때문이다. 중요한 것은 이야기와 나를 어떻게 연계시킬 것인가에 있을것이다. 이야기에서 나를 찾고, 내 삶의 방향성을 모색하는 것이더 중요하다. 내 문제에 대해 치열하게 고민하게 만드는 야담이재미있는 이유다.

이 책에는 아직까지 학계에 보고되지 않은 제법 많은 정보도담겼다. 내가 접할 수 있는 범위 내에서 그래도 적잖은 고생을 하며찾은 것이다. 그 과정에서 원문을 제공하는 한국고전번역원, 조선왕조실록, 승정원일기, 한국역대인물종합정보시스템, 한국역사정보통합시스템 등은 문턱이 닳도록 드나들었다. 꼭 필요한 경우를제외하고 참고문헌에 밝히지 않고, 대신 이 자리에 굳이 밝힘은

이들에게 별도의 고마움을 표시하고 싶었기 때문이다. 나처럼 공부가 짧은 사람에게 이런 시스템이 없었다면, 감히 이런 책을 내겠다는 생각도 할 수 없었을 것이다. 고맙고 고마운 일이다. 그리고 본문에서 다룬 각종 고전자료들은 참고문헌에 별도의 출처를 밝히지 않았다. 그냥 본문에서 이런 책도 있구나 하는 정도로만 봐주시면 된다. 그리고 내 지식이 온전히 내 것이 아니 듯이, 분명히 어디선가 참고했을 터인데 기억하지 못한 문헌도 있을 듯하다. 마치 내 것인 양 머릿속에 각인된 까닭이리라. 그런 문헌이 있으면 나중에라도 반드시 기입해 놓겠다고 약속한다.

나는 여전히 문학이 희망임을 주장한다. 같이 공부하는 친구들이 아직도 그리 순진하냐며 핀잔을 주기도 하지만, 사람과 사랑이 희망이듯, 그것을 말하는 문학에 희망을 갖지 않을 이유가 없다. 설령 문학의 운명이 그리 오래 남지 않았다 해도…. 그래도 아직은 문학으로 나와 세상을 보는 게 아프면서 즐겁다. 오랜 인연으로 내 무모한 시도를 흔쾌히 들어준 김홍국 사장과 복잡하고 까다로운 편집을 맡아준 황효은 님께도 감사를 드린다.

하나만 덧붙이자. 전에 최승자 시인이 낸 책을 사고 사은품으로 주는 컵을 받았다. 그 컵에 커피를 내려 마시면서 컵에 쓰인 문구를 좇아가며 읽는다. "오랜 세월이 지난 것 같다. 지나간 시간을 생각하자니 웃음이 쿡 난다. 웃을 일인가. 그만 쓰자 끝." 나도 혼자 슬며시 웃으며 다시금 그 말을 되씹는다. "정말, 많은 시간들이 지나가 버렸구나…."

모든 게 위태롭고 미숙하기만 했던 내 청춘. 참 오래 방황하고 절망하던 때에 나는 글을 쓰는 대신 글을 읽는 학자로 살아가겠노라 결정했다. 그 후 내 관심의 중심에는 줄곧 사람과 사랑이 있었다. 그러다 언제부턴지 이를 주제로 본격적인 글을 쓰겠다는 막연한 생각을 했다. 문학을 중심에 두고 이야기하되, 전문성과 대중성을 함께 구비할 수 있는 책을. 그러나 두 마리 토끼도 아니고, 세 마리 토끼를 한꺼번에 잡겠다는 욕심은 무리였다. 진도가 나아가지 않은 채 몇 년 동안 계획만 세우다가 허송세월을 보냈다. 그러던 중 늘 내 주변에 있을 것만 같았던 사랑하는 몇몇 사람들이 세상을 떠났다. 어쩌면 내 삶의 가장 아름답고 아팠던 시간을 함께 기억해줄 사람들의 부재를 실감한다. 부재가 슬픈 이유는 '우리'가 함께한 기억을 '우리'가 더 이상 공유할 수 없기 때문이리라.

뭔가에 쫓기듯이 다급하게 글을 쓰기 시작했다. 애초 기획했던 것과 달리 범위도 내용도 줄었다. 그럼에도 적지 않은 시간이 들었다. 천학비재의 슬픔을 느낄 뿐이다. 그래도 한 가지는 지키려고 했다. 사랑 읽기의 중심에 반드시 '문학'이 놓여야 한다는 점. 그것만이라도 했으면 됐다며 스스로를 달래본다. 일찍이 김시습은 비가 온 뒤에 급류를 바라보며 우두커니 앉아 있다가, 갑자기 백여 장의 종이에 거침없이 시를 지은 뒤에 그것을 급류에 띄워 보낸 일이 있었다. 자신의 슬픔을 달래는 방법은 그렇게 강물에 띄워 흘려보냈던 것뿐이었나 보다. 김시습에 감히 빗댈 수는 없겠지만, 나도… 그랬으면 좋겠다.

김준형

지은이 **김준형**

'조선조 패설문학 연구'로 박사학위를 받고, 부산교육대학교 국어교육과에서 공부하고 있다. '문학이 무엇을 할 수 있고, 문학이 무엇을 해야 하는가'에 대해 고민하면서, 고전문학에 담긴 당시 사람들의 삶과 일상에 관심을 가지고 있다. 지은 책으로는 『한국패설문학연구』, 『이매창 평전』 등이 있고, 번역한 책으로는 『조선후기 성소화 선집』, 『당진연의』, 『가려뽑은 재담』, 『금선각』, 『소낭』, 『동상기찬』 등이 있고, 편역한 책으로는 『이명선 전집』, 『이명선 구장 춘향전』 등이 있다.

사랑과 사람, 그리고 이야기

2023년 12월 12일 초판 1쇄 펴냄

지은이 김준형
펴낸이 김흥국
펴낸곳 보고사

책임편집 황효은
표지디자인 김규범

등록 1990년 12월 13일 제6-0429호
주소 경기도 파주시 회동길 337-15 보고사
전화 031-955-9797
팩스 02-922-6990
메일 bogosabooks@naver.com
http://www.bogosabooks.co.kr

ISBN 979-11-6587-623-4 03810
ⓒ 김준형, 2023

정가 17,000원
사전 동의 없는 무단 전재 및 복제를 금합니다.
잘못 만들어진 책은 바꾸어 드립니다.